Lynn Raven

Werwolf

cbt

Foto: © Katja Theiß

DIE AUTORIN

Lynn Raven lebte in Neuengland, USA, ehe es sie trotz ihrer Liebe zur wildromantischen Felsenküste Maines nach Deutschland verschlug. Nachdem sie zwischenzeitlich in die USA zurückgekehrt war, springt sie derzeit nicht nur zwischen der High- und der Dark-Fantasy hin und her, sondern auch zwischen den Kontinenten und ist unter den Namen Lynn Raven und Alex Morrin erfolgreich.

Weitere lieferbare Titel von Lynn Raven/Alex Morrin bei cbt:

Der Kuss des Dämons (30554)
Das Herz des Dämons (30690)
Der Kuss des Kjer (30489)
Der Spiegel aus Feuer und Eis (30502)

Lynn Raven

WERWOLF

cbt

cbt

cbt ist der Jugendbuchverlag
in der Verlagsgruppe Random House

FSC
Mix
Produktgruppe aus vorbildlich bewirtschafteten
Wäldern und anderen kontrollierten Herkünften
www.fsc.org Zert.-Nr. SGS-COC-001940
© 1996 Forest Stewardship Council

Verlagsgruppe Random House FSC-DEU-0100
Das für dieses Buch verwendete FSC-zertifizierte Papier
München Super Extra liefert Arctic Paper Mochenwangen
GmbH.

1. Auflage
Erstmals als cbt Taschenbuch Oktober 2010
Gesetzt nach den Regeln der Rechtschreibreform

Umschlaggestaltung: init.büro für gestaltung, Bielefeld
Umschlagfotos: Getty Images, München; Plain Picture,
Hamburg
Innenillustrationen: Ursula Korngasser, www.koco.at
MI · Herstellung: AnG
Satz: Uhl + Massopust, Aalen
Druck: GGP Media GmbH, Pößneck
ISBN 978-3-570-30657-4
Printed in Germany

www.cbt-jugendbuch.de

Für Kate,
die auf »Wunder« plädierte und dann dabei geholfen hat,
dass sie auch wirklich geschehen.

An Seine Exzellenz
Gabriel Florent de Choiseul Beaupré, Bischof zu Mende

Mon Seigneur,

voller Erleichterung und Dankbarkeit setzen wir Eure Exzellenz hiermit in Kenntnis, dass es Monsieur François Antoine de Beauterne mit der Hilfe und Gnade des Allmächtigen heute, am 21. September 1765, vergönnt war, jene Kreatur, die man gemeinhin »die Bestie vom Gévaudan« genannt hat, unter Gefahr für sein eigenes Heil an den Hängen des Mont Mouchet zu erlegen.

Die entsetzlich anzusehende Kreatur wurde von einigen ihrer überlebenden Opfern zweifelsfrei erkannt und nach Besset gebracht, wo Monsieur Boulanger, Chirurg von Profession, die Leichenschau vornehmen wird. Im Anschluss – so wurde von Monsieur Antoine angeordnet – wird der Kadaver präpariert, um nach Paris geschickt und Seiner gnädigen Majestät, König Louis dem Fünfzehnten selbst, präsentiert zu werden.

Wenn Eure Exzellenz es wünschen, werden wir veranlassen, dass Eurer Exzellenz ein Bericht des Monsieur Boulanger übersandt wird, und verbleiben untertänigst

Jean-Pierre Roussel
Abt zu Chazes

Post Scriptum

Wir erlauben uns, Eurer Exzellenz noch unseren untertänigsten Dank für Eure gnädige Intervention in der Sache der Brüder Pierre und Antoine Chastel sowie ihres Vaters Jean Chastel (auch *in ihrem Namen) auszusprechen. Sie wurden nach zwölf Tagen Haft endlich wieder aus dem Kerker von Saugues entlassen. Mit der Hilfe Gottes werden auch jene bösen Zungen bald schweigen, die sie fälschlich bezichtigen, die Bestie selbst erschaffen und abgerichtet zu haben.*

Die Nacht brach in dieser Gegend überraschend schnell herein. Hoch oben zog ein Lämmergeier seine letzten Kreise an einem Himmel, der sich hinter dem zerklüfteten Gipfel des Mont Valier allmählich dunkler färbte. Am Morgen waren seine Versuche, in der armseligen Herberge, in der er die letzte Nacht geschlafen hatte, einen Führer und ein Pferd zu bekommen, gescheitert. Dass keiner der Männer aus dem kleinen Dorf sich bereit erklärt hatte, mit ihm zu kommen – aus Angst vor dem »Teufel«, der in den Wäldern im Süden des Pais de Foix angeblich umging –, war ärgerlich gewesen, aber dass er gezwungen war, das letzte Wegstück zu Fuß zurückzulegen, machte ihm nichts aus. Im Gegenteil. Obwohl der Boden am Vormittag von einem nächtlichen Regenguss noch nass und schwer gewesen war, hatte er es genossen, den ganzen Tag durch die wilde, majestätische Landschaft zu wandern, weitab von jeglichem Zwang und der Enge der Stadt. Schon seit dem Mittag war er, außer einem Hirten, der ihm den Weg gewiesen hatte, keiner Menschenseele mehr begegnet, und so hatte er den Rock ausgezogen und über die Schulter geworfen, die Halsbinde gelöst und den Dreispitz obenauf in seinen Mantelsack gelegt, in den er zuvor schon seinen langen Reisemantel gestopft hatte. Hier draußen schien er seit Langem endlich wieder richtig atmen zu können, und mehr als einmal war er mitten auf dem schmalen, ausgewaschenen Weg stehen geblieben und hatte den scharfen Wind, der von den Bergen herabwehte und durch die Wälder strich, sein Gesicht liebkosen lassen. Unter den zuweilen recht heftigen Böen hatte sich auch ein guter Teil seines dunklen Haares aus dem Zopf gelöst, zu dem er es gewöhnlich im Nacken zusammengebunden trug. Er hasste Puder und Perücken.

Als die Sonne jetzt allmählich hinter den schroffen, weiß gekrönten Gipfeln der Pyrenäen versank, kroch mit den Schatten auch Kälte in die unzugänglichen Schluchten und versteckten Täler. Sie lag ihm viel mehr als die für die ersten Oktobertage ungewohnte Wärme, die ihm das einfache Leinenhemd auf die Haut geklebt und den Schweiß auf die Stirn getrieben hatte.

Ein schriller Schrei ließ ihn innehalten. Am Waldrand zu seiner Rechten stürzte eine junge Frau strauchelnd und taumelnd zwischen den Bäumen hervor und rannte in panischer Hast die steinige Böschung hinab, genau auf ihn zu. Immer wieder sah sie über die Schulter zurück. In ihrem Entsetzen achtete sie nicht auf das lose Geröll, das unter ihren Schritten ins Rutschen geriet. Sie stolperte, fiel und stürzte den Hang hinab. Mit drei Sätzen hatte er sie erreicht und fing sie auf. Sein Mantelsack und der Rock lagen vergessen auf dem Weg. Ihre Angst drang ihm bitter in die Nase. An ihren aufgeschürften Händen und Armen klebte Blut, ihr Rock und ihre Bluse waren zerrissen.

»Was ist passiert?« Die Art, wie ihre weit aufgerissenen Augen ihn anstarrten, verriet ihm, dass seine Worte sie kaum erreichten. Er packte sie fester und schüttelte sie. »Was ist passiert? Rede! Hat man dich überfallen?«

Ihr Mund bewegte sich, sie stammelte, zuerst nur unverständliche Silben, dann stieß sie Satzfetzen hervor. »Jacques … der Teufel … oh Gott, Jacques … das Blut … der Teufel … er hat ihn umgebracht.«

Er schaute zum Waldrand, ließ sie mit einem entschiedenen »Bleib hier!« los und eilte den Abhang hinauf, den sie eben heruntergeflohen war.

Sein Herr hatte ihn hierher geschickt, damit er herausfand, was es mit diesem »Teufel« auf sich hatte, der hier umgehen sollte. Offenbar würde er ihm – oder zumindest einem seiner Opfer – begegnen, noch ehe er überhaupt angekommen war.

Zwischen den ersten Bäumen verlangsamte er seine Schritte, lauschte und ließ den Blick über Gebüsch und Unterholz wandern. Über seinem Kopf tschilpten ein paar Vögel wütend gegeneinander an. Aus dem Augenwinkel nahm er die rasche Flucht eines Hasen wahr. Die junge Frau hatte eine überdeutliche Fährte hinterlassen. Ihre Angst hing selbst hier in der Luft. Sehr viel langsamer als zuvor folgte er den offensichtlichen Zeichen – dem niedergetretenen Gras und den geknickten Zweigen, die ihm den Weg wiesen. Am Ast eines umgestürzten Baumstammes hing ein Fetzen von ihrem Rock. Ihre Schuhe hatten in der mit Moos überzogenen Rinde

Spuren hinterlassen. Er kletterte darüber und stieg in eine kleine, schlammige Senke hinunter, die offensichtlich einer Rotte Wildschweine als Suhle diente. Ganz in der Nähe gluckerte ein Bach. Eine Böe trug ihm unvermittelt den Geruch von Blut entgegen, zusammen mit Verwesungsgestank.

Der Körper lag auf der anderen Seite der Senke, halb verborgen hinter einem einsamen Findling. Seine Augen streiften immer wieder wachsam über die Bäume und Sträucher, während er langsam näher heranging. Ein Eichhörnchen beobachtete ihn von seinem schwankenden Hochsitz auf einem Ast aus. Der Gestank nach altem Tod wurde mit jedem Schritt stärker. Er presste Mund und Nase in den Ärmel seines Hemdes und versuchte, möglichst flach zu atmen. Ein Schwarm Fliegen stieg auf, als er neben dem Leichnam niederkniete.

Der Mann war kalt und steif. Er musste bereits mehrere Stunden tot sein, vielleicht schon seit der vergangenen Nacht. Der Boden unter ihm war blutdurchtränkt. Die junge Frau musste ihn gut gekannt haben, um sagen zu können, wer er war, denn das Gesicht war zerbissen.

Etwas mit beachtlichen Fängen hatte die Kehle herausgerissen und sich durch die Bauchdecke bis zu den Eingeweiden hindurchgewühlt. – Welches Raubtier machte sich auf solche Weise über sein Opfer her? Mund und Nase noch immer in seine Armbeuge gedrückt, beugte er sich weiter vor, um sich die Verletzungen genauer anzusehen. – Da war noch etwas ...

Gerade war er im Begriff, den Arm zu senken, um etwas tiefer einzuatmen, als er ein Rascheln vernahm. Alarmiert wollte er sich aufrichten und umdrehen, während seine Hand gleichzeitig zu dem Messer in seinem Stiefel zuckte. Doch das doppelte Klicken, mit dem zwei Spannhähne zurückgezogen wurden und einrasteten, ließ ihn erstarren, noch ehe eine Stimme ihm »Rühr dich nicht!« befahl. Hinter ihm schmatzten Schritte, dann spürte er den kalten Doppellauf einer Muskete in seinem Nacken.

»Hände in die Höhe und aufstehen! Langsam!«, verlangte die Stimme. Sie gehörte einem Mann.

Er gehorchte – zögernd. Die Musketenmündung folgte seiner Bewegung.

»Ich habe …«

»Schweig!«, fuhr der Fremde ihn an. Das Messer wurde aus seinem Stiefel gezogen. Die Kälte des Metalls verschwand von seinem Nacken. »Umdrehen! – Und lass die Hände oben.«

Langsam wandte er sich um. Ein mittelgroßer, schlanker und zugleich drahtiger Mann in einem dunklen Rock, ebensolchen Hosen und über die Knie reichenden Stiefeln stand ihm gegenüber und musterte ihn über die Läufe seiner Muskete hinweg. Sein markant geschnittenes Gesicht war von Sonne und Wind gebräunt. Eine kurze, aufwärtsgebogene Narbe auf der rechten Seite, verschwand in den unzähligen feinen Fältchen, die seine scharfen, hellen Augen umgaben. Das schwarze Haar hing ihm in die Stirn. Er roch nach Schweiß, Erde und … Blut.

»Mein Name ist André Darnaux, und ich versichere Ihnen, ich habe damit«, er wies mit dem Kopf zu den zerfetzten Überresten, »nichts zu tun.«

Der andere schnaubte und ließ prüfend den Blick über ihn wandern, während er Andrés Messer unter seinen Gürtel schob.

André folgte diesem Blick und hätte am liebsten geflucht. Die Hände der jungen Frau hatten auf seinem Hemd blutige Abdrücke hinterlassen.

»Ich weiß, wie das hier aussehen muss …«

»Tatsächlich? – Auf die Knie!« Ohne den Lauf seiner Muskete auch nur eine Sekunde zu senken, ging der Mann seitwärts zu dem Leichnam hinüber.

»Was?« André starrte den anderen entgeistert an.

»Runter, sag ich! – Oder willst du lieber eine Kugel im Bein, damit ich sicher sein kann, dass du mir nicht davonläufst.«

Mühsam schluckte André den allmählich aufsteigenden Zorn hinunter und kniete sich in den Schlamm. Er spürte die Feuchtigkeit durch den Stoff seiner Hosen hindurch.

Hinter dem Toten ging der Mann in die Hocke und besah sich die blutigen Überreste. Die Muskete wies noch immer auf Andrés Brust.

»Ich habe damit nichts zu tun. – Unten auf dem Weg ist eine junge Frau. Sie kann es Ihnen bestätigen. Sie hat den armen Kerl vor mir gefunden. Sie sagte, sein Name sei Jacques und der ›Teufel‹ hätte ihn umgebracht.« Seine Arme wurden allmählich schwer.

Der andere lachte bitter. »Der Teufel, ja. Ein Teufel mit Klauen und Zähnen.« Er sah noch einmal auf die Leiche und stand dann auf. »Auch wenn du hiermit nichts zu schaffen hast, erklärt das noch nicht, was du hier zu suchen hast.« Der Lauf der Muskete senkte sich nicht.

»Sie glauben mir also?«

Der Mann neigte den Kopf zu dem Toten hin, ohne André aus den Augen zu lassen. »Als es heute Nacht geregnet hat, lag er schon hier. Was von seinen Kleidern übrig ist, ist immer noch nicht trocken. – Was hat ein Fremder wie du hier verloren?«

»Bischof Noriér schickt mich. Ich soll dabei helfen, herauszufinden, wer oder was sich hinter diesem ›Teufel‹ verbirgt, damit das abergläubische Gerede ein Ende hat.« André wagte es, die Arme sinken zu lassen. »Der Comte d'Abrâigne erwartet mich auf seinem Jagdsitz bei Saint-Mézan.«

Dieses Mal war die Art, wie der Mann André ansah, verächtlich und schien ganz deutlich *Städter* zu sagen.

»Sie sehen nicht aus wie ein Pfaffe«, stellte er dann kühl fest.

»Bin ich auch nicht. – Darf ich aufstehen?«

Mit einem Nicken erlaubte der andere es ihm. »Was sind Sie dann?«

André erhob sich aus dem Schlamm. – Verdammt. Die Hosen waren ruiniert. Und er besaß neben seinen guten weißen Kniehosen nur noch ein zweites Paar.

»Ich wüsste nicht, was Sie das angeht. – Ich hätte gerne mein Messer zurück, Monsieur.« Andrés Worte kamen schärfer als beabsichtigt.

Einen Moment lang musterte der Mann ihn erneut wachsam und misstrauisch. »Sie bekommen es wieder, wenn der Comte Ihre Behauptung bestätigt hat. Da er Sie erwartet, wird er das wohl auch tun, oder?«

André unterdrückte ein Knurren. »Heißt das, ich bin Ihr Gefangener?«

»Nicht doch, Monsieur. – Aber da ich dem Comte über dieses neue Opfer des ›Teufels‹ Meldung erstatten muss, werde ich Sie begleiten und Ihnen den kürzesten Weg zu seinem Jagdsitz zeigen.« Das Lächeln des Mannes sagte etwas ganz anderes. »Gehen wir!«

»Meine Sachen liegen noch unten auf dem Weg. Und die junge Frau, die den Toten gefunden hat, wartet dort.«

Ein Rucken des Musketenlaufes bedeutete André voranzugehen. Wortlos gehorchte er dem Wink und verließ die Senke auf dem gleichen Weg, den er gekommen war. Erst als er hörte, wie hinter ihm die Hähne der Muskete einer nach dem anderen langsam gelöst wurden, entspannte er sich etwas.

Als sie den Weg erreichten, war die junge Frau fort. Andrés Habe lag noch an der gleichen Stelle, an der er sie fallen gelassen hatte.

Der Mann fluchte leise. »Bis morgen früh weiß die ganze Gegend, dass es wieder einen Toten gegeben hat. Das wird dem Comte gar nicht gefallen«, murmelte er vor sich hin.

Wieder einen Toten ... André gab vor, die Worte nicht gehört zu haben, während er seinen Rock und den Mantelsack aufklaubte. Nach dem, was er von seinem Herrn wusste, hatte es in den vergangenen Wochen gut ein Dutzend Tote gegeben: meist Kinder, die auf die kleinen Herden ihrer Familien aufgepasst hatten; die allein im Wald oder auf den kargen Feldern gewesen waren; oder junge Männer, die spät abends noch etwas zu erledigen gehabt hatten oder aus dem Wirtshaus kamen.

»Gehen wir!« Wieder war es der Musketenlauf, der André den Weg wies. Er folgte der Bewegung. Zurück Richtung Wald. Der andere blieb weiterhin hinter ihm.

»Verraten Sie mir Ihren Namen, Monsieur?«, erkundigte André sich. Was hätte er nicht dafür gegeben, sich bei der Leiche noch einmal genauer umsehen zu können, solange die letzten Spuren nicht endgültig verloren waren – allein.

»Pierre Chastel. Ich bin der Wildhüter des Comte – wenn Sie noch vor Mitternacht bei dem Jagdsitz seiner Gnaden sein wollen, sollten Sie schneller gehen!«

Unwillig beschleunigte André seine Schritte. Er bemerkte die Bewegung zu spät. Der gellende Pfiff seines Bewachers traf ihn vollkommen unvorbereitet, sodass er zusammenzuckte und zu dem Mann herumfuhr, während er zugleich unwillkürlich die freie Hand auf sein Ohr presste. Wie zur Antwort erklang ein gedämpftes Bellen. Chastel erwiderte seinen Blick fast ein wenig überrascht. Links von ihnen brachen zwei grauscheckige Hunde zwischen den Bäumen hervor, die direkt auf den Mann mit der Muskete zuhielten. Ihr Fell war kurz, glatt und dicht. Sie schienen eine Mischung aus Dogge und jenen prächtigen Berghunden zu sein, die hier in den Pyrenäen die Herden beschützten. Zudem war André fast bereit, darauf zu wetten, dass sie einen Schuss Wolfsblut in den Adern hatten. Sie waren genau die Sorte schwerer und zugleich geschmeidiger Jagdhunde, die es auch mit einem größeren Raubtier wie einem Bären aufnehmen konnten – oder einem Wolf. Als sie Andrés gewahr wurden, stutzten die kraftvollen und auf ihre Art eleganten Tiere und senkten die Ruten. Der vordere der beiden, offensichtlich der Leithund, knurrte und zeigte dabei sein beeindruckendes Gebiss, während er die Ohren nach hinten legte. Zusammen mit seinem Gefährten bezog er noch immer unter drohendem Grollen neben seinem Herrn Stellung. Ein scharfes Wort brachte sie zum Verstummen.

»Das sind Remi und Barras. Sie haben bisher noch jedes Wild zur Strecke gebracht.« Lächelnd lehnte Chastel den Lauf seiner Muskete in seine Armbeuge und klopfte den Tieren die Flanken. Diese antworteten mit einem angedeuteten Schwanzwedeln und leisem Japsen, ohne jedoch in ihrer Wachsamkeit auch nur einen Moment nachzulassen. »Die beiden sind ausgezeichnete Jäger, Monsieur.«

Seine Botschaft war deutlich. André erwiderte kalt Chastels Lächeln.

»Ich bin sicher, dass sie das sind.« Als er sich umdrehte und weiterging, ließen ihn die Hunde keine Sekunde aus den Augen.

Sie erreichten den Jagdsitz des Comte d'Abrâigne etwa zwei Stunden später. Chastel hatte André einige Zeit quer durch den Wald geführt, danach an einer schmalen Schlucht entlang, in deren Tiefe ein Gebirgsbach in seinem felsigen Bett dahinschoss, und dann erneut ein Stück durch den Wald, über dessen Wipfeln sich inzwischen fahl die Sichel eines zunehmenden Mondes zeigte. Als das Jagdschloss des Comte schließlich vor ihnen auftauchte, war es endgültig Nacht, und André konnte nicht viel mehr erkennen als ein massiges, dreistöckiges Gebäude aus rauem, grauem Stein, über dem im hinteren Drittel ein quadratischer Turm emporragte und auf dessen Dach in regelmäßigen Abständen moosüberzogene Scheußlichkeiten kauerten, die auf sie herabstarrten. Eine ausladende Treppe führte ein halbes Dutzend Stufen zu einer schweren Eingangstür hinauf. Der Platz davor war eine Mischung aus Schlamm und grobem Kies, in dessen Mitte ein Springbrunnen vor sich hin rottete, dessen rundes Bassin voller schwarzer Blätter war. Im Erdgeschoss des Anwesens brannte hinter ein paar Fenstern Licht, und André vernahm das Murmeln mehrerer Männerstimmen, ohne jedoch die Worte verstehen zu können.

Chastel hatte auf dem Weg hierher die meiste Zeit geschwiegen. Auf Andrés Versuche, ein Gespräch zu beginnen und vielleicht ein wenig mehr über den »Teufel« und die von ihm begangenen Morde zu erfahren, hatte er nur mit knappem Schnauben oder abfälligen Bemerkungen reagiert. Auch jetzt war es ein barsches »Da lang«, mit dem er André um das Gebäude herum zum Hintereingang führte, vorbei an einer Orangerie, in deren blinden Scheiben das Mondlicht glänzte, und über einen mit gesprungenen Steinen gepflasterten Hof, auf dessen anderer Seite die Ställe und die Remise lagen. Ein Rudel hochbeiniger Bracken gebärdete sich in ihrem Zwinger ein paar Meter weiter wie verrückt, kaum dass sie sie gewittert hatten.

Drei steinerne Stufen führten zu einer einfachen Holztür hinauf, hinter der sich – dem Aroma von Fleisch, Gemüse und Kräutern nach – die Küche befand. Auch hier waren über dem leisen Klappern von Geschirr Stimmen zu hören. Chastel riss an dem Seil, das zu einer Glocke führte, die neben der Tür befestigt war, und ein misstönendes Scheppern erklang. Die Geräusche in der Küche verstummten schlagartig, doch es dauerte erstaunlich lange, bis endlich ein Riegel scharrend zurückgezogen wurde und sich die Tür einen Spaltbreit öffnete. Dahinter sah ihnen ein etwas älterer Mann, dem der Geruch nach Pferd und Hund anhaftete, über ein Fleischerbeil hinweg misstrauisch entgegen. Er ließ es abrupt sinken, als er Andrés Begleiter erkannte.

»Verdammt, Chastel, du? Was willst du hier?« Der Blick des Mannes ging zu André. »Und wer ist der da?«

»Ich muss zu seiner Gnaden, dem Comte, Boullét.« Ungeduldig drückte Chastel die Tür weiter auf, gab seinen Hunden einen knappen Befehl und schob sich an dem anderen vorbei, während er André gleichzeitig mit einem Nicken bedeutete, ihm zu folgen. In der Küche saßen neben einem dürren Kerl in einem weißen Kittel – der wohl der Koch war – ein paar livrierte Diener, drei recht hübsche Mägde – von denen zwei ihr Haar sittsam unter ihren Hauben verborgen hatten, während die dritte deutlich einfacher gekleidet war und ihre dunkelblonden Locken zu einem Zopf geflochten trug – sowie zwei massige Knechte zum Nachtmahl um den Tisch versammelt. Ein schmächtiger Junge und ein Mädchen waren damit beschäftigt, die Töpfe zu scheuern und den Herd zu fegen.

Boullet erbleichte sichtlich. »Wieder einer?«

Chastel nickte knapp. Die Mägde bekreuzigten sich hastig, während die Männer leise murmelten und fluchten.

»Wer ist es diesmal?«

»Ich glaube, Jacques Biânrie.« Er sah einen der Livrierten an. »Ich muss seiner Gnaden Meldung erstatten. Außerdem behauptet der Fremde hier«, er wies auf André, »Monsieur le Comte würde ihn erwarten.«

Sofort richteten sich alle Augen auf André. Er nickte den Männern und Frauen höflich lächelnd ein »Bonsoir« zu. Eine der beiden Mägde wurde rot, senkte hastig den Blick und steckte mit der zweiten Behaubten die Köpfe zusammen.

»Ich werde sehen, ob seine Gnaden dich noch empfängt, Chastel. Er hat Gäste, wie du weißt.« Der älteste der Diener erhob sich und bedeutete ihnen kühl, mit ihm zu kommen.

Pierre folgte dem Majordomus des Comte, der vor ihm herging, als habe er einen Stock verschluckt, durch den schmalen, nur von Kerzen erhellten Dienstbotengang in den vorderen Teil des kleinen Châteaus. Dabei lauschte er auf die Schritte des Mannes hinter sich. Dieser André Darnaux bewegte sich beinahe lautlos. Wenn er ehrlich war, musste er eingestehen, dass der Mann sich auf dem Weg hierher erstaunlich gut gehalten hatte. Pierre hatte mit Absicht ein schnelles Tempo vorgegeben, um Darnaux von Anfang an zu zeigen, dass man die Wälder und Schluchten der Pyrenäen nicht mit denen in den Ebenen vergleichen konnte. Doch der Mann hatte mühelos mit ihm und den Hunden mitgehalten. Und das, obwohl er zusätzlich sein – zugegeben mageres – Gepäck zu tragen hatte.

Er hörte, wie der Majordomus des Comte Darnaux nach seinem Namen fragte, ehe er eine Tür öffnete und sie in die Halle winkte.

»Wartet hier! – Ich werde nachsehen, ob Monsieur le Comte euch empfangen will«, befahl er Pierre und Darnaux von oben herab, ehe er in einen der angrenzenden Räume schlüpfte. Pierre kräuselte verächtlich die Lippen. Der Comte würde ihn empfangen. Immerhin ging es um ein weiteres Opfer des »Teufels«.

Neben ihm blickte Darnaux sich mit seinen überraschend hellen, graubraunen Augen aufmerksam um, während er in seinen tabakbraunen Rock glitt. Wenn das der Versuch war, sich zumindest wieder halbwegs präsentabel zu machen, war es Pierres Meinung nach ein gescheitertes Unterfangen. Die blutigen Schmieren auf dem Hemd und die zerknautschte Halsbinde sprachen ihre eigene Sprache.

Als Darnaux unvermittelt in seinen Bemühungen innehielt, folgte Pierre seinem Blick. Unwillkürlich fühlte er sich an den Tag erinnert, an dem er in den Dienst des Comte getreten war und zum ersten Mal hier gestanden hatte. Das lag nun schon ein paar Wochen zurück. Doch seither hatte sich nichts verändert. Eine steinerne Treppe führte in einem weiten Bogen zu der Galerie empor, die die Halle im zweiten Stockwerk umspannte. An den dunkel getäfelten Wänden hingen Gemälde neben den unterschiedlichsten Jagdtrophäen. Kerzen in polierten Leuchtern sorgten für Helligkeit. Es war der ausgestopfte Bär, der sich auf dem Absatz in halber Höhe auf seine Hinterbeine erhob, der Darnaux' Aufmerksamkeit auf sich gezogen hatte. Damals war es Pierre ähnlich ergangen. Mit einem Schaudern riss Darnaux den Blick von der mächtigen Bestie los und strich sich mit beiden Händen sein rotbraunes, sauber geschnittenes Haar zurück. Er war noch damit beschäftigt, es mit einem Samtband wieder zu einem Zopf im Nacken zu bändigen, als der Majordomus die Tür öffnete und sie mit einem knappen »Monsieur le Comte empfängt euch!« in den Salon winkte.

Gefolgt von Darnaux, betrat Pierre den elegant ausgestatteten Raum, dessen Boden unter dichten, orientalischen Teppichen verborgen war. Gegenüber der Tür brannte ein Feuer in einem mannshohen Kamin, über dem ein Sarazenensäbel und ein maurischer Schild hingen, die der Comte von seinen unzähligen Reisen mitgebracht hatte. Die eine Wand des Raumes verschwand hinter bis unter die Decke reichenden Regalen, vollgestopft mit schweren, ledergebundenen Folianten. Ihr gegenüber blickten zwei hohe Fenster in die Nacht hinaus. Die Gäste des Comte hatten es sich in hochlehnigen, wuchtigen Sesseln bequem gemacht. Zwei von ihnen hatte Pierre schon häufiger bei Jagden gesehen: Lieutenant Antoine de Beauterne, des Königs persönlicher Waffenträger, von dem es hieß, er sei der beste Schütze des Königreichs, und den Baron de Firron, dessen perfekt geschnittener Rock seine schlanke Gestalt noch besser zur Geltung brachte. Der Dritte, der Marquis de Saint-Béran, der ihn und Darnaux, in seinem Sessel entspannt zurückgelehnt, über aneinander gelegte Fingerspitzen hinweg mit einem feinen Lächeln beobachtete, hatte den Comte – soweit Pierre wusste – vor ungefähr einem Vierteljahr zum ersten Mal in Saint-Mézan besucht und schien seit wohl zwei Wochen zusammen mit einer jungen Frau – seinem Mündel? – der ständige Gast d'Abrâignes zu sein.

In der Luft hing der Rauch von Zigarren. Hinter ihnen schloss der Majordomus die Tür. Der Comte stand neben einer polierten Anrichte aus dunklem Holz und hatte sich scheinbar gerade aus einer kostbar geschliffenen Karaffe einen Cognac eingegossen. Wie seine Gäste trug er einen Rock aus schwerem Brokat über einer mit Stickereien versehenen Weste, die ebenso seidig schimmerten wie seine Kniehosen und die blütenweißen Strümpfe. Über das bauchige Glas hinweg sah er ihnen entgegen, während er einen Schluck der goldenen Flüssigkeit nahm.

Pierre verneigte sich. Doch die Blicke der Männer galten nicht ihm, sondern Darnaux, der sich hinter Pierre ebenfalls verbeugte.

»Was gibt es, Chastel? Sie sehen, ich habe Gäste.« Die Worte des Comte lenkten die Aufmerksamkeit der Anwesenden auf Pierre.

Er räusperte sich. »Monsieur le Comte ...«, setzte er an, verstummte aber wieder unbehaglich, unsicher, ob er vor den Männern offen sprechen durfte.

»Nun? – Reden Sie, Chastel! Was ist so wichtig, dass Sie mich unbedingt sprechen mussten? Stimmt es, was man mir gesagt hat? Es gab wieder einen Toten?« Der Comte d'Abrâigne nahm einen weiteren Schluck Cognac. An seiner Hand glänzte ein schwerer Siegelring.

Pierre presste die Hand auf seinen Oberschenkel. »Ja, mon Seigneur«, sagte er endlich und wartete auf die Reaktion des Comte. Dieser forderte ihn mit einem Heben seines Cognacschwenkers auf, fortzufahren. Pierre räusperte sich erneut. »Ich vermute, dass es Jacques Biânrie aus Nêufél ist. Zumindest nach dem zu schließen, was dieses Ungeheuer ...«

»Es gibt kein Ungeheuer, Chastel!«, schnitt ihm der Comte das Wort ab. »Ich habe Ihnen schon mehrmals gesagt, dass ich dieses Gewäsch nicht hören will. Weder von Ihnen noch von sonst jemandem. – Schlimm genug, dass Père Frédéric trotz meines Verbotes weiter diesen Unsinn von einem ›Teufel‹ verbreitet. – Was da draußen umgeht, ist ein Wolf, nichts anderes. Offenbar eine besonders große und bösartige Bestie, aber trotz allem nur ein Wolf.« Er fixierte Pierre über den Rand seines Glases hinweg. »Haben wir uns verstanden, Chastel?«

Pierre biss die Zähne zusammen. »Bei allem Respekt, mon Seigneur, ein Wolf würde nicht auf diese Art ...«

»Sie sind impertinent, Chastel! Ich will diesen Unsinn nicht mehr hören! – Und ich hoffe in Ihrem Interesse, dass es nach diesem Toten nicht zu noch mehr abergläubischem Gerede kommen wird.« Der Comte leerte sein Glas in einem Zug und goss sich erneut ein.

»Ich fürchte, das wird sich nicht vermeiden lassen, mon Seigneur. Eine junge Frau, die vermutlich aus einem der umliegenden Dörfer stammt, hat die Leiche auch gesehen.« Es fiel Pierre schwer, seinen Ärger zu zügeln. Er war sich nur zu bewusst, dass Darnaux hinter ihm stand und alles angespannt verfolgte.

»Wer ist sie?«

»Das kann ich Euch nicht sagen, mon Seigneur, ich

habe sie nicht gesehen. Monsieur Darnaux ist ihr begegnet. Wahrscheinlich wissen die Leute aus ihrem Dorf inzwischen, was geschehen ist.«

Sekundenlang sah der Comte Pierre kalt an. Dann wandte er sich abrupt Darnaux zu und ein Lächeln erschien auf seinem Gesicht.

»Monsieur Darnaux! Willkommen in Saint-Mézan und in meinem Haus. Wir haben Sie schon früher erwartet, nachdem Seine Exzellenz uns Ihr Kommen schon vor ein paar Tagen angekündigt hatte. ... Gehe ich recht in der Annahme, dass Sie ein Schreiben Seiner Exzellenz für mich haben?«

Einen Moment lang war Darnaux über diesen jähen Themenwechsel ebenso verblüfft wie Pierre, doch dann nickte er zustimmend: »Jawohl, Monsieur le Comte.« Rasch sah er zu Pierre hin, ehe er einen versiegelten Brief aus seinem Rock hervorzog und ihn dem Comte mit einer Verbeugung überreichte. D'Abrâigne warf einen prüfenden Blick auf das Siegel, bevor er es erbrach, faltete das Pergament auseinander und las.

Schließlich sah er auf. »Sie haben den Toten auch gesehen?« Scheinbar achtlos reichte er das Schreiben an Saint-Béran weiter, der die Zeilen seinerseits überflog.

»Ja, Monsieur le Comte.« Darnaux verbeugte sich erneut.

»Und? Was ist Ihre Meinung? War es ein Wolf oder doch irgendein ›Ungeheuer‹, wie Monsieur Chastel meint?«

Kurz ging Darnaux' Blick abermals zu Pierre. »Das ...

das weiß ich nicht, mon Seigneur. Ich konnte nur einen kurzen Blick auf die Leiche werfen. Es könnte vermutlich jedes größere Raubtier gewesen sein. – Auch wenn ich noch nie gesehen habe, dass ...«

Ein abfälliges Schnauben des Comte unterbrach ihn. »Sagen Sie nicht, Sie fallen auch auf dieses Gewäsch herein und glauben, dass es der ›Teufel‹ war?« Mit einer Handbewegung unterband er eine Antwort Darnaux'. »Wie auch immer: Seine Exzellenz hat mir bei unserem letzten Treffen erzählt, Sie seien ein begnadeter Jäger und Ihnen wäre noch nie ein Wild entkommen. Ich bin sicher, Sie werden unseren menschenfressenden Wolf aufspüren und zur Strecke bringen. – Chastel, Sie werden Monsieur Darnaux in jeder nur erdenklichen Weise unterstützen und seine Anweisungen befolgen.«

Darnaux drehte sich sichtlich überrascht zu Pierre um.

Der holte scharf Luft. »Bei allem Respekt, Monsieur le Comte, Monsieur Darnaux mag in den Ebenen ein guter Jäger sein, aber hier in den Pyrenäen ...«

»Deshalb werden Sie ihm auch als Führer dienen. – Ich dulde keinen weiteren Widerspruch, Chastel. Sie sind selbst noch nicht übermäßig lange hier, und zwei gute Jäger sehen mehr als einer. – Morgen früh werden Sie Monsieur Darnaux die Gegend zeigen. Ich denke, er wird die Orte sehen wollen, an denen die anderen Opfer des Wolfs gefunden wurden. – Und nun bonne nuit, Chastel. Sie können nach Hause gehen.«

»Wie Monsieur le Comte wünschen.« Es gelang Pierre mehr schlecht als recht, seinen Zorn vor den Anwesenden zu verbergen. Er verneigte sich vor dem Comte d'Abrâigne und dessen Gästen. Sein Blick kreuzte den von Darnaux. Sie starrten einander an: Pierre voll unverhohlener Wut, Darnaux gelassen, beinahe mit einer Spur Bedauern – und dennoch nicht bereit, die Augen als Erster zu senken. Pierre bedachte den anderen mit einem knappen Nicken, wandte sich brüsk ab und verließ schnell den Raum. Als die Tür sich hinter ihm geschlossen hatte, sah er sie sekundenlang zornerfüllt an. Ein Fremder aus der Stadt sollte schaffen, was ihm selbst nicht gelungen war. Es war wie ein Schlag ins Gesicht.

Der Lakai, der ihn zur Hintertür begleitete, war klug genug, den Mund zu halten. Pierre pfiff seine Hunde herbei und machte sich auf den Heimweg.

Mit einem Gefühl, das Verwirrung und Benommenheit am nächsten kam, saß André auf dem Rand des schweren Vierpfostenbetts und rieb sich übers Gesicht. Die Gastfreundschaft des Comte hatte ihn vollkommen überrumpelt. Nachdem er ihm die anwesenden Herren vorgestellt und sich nach Andrés Reise in diese abgelegene Gegend erkundigt hatte, hatte er jede weitere Unterhaltung auf den nächsten Tag verschoben. Er wollte André ein wenig Zeit geben, sich auszuruhen und zu erfrischen.

Er sah sich ein weiteres Mal in dem Zimmer um, zu dem d'Abrâigne ihn persönlich geführt hatte. Der Raum war mindestens dreimal so groß wie der, den André im Haus Bischof Noriérs in Tarbes bewohnte. Und war mit einer Pracht eingerichtet, die einem Adeligen zugestanden hätte, aber bestimmt nicht jemandem wie ihm, den der Bischof nur aus Güte vor etwas mehr als sechzehn Jahren bei sich aufgenommen hatte.

André strich mit der Hand über die einladend zurückgeschlagene Daunendecke. Das Bett – das mühelos drei Personen Platz geboten hätte – war mit feinem Linnen bezogen. Weiche Teppiche bedeckten den Boden und schwere, kunstvolle Tapisserien verbargen einen Großteil der Wände, die zu einem Teil getäfelt und zu einem anderen mit teuren Stoffen bespannt waren. In einem wuchtigen Kamin an der Schmalseite des Raumes prasselte ein Feuer. Davor standen ein mit herrlichen Einlegearbeiten verzierter Tisch und zwei bequem aussehende Sessel. Zwischen den beiden hohen, schmalen Fenstern rechts vom Kamin befand sich ein eleganter Sekretär. In der schweren Kommode an der Längsseite neben der Tür hatte er seine wenigen Habseligkeiten verstaut.

André rieb sich den Nacken. Nicht nur, dass der Comte ihm das Gemach eines Prinzen gegeben hatte, er hatte auch noch seine Dienerschaft aufgescheucht, damit André ein Bad nehmen konnte, und der Koch war damit beauftragt worden, ihm eine warme Mahlzeit zuzubereiten. Das heiße Wasser war pures Behagen gewesen und hatte die Müdigkeit weitestgehend aus seinen Knochen vertrieben. Es war ihm sogar gelungen, den jungen Lakaien davon zu überzeugen, dass er seine Dienste beim Baden nicht benötigte, und so hatte der Mann sich darauf beschränkt, ihm anschließend ein vorgewärmtes Handtuch zu reichen. Sein blutverschmiertes Hemd und seine schmutzigen Hosen waren einer der Mägde zur Reinigung übergeben worden. Bis zum Morgen sollte er seine Sachen zurückhaben. Das war ihm vom Majordomus des Comte persönlich versprochen worden.

Ein Klopfen riss ihn aus seinen Gedanken. Als ihm auf sein »Ja?« eine Frauenstimme »Ich bringe das Mahl, Monsieur« antwortete, zog André hastig das Handtuch um seine Hüften zurecht, ehe er die Magd hereinbat. Die junge Frau knickste in der Tür, dann trug sie das Tablett zu dem Tischchen beim Kamin, wo sie ihre Last gekonnt abstellte.

»Wünschen Monsieur sonst noch etwas?«

»Nein, danke! Bonne nuit!«

»Bonne nuit, Monsieur.« Sie knickste wieder. Erst als sie die Tür hinter sich geschlossen hatte, trat André an den Tisch. Er hatte geglaubt, um diese Zeit keinen Bissen mehr hinunterbringen zu können, obwohl er den ganzen Tag über nur Käse und Brot zu sich genommen hatte. Doch der Duft, der von dem reichlich gefüllten Teller aufstieg, ließ ihm das Wasser im Mund zusammenlaufen: Poulardenbrust in einer Kräutersoße, gebratene Möhren und Pilze, zusammen mit Käsetaschen und hellem, luftigem Brot. In einer Karaffe schimmerte Weißwein. Er zog sich einen Sessel heran, setzte sich mit dem Rücken zum Feuer und ließ es sich schmecken.

André schreckte aus einem Traum voller Blut und Schreie auf, nur um festzustellen, dass er neben dem Bett auf dem Boden lag – ohne eine Erinnerung daran, wie er dort hingekommen war. Sein Körper war schweißbedeckt. In seinem Kopf saß zäher Nebel. Zwischen seinen Schläfen pochte es dumpf.

Er musste ein paar Mal schlucken, ehe der bittere Geschmack in seinem Mund ein wenig nachließ. Mühsam stemmte er sich halb in die Höhe und ließ sich dann schwer gegen die Seite des Bettes sinken.

Die Reste seines Mahls standen noch auf dem Tisch beim Kamin. Alles, woran er sich erinnerte, war, dass er etwas von der köstlichen Soße mit dem Brot aufgetunkt hatte, und dann ... nichts!

War der ungewohnte Wein ihm so schnell zu Kopf gestiegen, dass er es gar nicht gemerkt hatte? Die Karaffe war tatsächlich beinah leer. Normalerweise mochte er doch gar keinen Wein, sondern bevorzugte klares Wasser.

Offenbar hatte er es noch irgendwie bis ins Bett geschafft, zumindest war das Bettzeug zerwühlt – dass er unruhig schlief, war nichts Ungewöhnliches, ebenso wie seine regelmäßig wiederkehrenden Albträume. Auch wenn es das erste Mal seit Jahren war, dass er *neben* seinem Bett aufwachte.

Eine Hand auf der Matratze, wollte er sich in die Höhe stemmen, als sein Blick auf den Teppich fiel. Blut! André sank auf den Boden zurück, ohne die Augen von dem bestimmt handgroßen, dunklen Fleck abwenden zu können. Hatte er sich bei seinem Sturz verletzt? Er rieb sich mit dem Handballen die Stirn. Verdammt, wenn er sich nur an irgendetwas erinnern könnte. – Sosehr er sich auch den Kopf zermarterte, da war nichts außer den verworrenen Fragmenten seines nur zu vertrauten Albtraums, die er noch nie wirklich festzuhalten vermocht hatte, sodass sie nicht mehr waren als eine grauengeschwängerte Angst, die in Schmerz und Blut ertrank und über der Schreie der Wut, Qual und Verzweiflung erklangen, zusammen mit flehenden Worten, die er nicht verstehen konnte.

Für einen Moment schloss er die Augen, ehe er sich schließlich schwerfällig vom Boden hochstemmte und auf der Bettkante niederließ. Durch die hohen, schmalen Fenster fiel weiches Morgenlicht in den Raum und offenbarte André, dass er länger geschlafen hatte als beabsichtigt. Und das, nachdem Chastel ihn heute herumführen wollte. Der Wildhüter erwartete ihn wahrscheinlich schon seit mehr als einer geschlagenen Stunde.

Ärgerlich über sich selbst stand André endgültig auf und wollte zur Kommode hinübergehen, um sich anzuziehen, stockte aber mitten im Schritt, als sein Blick auf die Kleider fiel, die er den Mägden am Vortag zum Reinigen überlassen hatte und die jetzt ordentlich gefaltet darauf lagen. Daneben standen eine Waschschüssel aus

Porzellan und ein Krug. Jemand war im Zimmer gewesen. Der Umstand, dass er es nicht bemerkt hatte, verblüffte André. Gewöhnlich hatte er einen sehr leichten Schlaf. Er trat an die Kommode und legte prüfend die Hand gegen den Krug. Das Wasser darin war noch warm. Es konnte noch nicht allzu lange her sein, dass man es gebracht hatte. Ob derjenige wohl bemerkt hatte, dass André neben dem Bett gelegen hatte? Mit Sicherheit. Ebenso sicher war, dass man es ihm gegenüber niemals erwähnen würde – aber in den Räumen der Dienstboten würde darüber getratscht werden. Im Haushalt des Bischofs war es ebenso. Und auch dort war er mehr als einmal der Grund für Gerede gewesen.

Mit einer müden Bewegung lehnte André die Muskete, die ihm der Majordomus mit den besten Empfehlungen des Comte vor einigen Stunden zusammen mit Pulverhorn und Kugeln ausgehändigt hatte, in die Armbeuge, wischte sich den Schweiß von der Stirn und setzte den Dreispitz wieder auf. Chastel hatte ihn am Morgen tatsächlich schon in der Küche des Jagdschlosses erwartet und ihm kaum genug Zeit gelassen, ein paar Bissen Brot mit Butter hinunterzuschlingen und mit einem Becher Tee nachzuspülen, ehe er zum Aufbruch drängte. Seitdem schleppte er ihn kreuz und quer durch die südliche Hälfte des Pais de Foix – so kam es André zumindest vor –, wobei Chastel keinen Hehl daraus machte, was er davon hielt, vom Wildhüter zu Andrés Führer degradiert zu werden. André konnte es ihm noch nicht einmal verdenken. Im umgekehrten Fall wäre er auch nicht davon erbaut gewesen, in seinem eigenen Revier einem Fremden unterstellt zu werden.

Eigentlich hatte er vorgehabt, den Comte darum zu bitten, ihm zu erlauben, sich allein umzusehen und Chastel seinen eigentlichen Aufgaben nachgehen zu lassen. Doch er hatte am Morgen weder d'Abrâigne noch einen seiner Gäste gesehen. Es war erstaunlich ruhig gewesen, als er sein Zimmer verlassen hatte. Nur auf der Treppe ins Erdgeschoss hatte er ganz kurz das leise Lachen einer jungen Frau aus einem der oberen Stockwerke gehört.

Seit dem Vormittag zeigte Chastel ihm nun schon die Stellen, an denen man die Opfer des »Teufels« gefunden hatte – und an denen natürlich keine Spuren mehr zu entdecken waren. Am Mittag hatten sie an einem kristallklaren, aber eiskalten Gebirgsbach in ungeselligem Schweigen ein schnelles Mahl aus Brot und Käse verzehrt. Inzwischen ging es schon wieder auf den Abend zu und die kalten Böen, die von den Gipfeln herabwehten und zwischen den Bäumen hindurchpfiffen, ließen André in seinem verschwitzten Hemd trotz des Rocks frösteln, auch wenn die Sonne noch immer warm genug herabbrannte, um ihm unter dem Dreispitz den Schweiß auf die Stirn zu treiben. Alles, was André in der ganzen Zeit erfahren hatte, war, dass die Überfälle keinem wirklichen Muster folgten, auch wenn viele offenbar in den Abendstunden oder des Nachts stattgefunden hatten. Bei den Toten hatte es sich bisher – abgesehen von einer Ausnahme – stets um junge Männer oder Jungen gehandelt. Welches Tier auch immer hinter all dem stand, es schien nicht aus Hunger zu töten, denn obwohl es jedem seiner Opfer den Leib aufriss und sich an den Eingeweiden gütlich tat, ließ es zu viel Fleisch zurück. Nach dem Wenigen, was Chastel ihm berichten konnte, riss es seiner Beute wohl zuerst die Kehle heraus und zerbiss Kopf und Gesicht. Ob die Unglücklichen aber noch am Leben waren, wenn es sie anschließend zerfleischte, wusste niemand, und André gab Chastel recht: Das alles klang nicht nach einem Wolf – selbst wenn er tollwütig wäre. Auch ein Bär kam weder für Chastel noch für André infrage. Hinter all dem musste etwas anderes stecken.

Der heraufziehende Abend verschluckte mit seinen Schatten immer mehr das zwischen den Bäumen ohnehin schon schwache Licht. Schweigend hörte André sich Chastels Schilderung an, wie man in der vergangenen Woche den Körper des gerade mal neun Jahre alten Baptiste – ebenso zugerichtet wie die anderen – an einer Stelle ganz in der Nähe entdeckt hatte, während er zugleich unbewusst dem Hecheln der beiden Hunde lauschte, die ein Stück vor ihnen hertrabten. Der Ort, an dem man Baptistes Leiche gefunden hatte, war dem Château des Comte und dem Dorf Saint-Mézan bisher am nächsten gewesen.

»Und es gibt absolut keine Spuren?« André wechselte die Muskete in die andere Hand und hielt einen Ast beiseite, während er sich gleichzeitig unter einem anderen hindurchduckte. Chastel bedachte ihn mit einem mörderischen Blick.

»Was glauben Sie? – Ich habe mit meinen Hunden alles abgesucht. Selbst mit den Bracken des Comte habe ich es versucht. Mehrfach. Die Witterung verlor sich nach einer gewissen Distanz scheinbar schlagartig, sodass die Hunde sie nicht mehr aufnehmen konnten. Und die wenigen Spuren, die dieser Mörder tatsächlich hinterlassen hat, waren verwischt und ließen auf kein Tier schließen, dessen Fährte ich schon einmal gesehen hätte.« Er schüttelte ärgerlich den Kopf. »Es gibt hier sicherlich Leute, die diese Gegend besser kennen als ich, aber Sie können mir glauben: Ich habe beinah jeden Stein umgedreht und jedes Versteck aufgespürt, das es in der Gegend gibt. Es ist, als würde dieses Vieh – was auch immer es nun tatsächlich sein mag – töten und dann einfach aufhören zu existieren, bis es das nächste Mal zuschlägt.«

Eben traten sie aus einem Waldstück heraus, das sich an einen der schroffen Berghänge schmiegte, als die Hunde unvermittelt stehen blieben. Knurrend starrten sie in den Wald zu ihrer Linken. Ihr Nackenfell sträubte sich und ihre Lefzen bebten. André tauschte mit Chastel einen alarmierten Blick, doch noch ehe er etwas sagen konnte, hörte er die Schreie. Sie klangen schwach, wie erstickt. Nur dass das Grollen der Hunde bedrohlicher wurde und ihre Ohren in die Richtung zuckten, aus der die Laute kamen, überzeugte André davon, dass sie keine Einbildung waren.

Neben ihm sah Chastel mit gerunzelter Stirn auf seine Hunde und spannte nach einem kurzen Zögern die beiden Hähne seiner doppelläufigen Muskete. Dann befahl er ihnen »Voran!«, und die Tiere schnellten unter wütendem Belfern los. André hetzte zwischen den Bäumen hindurch hinter ihnen her, setzte über Steine und umgestürzte Stämme, duckte sich unter tiefhängenden Ästen hindurch oder hob einfach die Arme vors Gesicht, um sich vor den peitschenden dünneren Zweigen zu schützen, die hinter ihm wieder zurückschnellten. Die Schreie waren lauter geworden, dann aber schlagartig verstummt. Wild bellend jagten die Hunde ein paar Meter vor ihm her. Er konnte Chastels scharfe Atemzüge dicht hinter sich hören, schlitterte einen Abhang hinunter, glaubte, halb verborgen vom Unterholz einen massigen Schatten zu erkennen, brach durch ein Dickicht – und blieb jäh stehen. Der vordere der Hunde sprang auf das Wesen zu, das eben von seinem Opfer abgelassen hatte und jetzt mit einem Knurren und gefletschten Fängen herumfuhr. Hellbraunes Fell umspannte massige Schultern. Eine der Klauen traf den Hund und schleuderte das aufjaulende Tier ins Unterholz.

Der Gestank von Blut und Angst brannte in Andrés Sinnen, zusammen mit einem anderen Geruch. Es war ihm unmöglich, sich zu rühren. Wie gebannt starrte er die Kreatur an. Seine Albträume schienen Realität geworden zu sein.

Der Wolf hob in der Dunkelheit den Kopf. Angespannt sog er die verwirrende Witterung ein – und stieß ein wildes, gieriges Heulen aus.

Pierre prallte beinahe gegen Darnaux, als dieser so unvermittelt stehen blieb, doch der Fluch erstarb in seiner Kehle. Neben ihrem Opfer richtete die Bestie sich brüllend auf die krummen Hinterläufe auf.

»Heilige Maria ...« Er hatte seinem Vater und seinem Bruder nicht glauben wollen, hatte die Existenz einer solchen Kreatur vehement bestritten. Vor ihm schien Darnaux wie versteinert. Remi winselte im Unterholz, wohin der Hieb des Ungeheuers ihn befördert hatte. Dieses fing eben Barras mitten im Sprung ab und schleuderte ihn mit solcher Wucht gegen einen Baum, dass Pierre hörte, wie das Rückgrat des Tieres brach. Das Jaulen endete abrupt. Darnaux' Muskete fiel klappernd zu Boden. Das Geräusch entlockte dem Biest ein Knurren. Mit beängstigender Geschmeidigkeit machte es einen Schritt auf sie zu, die Vorderläufe halb gehoben, den Blick auf Darnaux gerichtet. Unverwandt starrte dieser die Monstrosität an, die ihn um Haupteslänge überragte. Ihre Augen erinnerten Pierre an Schwefel. Sie schienen über der seltsam lang gestreckten Wolfsschnauze zu glühen. Ihre Lefzen hoben sich und entblößten Fänge, die ungleich mörderischer waren als alles, was er jemals zuvor bei einem Tier gesehen hatte. Dann duckte die Kreatur sich zum Sprung, und Pierre erwachte aus seiner Erstarrung, stieß Darnaux beiseite und riss seine Muskete in den Anschlag – die Gewehrläufe wurden ihm von einer Klaue, an der schier überlange Krallen saßen, aus den Händen gefegt. Pierre krachte unter einem zweiten Hieb rücklings gegen einen Baum. Äste brachen unter dem Aufprall, bohrten sich in seinen Rock. Sein Kopf schlug mit voller Wucht gegen den Stamm. Mit einem Pfeifen entwich der Atem seinen Lungen. Vor seinem Blick verschwamm alles zu rotgrauen Schlieren. Die Bestie war über ihm, das Maul in der grotesken Parodie eines Grinsens aufgerissen. Zwischen den Fängen schäumte Speichel. Schwefelglühende Augen starrten in bösartigem Triumph auf ihn hinab. Eine Klaue legte sich auf seine Brust, drückte ihn fester gegen die Aststümpfe in seinem Rücken, presste ihm die Luft aus den Lungen und machte jeden Atemzug unmöglich, während die Fänge sich seinem Gesicht näherten. Verzweifelt drosch Pierre mit der Faust auf den grausigen Schädel ein. Geifer sprühte. Er spürte, wie die Krallen des Biestes langsam durch den Stoff von Rock und Hemd drangen. Es knurrte, drückte härter zu, nahm Pierre endgültig den Atem. Die gelben Augen schienen ihn mit einer Bosheit anzustarren, die jenseits dessen lag, zu dem ein Tier fähig war. Sein Arm fiel kraftlos herab. Die Krallen gruben sich immer tiefer. Dann ertönte plötzlich ein Schuss. Brüllend vor Schmerz und Wut bäumte sich die Bestie auf, ließ von Pierre ab und stürzte sich auf Darnaux, der, die Muskete an der Schulter, im Gras kniete.

Ein zweiter Schuss erklang, jagte eine Kugel in die

Brust der Kreatur und ließ sie hart zu Boden stürzen, wo sie reglos liegen blieb. Darnaux' Züge waren eine Maske aus Grauen und Qual. Keuchend und hustend rollte Pierre sich zur Seite, fort von dem Baum und den Aststümpfen. Er blinzelte mühsam – und keuchte auf, als sich die Bestie grollend wieder in die Höhe stemmte. Pierre sah Blut über ihren Rücken rinnen, das bereits versiegte, als sie sich wie rasend auf Darnaux stürzte, ihn zu Boden riss und unter sich begrub. Verzweifelt rang Darnaux mit dem Ungeheuer. Die Muskete lag ein Stück von ihm entfernt im Gras. Noch immer hustend kroch Pierre darauf zu. Seine Hände zitterten, als er sie in fliegender Hast nachlud. Erneut brüllte die Bestie. Er sah im selben Moment auf, als auch Darnaux schrie. Seine Schulter blutete. Eine Sekunde lang glaubte Pierre, Darnaux wolle seine Zähne in die Kehle der Kreatur schlagen, als dieser sich heftig aufbäumte, dann jedoch fiel er mit einem Schrei zurück. Das Ungeheuer erstarrte. Langsam beugte es sich über sein Opfer. Darnaux lag unter ihm, als hätte man ihn auf dem Waldboden gekreuzigt. Die Bestie zog die Lefzen zurück und senkte den Kopf noch weiter. Darnaux keuchte wie ein Erstickender, die Augen weit aufgerissen, während die Wolfsschnauze sich seiner Kehle näherte. Pierre riss die Muskete an die Schulter, zielte, hielt den Atem an und drückte ab. Der Rückstoß ließ ihn taumeln und nach hinten stürzen. Das lang gezogene Heulen des Untiers jagte eine Gänsehaut über seine Glieder. Er wälzte sich herum, versuchte sich wieder aufzurichten. Er erwartete, die Augen des Monsters hasserfüllt auf sich gerichtet zu finden, doch er sah gerade noch, wie es als dunkler Schatten zwischen den Bäumen verschwand. Schlagartig war es bis auf seine und Darnaux' schwere Atemzüge und Remis leises Winseln totenstill.

Pierre schloss kurz die Augen, darum bemüht, das Zittern seiner Glieder zu beherrschen. Dann kämpfte er sich schwerfällig auf die Füße und stolperte zu Darnaux hinüber, obwohl es ihn viel mehr drängte, sich um Remi zu kümmern.

Darnaux' Rock und Hemd waren über der Schulter zerrissen und blutgetränkt. Eben setzte er sich auf, scheinbar ohne seine Verletzung zu bemerken. Seine Bewegungen erinnerten Pierre an die einer Marionette. Jede Farbe war aus seinem Gesicht gewichen. Er schien nicht in der Lage zu sein, richtig zu atmen, während er wie blind hinter der Bestie herstarrte und nur immer wieder fast unhörbar »Großer Gott! Oh, großer Gott!« vor sich hin murmelte. Erst als Pierre ein paar Mal dicht vor seinen Augen mit den Fingern schnippte, richtete sich sein Blick auf ihn, doch Pierre hatte den Eindruck, als brauche Darnaux eine weitere Sekunde, um ihn überhaupt zu erkennen. Der Mann stand ganz eindeutig unter Schock. Nur allmählich beruhigte sich sein Atem.

»Zeigen Sie mir Ihre Schulter!« Pierre streckte die Hand nach ihm aus, aber Darnaux zuckte vor ihm zurück. Die heftige Bewegung entlockte ihm einen qualvollen Laut. Ein zweites Mal hob Pierre die Hand. Diesmal bewegte er sich sehr viel langsamer. »Das Biest hat

Sie erwischt! Lassen Sie mich nach der Wunde sehen.« Er sprach in dem beschwichtigenden, murmelnden Tonfall, den er bei verstörten Hunden gebrauchte. Darnaux' Blick huschte zu seiner Schulter, zuckte zu Pierre zurück. Entsetzen stand darin. Schlagartig flog sein Atem wieder. Er fuhr sich mit der Zunge über die Lippen.

»Das ... ist nicht nötig! Es ... es ist nur ein Kratzer!« Er zog den Arm eng an den Leib und barg den Ellbogen in der freien Hand, wohl um die Schulter zu entlasten.

Pierre schnaubte verächtlich und sah sich zugleich wachsam um. Auch wenn die Bestie sich davongemacht hatte, konnten sie nicht wie bei jedem anderen Tier sicher sein, dass sie nicht zurückkommen würde. »Ihr ›Kratzer‹ blutet wie eine angestochene Schweinsblase. Lassen Sie mich danach sehen! Ich will zumindest wissen, wofür der Comte meinen Kopf fordern wird.«

Erneut leckte Darnaux sich über die Lippen, zögerte mehrere Sekunden lang, ehe er mit einem knappen Nicken sein Einverständnis bekundete und vorsichtig begann, Rock und Hemd von seiner Schulter zu schälen. Schmerz verzerrte sein Gesicht und überzog seine Haut mit Schweiß.

Bei dem Anblick, der sich ihm bot, sog Pierre unwillkürlich zischend den Atem ein. Die Wunde begann knapp unter dem Schlüsselbein und zog sich klaffend bis halb über das Gelenk. Durch Darnaux' Bewegungen hatte sie wieder heftiger zu bluten begonnen. Er beugte sich weiter vor, um sie näher zu untersuchen: Sie war so tief, dass er zwei Finger übereinander hätte hineinlegen können.

»Sie hat mich nur mit dem unteren ihrer Reißzähne erwischt.« Die Worte kamen vollkommen tonlos über Darnaux' Lippen.

»Das sollte sich ein Arzt ansehen.«

Darnaux versteifte sich. »Das ist nicht nötig. – Ich sagte doch: Es ist nur ein Kratzer«, beharrte er seltsam starrsinnig, ohne Pierre anzuschauen.

Anstelle einer Antwort zog dieser sein Taschentuch hervor und legte es auf die Wunde. Darnaux keuchte auf. Ohne Rücksicht auf seine Schmerzen packte Pierre Darnaux' andere Hand und presste sie darauf. »Festhalten und draufdrücken«, befahl er ungerührt. Der Blick, mit dem Darnaux ihn ansah, erinnerte ihn an den eines Tieres in der Falle.

»Was ist mit Ihnen?«

Pierre sah auf seine Brust hinab. Fünf rote Flecken blühten unter dem Rock auf seinem Hemd. Er zog es auseinander. Die Krallen der Bestie waren nur mit den Spitzen durch seine Haut gedrungen. Man hätte meinen können, sie hätte sie ihm langsam und mit sadistischem Genuss ins Fleisch bohren wollen.

»Sie sind dem Biest zuvorgekommen.« Pierre zog das Hemd wieder zurecht. Er würde Darnaux nicht erzählen, dass sein Rücken sich um einiges schlimmer anfühlte.

»Was ist mit Ihren Hunden?« Darnaux starrte dorthin, wo die Kreatur zwischen den Bäumen verschwunden war.

»Barras ist tot und Remi ...« Pierres Stimme versagte. Er hatte die beiden als Welpen bekommen, selbst großgezogen und abgerichtet. Sie waren für ihn viel mehr gewesen als nur Jagdgehilfen. Die Hunde waren seine Freunde. Mit mehr Kraft als nötig packte er den Ärmel von Darnaux' Hemd und riss ihn herunter. Er wusste nicht, ob der andere vor Schmerz zusammenzuckte oder weil Pierre das Kleidungsstück gerade endgültig ruinierte, und es interessierte ihn auch nicht. Er riss den überraschend fein gewebten, entsprechend teuren Stoff noch einmal in lange Streifen, die er dazu benutzte, Darnaux' Schulter fest zu verbinden. Als Pierre das Leinen verknotete, kündete Darnaux' Keuchen eindeutig von Schmerz.

Ein wenig wankend stand Darnaux auf, noch ehe Pierre ihm seine Hilfe anbieten konnte. Den verletzten Arm mit der anderen Hand am Körper geborgen, trat er an das Opfer der Bestie heran. Vielleicht hatte er Pierres Zögern und den Blick bemerkt, mit dem dieser ins Unterholz sah, wo Remis Winseln immer schwächer wurde, denn er schüttelte den Kopf, als der andere ihm folgen wollte.

»Die Lebenden sind wichtiger als die Toten. Kümmern Sie sich um Ihren Hund. Ich sehe mich allein um.«

Überrascht blickte Pierre ihn an. Doch als Darnaux ihn einfach stehen ließ und zu dem hinüberging, was das Monster von der Leiche übrig gelassen hatte, hastete er zu Remi. Unter beschwichtigendem Murmeln kniete er sich neben den Hund. Eine Hand auf der Schulter, verhinderte er, dass das Tier sich aufrichtete. Schnaufend fiel Remi auf das Laub zurück. Die Zunge hing ihm aus dem Maul. Pierre schluckte hart. Die Klauen der Bestie hatten die Seite des Hundes quer über den Rippen aufgerissen. Vielleicht wäre es das Gnädigste gewesen, Remi auf der Stelle zu erschießen, aber etwas in ihm wollte die Hoffnung noch nicht aufgeben, dass der Hund doch überleben könnte. Hastig schlüpfte er aus dem Rock, zog sein Hemd aus und riss es in Streifen, mit denen er die Wunde notdürftig verband, ohne auf seine eigenen Schmerzen in Brust und Rücken zu achten. Remi winselte jämmerlich. Dass er es wagte, die Zähne gegen ihn zu fletschen, ließ Pierre ahnen, wie groß die Qualen des Hundes sein mussten. Der Verband hatte sich bereits mit Blut vollgesogen, während Pierre noch die Enden der Stoffstreifen verknotete. Seine Hoffnung sank.

Darnaux stand so plötzlich neben ihm und hielt ihm das, was von seinem Hemd übrig geblieben war, entgegen, dass Pierre zusammenzuckte. Der Rock hing nur lose um seine Schultern. Auf seiner Haut stand Schweiß. Er war noch immer leichenblass. Zögernd nahm Pierre den Stoff. Nur am Rande registrierte er dabei, dass der andere bei Weitem nicht so schwächlich war, wie er vermutet hatte. Ganz im Gegenteil: Er mochte zwar kein Hüne sein, aber er war von einer sehnigen Drahtigkeit, die Kraft und Geschmeidigkeit erahnen ließ.

Noch immer wortlos kniete Darnaux sich neben ihn

und hob Remis Kopf und Brust, so gut er es mit seinem verletzten Arm vermochte, vom Boden hoch, damit Pierre ihm auch noch den zweiten Verband anlegen konnte.

»Und?«, fragte Pierre schließlich, während er die Leinenstreifen sehr viel behutsamer verknotete als zuvor bei Darnaux.

Der schüttelte den Kopf, zuckte aber mitten in der Bewegung vor Schmerz zusammen und wich seinem Blick aus. »Tot. Es war ein Mann. Nicht älter als zwanzig. – Wer er war, kann vermutlich nur noch jemand sagen, der ihn wirklich gut gekannt hat.«

Pierre schauderte innerlich. Wenigstens wussten sie jetzt, dass die Bestie ihre Opfer tötete, *bevor* sie sich an ihren Eingeweiden gütlich tat. – Zumindest dieses Mal war es so gewesen.

»Und das Biest?« Er schulterte die Muskete und ließ die Hände unter Remi gleiten, um den Hund vom Boden hochzuheben.

»Weg. Die Spur verläuft in südlicher Richtung.« Darnaux griff verblüffend schnell zu, als Pierre wankte, und half ihm, mit dem Tier in den Armen aufzustehen.

»Der Comte muss hiervon erfahren!« Der Hund drohte Pierre zu entgleiten. Schweigend fasste Darnaux fester zu, bis Pierre den vor Schmerz hechelnden Remi sicher an seiner Brust liegen hatte. Dann trat er zurück.

»Bringen Sie Ihren Hund nach Hause und kümmern Sie sich um ihn. Ich kann seiner Gnaden auch alleine Bericht erstatten.«

Pierre biss die Zähne zusammen. »Nein! Der Comte

muss erfahren, dass wir es hier mit demselben Monster zu tun haben wie Beauterne vor wenigen Wochen im Gévaudan – oder zumindest einem wie diesem, da er es ja erschossen haben soll.«

Eine geschlagene Sekunde lang starrte Darnaux ihn an, und Pierre hätte schwören können, dass der andere etwas sagen wollte. Doch stattdessen leckte er sich die Lippen und holte langsam Atem, ehe er schließlich sprach. »Ich sage dem Comte, was er wissen muss. – Gehen Sie schon.«

Pierre musterte Darnaux noch einmal, dann deutete er mit dem Kopf nach links. »Da entlang kommen Sie am schnellsten zum Château zurück.«

Der Mund seines Gegenübers verzog sich zu einem dünnen Lächeln. »Ich weiß!«

Einen Moment zögerte Pierre noch, dann quittierte er Darnaux' Worte mit einem Nicken, packte Remi fester und machte sich auf den Weg. Er hörte nicht, wie Darnaux sich seinerseits entfernte, doch als er sich nach ein paar Schritten umdrehte, waren zwischen den Bäumen nur noch Schatten zu sehen.

André konnte sich nicht genau erinnern, wie er es tatsächlich zurück zum Château geschafft hatte. Seine Sinne waren gefangen zwischen der schweren, dunklen Witterung der Bestie, die auf jedem Fingerbreit seiner

Haut zu hängen schien, und dem quälenden Feuer, das in seiner Schulter pochte. Es hatte ihn seine ganze Selbstbeherrschung gekostet, Chastel nichts davon merken zu lassen. Doch nachdem er endlich allein war, brach alles über ihn herein. – Auch, was Chastel gesagt hatte: *Der Comte muss erfahren, dass wir es hier mit demselben Monster zu tun haben wie Beauterne vor wenigen Wochen im Gévaudan – oder zumindest einem wie diesem, da er es ja erschossen haben soll.* Warum hatte Bischof Noriér ihm nichts davon gesagt? Hatte er überhaupt gewusst, was im Gévaudan vor sich gegangen war? – Nein, er konnte es nicht gewusst haben, denn sonst hätte er André mit absoluter Sicherheit davon unterrichtet!

Irgendwann stolperte er mit einem seltsamen Gefühl der Verwirrung im Dunkeln die Stufen zum vorderen Portal des Jagdschlosses empor. Er war von oben bis unten verdreckt, weil er auf seinem Weg hierher immer wieder über Steine und Wurzeln gestolpert oder auf schmierigem Laub ausgerutscht und gestürzt war, wie er sich vage erinnerte. Seine Schulter stand in Flammen, er hatte einen süßen, kupfernen Geschmack auf der Zunge, der Rock klebte ihm auf der Haut und ihm war heiß und kalt zugleich.

Das Portal wurde geöffnet, ohne dass er hätte sagen können, ob er geklopft hatte. Die jähe Helligkeit blendete ihn, sodass er unwillkürlich die Hand vor die Augen hob. Der missbilligende Ausdruck auf dem Gesicht des Dienstboten wich schlagartig Entsetzen. Er schrie etwas hinter sich und komplimentierte André dann in die

Halle, wo er in dem Versuch, ihm ehrerbietig zu helfen und ihm gleichzeitig nicht zu nahe zu rücken, um nichts von dem Dreck abzubekommen, einen grotesken Tanz aufführte. Türen schlugen. Dann waren Schritte zu hören. Jemand nahm ihm die Muskete aus der Hand. Es war ihm nicht bewusst gewesen, dass er sie überhaupt bei sich hatte. Unvermittelt ragte d'Abrâigne vor ihm auf, musterte ihn kalt.

»Was ist passiert?«, verlangte er zu wissen.

»Wir haben ...« André schluckte. »Wir haben das Biest gesehen, das für die Morde verantwortlich ist.«

»Sie haben es gesehen? – Chastel auch?« Antoine de Beauterne blickte ihn auf die gleiche abschätzende Art wie d'Abrâigne an.

André schloss die Augen, leckte sich über die Lippen. Plötzlich standen der Comte und seine Gäste viel zu dicht um ihn herum. Ein Zittern stieg in ihm auf. Er kämpfte gegen den Drang zu schreien und sie von sich fortzustoßen. Die Wände der Halle schienen näher zu rücken und der Geruch der Bestie war nicht mehr nur an ihm, sondern auch an Beauterne und d'Abrâigne und Firron und Saint-Béran. Sein Versuch, ruhig und tief zu atmen, machte alles nur noch schlimmer. Hilflos grub er sich die Fingernägel in die Handfläche. Irgendwie brachte er ein Nicken zustande. »Ja!«

Ein mehrstimmiges Keuchen und Raunen ging durch die Halle.

Er spürte, dass er wankte. Eine Hand schloss sich um seinen Arm und der Schmerz zwang ihn um ein Haar in die Knie. »Ruhe! – Was gibt es hier eigentlich zu gaffen? Schert euch an eure Arbeit zurück, wenn ihr sie behalten wollt!«, herrschte der Comte seine scheinbar vollständig versammelte Dienerschaft an. »Und jemand soll gefälligst heißes Wasser und sauberes Leinen bringen.« Er wies in den Salon. »Kommen Sie, dort haben wir mehr Ruhe und Sie können sich setzen.« Sein Griff um Andrés Arm war beinah fürsorglich. »Beauterne, schafft ... Holt Martine herunter. Sie kann sich nützlich machen«, befahl er, während er André vorwärtsschob. Beauterne murmelte etwas, dann entfernte er sich.

Die Türen des Salons schlossen sich mit einem Schnappen, das André zusammenzucken ließ. Fast wäre er über den Rand eines der Teppiche gestolpert. Er stieß sich an einem Tischchen, das nur durch die rasche Reaktion Firrons vor dem Umkippen bewahrt wurde. Während d'Abrâigne ihn auf einen Sessel beim Kamin drückte, streifte jemand seine verletzte Schulter. André keuchte auf. Saint-Béran gab einen missbilligenden Laut von sich.

»Also: Was war es, das Sie und Chastel gesehen haben?«

Hinter ihm erklang verhaltenes Schaben, dann ein Klacken, auf das ein leises Gluckern folgte.

»Es war ...« André senkte den Kopf. »Es war ein Wolf!« Aus dem Augenwinkel glaubte er ein dünnes Lächeln auf den Lippen des Comte zu bemerken, doch als er aufschaute, war es verschwunden, und er war sich nicht mehr sicher, ob er es tatsächlich gesehen hatte.

»Ein Wolf also.« D'Abrâigne tauschte einen Blick mit Firron und Saint-Béran, die hinter André standen. »Dann war meine Annahme also richtig.« Etwas wurde über seinen Kopf hinweg gereicht, dann hielt der Comte ihm ein schweres, geschliffenes Glas hin, in dem eine dunkelgoldene Flüssigkeit schimmerte. »Hier, trinken Sie!« Der Geruch von hochprozentigem Alkohol stach André in die Nase. Beinahe wäre er zurückgewichen. Er schüttelte den Kopf. Ein Schnauben d'Abrâignes erstickte seinen Widerspruch im Keim. »Lassen Sie den Unsinn. Runter damit! Es beruhigt die Nerven.«

Das Glas wurde ihm in die Hand und dann an seinen Mund gedrückt. Die Flüssigkeit schwappte gegen seine Lippen und er hatte gar keine andere Wahl, als zu trinken. Cognac, alt, schwer und scharf. Er brannte in seinem Mund und den ganzen Weg seine Kehle hinab in seinen Magen. André musste husten. Ungerührt gab d'Abrâigne das Glas den Männern hinter ihm zurück.

»Zeigen Sie uns jetzt Ihre Wunde, André.« Der Comte streckte die Hand nach dem besudelten Rock aus, der immer noch um Andrés Schultern lag.

»Nein! Das ist nicht …« Hastig zog er ihn über der Brust zusammen, versuchte gleichzeitig, d'Abrâigne auszuweichen. »Das ist nicht nötig. Es ist nicht … Es ist nur ein Kratzer. Ich kann allein …«

Ärgerlich schnalzte der Comte mit der Zunge und hielt André vom Aufstehen ab. »Seien Sie kein Dummkopf. Lassen Sie uns danach sehen. Der nächste Arzt wohnt mindestens zwei Stunden zu Pferd von hier entfernt und mit einem Wundfieber ist nicht zu spaßen. – Also bitte: Gehorchen Sie!«

André schluckte hart, dann ließ er widerstrebend die Hand sinken.

»Guter Junge«, nickte d'Abrâigne mit einem feinen Lächeln, während Firron ihm schon den Rock von den Schultern nahm. Der notdürftige Verband darunter war dunkel von getrocknetem Blut. Wortlos reichte Saint-Béran dem Comte einen Dolch, mit dem dieser das Leinen zerschnitt und die Streifen Stück für Stück entfernte. Der Letzte klebte auf der Wunde fest. D'Abrâigne löste ihn mit einem harten Ruck und André atmete keuchend ein. Ein kurzes Klopfen, die Tür des Salons öffnete sich auf d'Abrâignes »Herein!«, jemand murmelte etwas, worauf Saint-Béran »Stellen Sie es hierher. Und dann raus!« befahl. Gleich darauf verkündete ein Klacken, dass der Bedienstete wieder fort war.

»Ein hübscher ›Kratzer‹.« Der Comte hatte Saint-Béran den Dolch zurückgegeben und strich nun mit den Fingerspitzen an der Wunde entlang. André senkte den Kopf und grub sich gleichzeitig die Finger in den Oberschenkel, während er mit angehaltenem Atem die Zähne zusammenbiss, um nicht vor Schmerz zu schreien. Erneut klackte die Tür, diesmal ohne ein vorheriges Klopfen.

»Ah! Da bist du ja!« D'Abrâigne ließ von ihm ab und André sackte mit einem erleichterten Stöhnen zusammen. Der Comte trat einen Schritt zurück. Etwas in seiner Stimme veränderte sich. »Komm her, meine Liebe, und sieh dir an, wie der Wolf, der die Menschen in dieser Gegend in Angst und Schrecken versetzt, den armen André zugerichtet hat.« Schritte, begleitet von dem Rascheln von Röcken, kamen näher und verhielten knapp vor André. Ein dunkelblauer Seidensaum, unter dem ganz kurz die Spitzen zierlicher Schuhe hervorlugten, erschien in seinem Blickfeld. »André, erlauben Sie, dass ich Ihnen Martine Agriaque, das Mündel seiner Gnaden, des Marquis de Saint-Béran, vorstelle? Ich hätte es vorgezogen, dass Sie sie unter anderen Vorzeichen kennenlernen, aber ich denke, Sie werden es zu schätzen wissen, dass sich die sanften Hände einer Frau an Ihnen zu schaffen machen.«

Wie man es von ihm erwartete, sah André auf. Neben Beauterne stand eine junge Frau von siebzehn, allerhöchstens achtzehn Jahren. Ein dunkelblaues, verwirrend tief dekolletiertes Kleid umschmeichelte ihre zierliche Figur. Eine Locke hatte sich aus ihrer Frisur gelöst und schmiegte sich wie dunkler Honig an ihren schlanken Hals. Sie wirkte ein wenig erhitzt und zerzaust. Beauternes Griff an ihrem Arm musste schmerzhaft sein.

»Mademoiselle!« Er versuchte eine höfliche Verbeugung im Sitzen, da Firrons Hand an seiner unverletzten Schulter verhinderte, dass er aufstand.

Sie antwortete mit einem Lächeln und einem kleinen Knicks. »Monsieur.«

Neben André schnalzte Saint-Béran mit den Fingern. »Für Höflichkeiten ist später noch Zeit. Komm her und kümmere dich um ihn, Martine«, wies er die junge Frau scharf an. Einen winzigen Augenblick lang hob sie ihr Kinn, sank dann aber erneut in einen Knicks. »Natürlich, mon Seigneur.« Mit einer brüsken Bewegung entzog sie sich Beauternes Griff und deutete zu einem Tischchen hin, auf dem aus einer Schüssel Dampf aufstieg und ein Stapel Leinentücher lag. »Wärt Ihr so freundlich, Monsieur de Beauterne?« Ihre Stimme war sanft, doch ein spöttischer Unterton schwang darin mit. Beauterne verzog kurz den Mund, tat dann jedoch, worum sie ihn gebeten hatte, und rückte das Tischchen neben Andrés Sessel.

Das Lächeln, das sie André einen Augenblick später schenkte, war ohne jeden Spott. Doch als sie die schlanken Hände nach ihm ausstreckte und sich zu ihm niederbeugte, zuckte er mit einem Stöhnen vor ihr zurück und wandte hastig das Gesicht ab.

»Habe ich Ihnen wehgetan, Monsieur?«, fragte sie erschrocken.

André brachte nur ein Kopfschütteln zustande. Oh Gott, nicht nur, dass der Geruch der Bestie an den Männern um ihn herum zu hängen schien, unter ihrem schweren, süßen Parfum glaubte er ihn auch an ihr zu wittern. Jemand hielt ihm das Cognacglas hin. Saint-Béran. Beinah dankbar griff er danach und stürzte die scharfe Flüssigkeit in der Hoffnung, der Alkohol würde seine überspannten Sinne betäuben, hinunter. Fast wäre der Schwenker seinen Fingern entglitten, als er den bitteren, muffigen Geschmack bemerkte, der unter dem Brennen des Cognacs kaum wahrzunehmen war.

»Was ... was habt Ihr mir gegeben?«, würgte er hilflos hervor.

Saint-Béran nahm ihm das Glas aus der Hand. »Nur ein wenig Laudanum.«

»Nein!« André wollte auffahren, sich aus dem Sessel hochstemmen, doch Firron und der Comte hielten ihn nieder. »Nein! Ich ... Nein! Ich will das nicht ... Kein Laudanum ...« Voller Grauen schüttelte er den Kopf.

Neben ihm lachte Saint-Béran und sah über ihn hinweg zu d'Abrâigne und Firron. »Aber, aber. Nun beruhigen Sie sich doch, André. Das Laudanum wird es Ihnen ein bisschen leichter machen.«

»Nein! Bitte ... Ihr versteht nicht ...«, versuchte er es noch einmal – und verstummte, als Martine sich zu ihm hinabbeugte. Erneut stieg ihm die Witterung der Bestie in die Nase. Ihre Fingerspitzen strichen federleicht über seine Stirn und dann seine Schläfe abwärts. »Nicht doch! Es ist keine Schande, den angenehmeren Weg zu wählen«, lächelte sie ihn an.

Sosehr er es auch wollte, er konnte sich ihrer Berührung nicht entziehen. Stattdessen starrte er sie an, während er spüren konnte, wie das Laudanum dumpf in seinen Verstand kroch. Ihre Augen waren braun; hellbraune Topase, die von langen, dunklen Wimpern beschattet wurden; Topase, in deren Tiefen Rubine schimmerten.

Verzweifelt schüttelte er den Kopf, ließ ihn gegen die

Rückenlehne sinken. Neben ihm plätscherte es, dann berührte etwas feucht, warm und sanft seine Schulter. Einen Moment beobachtete er Martine noch dabei, wie sie die Wunde auswusch und behutsam abtrocknete, dann schloss er die Augen. Er würde es nicht mehr bis in sein Zimmer schaffen. Das Laudanum wirkte zu schnell. Nur vage nahm er den Schmerz wahr, der durch seine Schulter zuckte, als das Mädchen die Wunde verband. Jemand zog ihn aus dem Sessel und auf die Beine. Er ließ sich in sein Zimmer und zum Bett führen, war sich nur undeutlich bewusst, dass es der Comte persönlich war, der seinen unverletzten Arm festhielt. Hände zerrten an seinen Stiefeln und den Hosen, zogen ihm beides aus. Mit einem Gefühl verwirrter Gleichgültigkeit kroch er nackt auf die Matratze, als man es ihm befahl. Saint-Béran breitete die Decke über ihn, sagte etwas, ohne dass André es begriff. Er glaubte, verhaltenes Gelächter zu hören, Schritte, das Schnappen einer Tür. André schloss die Augen und ließ sich in dem trüben, dumpfen Laudanumnebel dahintreiben.

Das Gefühl, zu verbrennen, zerrte ihn irgendwann an den Rand seiner teilnahmslosen Benommenheit zurück. Das Zimmer war dunkel. Nur silbriges Mondlicht sickerte durch die Fenster. In Andrés Schulter hämmerte sein Herzschlag. Das Bett schien aus glühenden Kohlen und unzähligen Nadeln zu bestehen. In den Ecken nisteten Schatten, die ihn beobachteten. D'Abrâigne stand bei der Kommode, ein schweres, glitzerndes Glas nachlässig in der Hand, in dem eine dunkelgoldene

Flüssigkeit schimmerte. Am Kamin lehnte Beauterne. Firron beugte sich mit missbilligend gerunzelter Stirn über ihn. Unruhig wälzte er sich wie im Fieber von einer Seite auf die andere, krallte die Hände in das Linnen, glaubte wieder, den Geruch der Bestie wahrzunehmen. Die junge Frau, Martine, saß neben ihm auf der Bettkante. Das Blut schoss ihm kochend in die Lenden. André warf sich unter der Decke herum, suchte Kühle in den Laken, doch auch sie waren unerträglich heiß. Seine Haut brannte und juckte. Stöhnend stieß er die Decke von sich, taumelte aus dem Bett und gegen die Wand, rieb sich an den Mauersteinen, aber selbst an ihnen fand er nur Hitze. Mit einem Knurren stolperte er zum Fenster und riss es auf. Kühle schmiegte sich um seine Glieder. Gierig sog er die frische Nachtluft ein. Ein Seufzen entrang sich seiner Kehle. Er schloss die Augen, legte den Kopf in den Nacken und genoss das Nachlassen der Qual, während das Mondlicht wie lindernder Balsam über seine Haut strich.

Mit einem geschmeidigen Satz landete der Wolf auf der anderen Seite der Steine. Er schüttelte sich und genoss den Wind in seinem Fell, hob die Schnauze auf der Suche nach jener verwirrenden, hungrig machenden Witterung. Zu lange war er in der Dunkelheit gefangen gewesen. Er legte den Kopf zurück und schickte seinen Ruf gegen das bleiche Licht am Himmel – dann rannte er los.

Kälte weckte André. Sein Kopf pochte, der Geschmack von Kupfer war auf seiner Zunge. Fröstelnd kauerte er sich zusammen. Das Laken hatte sich um seine Beine gewickelt. Es musste schon später Vormittag sein, denn Helligkeit stach schmerzhaft durch seine geschlossenen Lider. Etwas berührte ganz leicht sein Haar. Sein Körper schmerzte, als hätte man ihm jeden Knochen einzeln gebrochen und neu zusammengesetzt. Stöhnend atmete er die kalte Luft ein. Jene schwere, dunkle Witterung überflutete seine Sinne.

»Armer André, es geht Ihnen gar nicht gut, nicht wahr?«, sagte eine Stimme dicht bei ihm. Er riss die Augen auf. Martine saß neben ihm auf der Bettkante und strich sanft durch sein Haar. Mit einem Laut – halb Knurren, halb entsetztes Ächzen –, zuckte er vor ihr, ihrer Berührung und der Witterung zurück. Kurz durchfuhr Schmerz seine Schulter, als er sich auf der Matratze herumwälzte, hastig das Bett zwischen sich und die junge Frau brachte und dabei das Laken mit sich zerrte, um seine Blöße zu bedecken.

»Was … was tut Ihr hier, Mademoiselle?« Er drückte den Rücken gegen die Wandtäfelung. »Wissen der Comte d'Abrâigne und Ihr Vormund, der Marquis, dass Ihr hier seid?«

»Sie sind heute Morgen nicht zum Frühstück gekommen, André. Da wollte ich nach Ihnen sehen. – Und nein, keiner der anderen Herren weiß, dass ich hier bin. – Sie schauen drein wie ein erschrecktes Kaninchen.« Belustigt schüttelte sie den Kopf. »Keine Angst, André – ich darf doch André sagen, oder? –, ich werde Ihnen nichts tun.«

André konnte ein Stöhnen kaum unterdrücken. »Bitte, Mademoiselle Martine, geht. Es … es gehört sich nicht, dass … dass …«

»… dass eine junge Dame allein im Zimmer eines Mannes ist?« Spöttisch hob sie eine Augenbraue. »Eines nackten Mannes, genau genommen.«

Sie blies sich eine Strähne aus der Stirn, die sich aus ihrer Frisur gelöst hatte. »Oh, ich bitte Sie, André! Es ist ja nun nicht so, dass Sie meine Tugend in irgendeiner Weise bedrohen würden.« Schulterzuckend strich sie das Laken glatt. »Es geht Ihnen nicht gut, ich habe mir Sorgen um Sie gemacht und bin gekommen, um nach Ihnen zu sehen. Daran ist nichts Verwerfliches.«

Nur mit Mühe widerstand André dem Drang, tief

Luft zu holen, stattdessen schluckte er schwer. »Eure Sorge ist sehr freundlich, Mademoiselle Martine, aber ich bitte Euch dennoch zu gehen. Ich möchte nicht, dass Ihr Ärger mit Eurem Vormund bekommt.«

Einen Moment lang sah sie ihn an, dann stand sie mit einem übertriebenen Seufzen auf. »Wie Sie wünschen, André.« Sie deutete mit dem Kopf zur Kommode hin. »Edouard hat Ihnen vorhin Wasser zum Waschen und ein neues Hemd gebracht. Wobei das Wasser inzwischen kalt sein dürfte. Das Frühstück haben Sie leider versäumt, aber ich werde in der Küche Bescheid geben, dass sie Ihnen noch etwas zurechtmachen.«

André schluckte abermals. »Das ist ... nicht nötig, Mademoiselle Martine. Ich ... ich bin nicht hungrig. – Und zudem erwartet Monsieur Chastel mich wahrscheinlich schon ...«

Mit einem neuerlichen Schulterzucken ging sie zur Tür. »Wie Sie wünschen, André. Und bitte: Sagen Sie Martine zu mir und lassen Sie dieses ›Ihr‹ und ›Euch‹. – Bis später.«

André wartete, bis sie das Zimmer verlassen hatte und er sicher war, dass sie nicht zurückkommen würde, dann ließ er das Laken los, rieb sich mit beiden Händen übers Gesicht und ging zur Kommode. Sein Anblick im Spiegel offenbarte ihm Ringe unter den Augen, Haare wie ein Rattennest und dunkle Schatten auf den Wangen, die nach einer Rasur verlangten. Der Verband an seiner Schulter war verschwunden. Als er zum Bett sah, entdeckte er die Überreste auf der Decke. Vermutlich hatte er ihn sich im Schlaf heruntergerissen. Mit zusammengebissenen Zähnen beugte er sich näher zu seinem Spiegelbild, während er mit den Fingerspitzen über seine Haut fuhr. Anstelle der offenen Wunde prangte da eine purpurrote, geschwollene Linie, die ihm versprach, dass er für den Rest des Tages jede unvorsichtige Bewegung erneut mit Schmerzen bezahlen würde.

Mit einem müden Seufzen schüttelte er den Kopf, dann griff er nach dem Krug und goss Wasser in die Waschschüssel. Er hatte nicht hierher kommen wollen! Und im Augenblick wollte er nur eins: Fort von hier! Einfach gehen konnte er nicht. Nicht, nachdem Seine Exzellenz ihn hierher geschickt hatte. Er hatte keine Wahl: Er musste das Töten beenden. Erst dann konnte er nach Tarbes zurückkehren.

Das Wasser war kalt, als er die Hände hineintauchte. André genoss die Kühle, während er sich wusch. Er war gerade dabei, sich den letzten Rest Rasierschaum abzuwischen, als es klopfte. Das Handtuch noch in der Hand, ging er zur Tür, klaubte auf dem Weg dorthin seine Hosen auf und stieg hastig hinein, doch noch ehe er fragen konnte, wer da Einlass begehrte, erklang eine Männerstimme, die er als die des Majordomus zu erkennen glaubte.

»Darf ich hereinkommen, Monsieur?«

Anstelle einer Antwort öffnete André die Tür. »Was gibt es?«

Einen Moment lang sah der Mann ihn verblüfft an, hatte sich dann aber sofort wieder in der Gewalt. »Man hat aus Saint-Mézan geschickt, Monsieur. Man hat heute Morgen einen weiteren Toten gefunden.«

André unterdrückte einen Fluch. Dass es sich bei diesem Toten um den Mann handeln könnte, den er und Chastel gestern Abend schon gesehen hatten, wagte er nicht zu hoffen. »Ich komme. – Weiß Monsieur Chastel schon davon?«

Jetzt starrte der Mann ihn in offener Verblüffung an. »Befinden Monsieur sich denn schon wieder wohl genug?«, entfuhr es ihm. Sein Blick ging zu Andrés Schulter und seine Augen weiteten sich, ehe er sich räusperte. »Ich bitte um Verzeihung, Monsieur. Es steht mir nicht zu … – Ich weiß nicht, ob man Monsieur Chastel schon informiert hat.«

»Wären Sie bitte so freundlich, herauszufinden, ob man ihn bereits benachrichtigt hat, und würden Sie ihm sagen lassen, dass er mich dort treffen soll, wo man die Leiche gefunden hat? – Wo immer das auch sein mag?« Mit einer nachlässigen Bewegung legte André das Handtuch über seine Schulter und entzog das, was von der Wunde übrig geblieben war, dem Blick des Mannes.

Der straffte sich. »Ich werde es herausfinden und Ihre Nachricht bestellen lassen, Monsieur. Der Bote ist noch in der Küche, ich könnte ihn fragen …«

»Das ist nicht nötig!«, wehrte André ab. »Er soll auf mich warten und mir den Weg zeigen. Ich ziehe mich nur rasch zu Ende an.«

»Wie Monsieur wünschen.« Der Majordomus deutete eine Verbeugung an. »Ich werde Monsieur noch ein

Frühstück im Speisezimmer richten lassen. Haben Monsieur besondere Wünsche?«

»Kein Frühstück, danke! – Sorgen Sie bitte nur dafür, dass der Bote wartet. Ich bin sofort unten.« Er schloss die Tür und schüttelte den Kopf. Der Mann hatte ihn in diesen wenigen Sätzen häufiger ›Monsieur‹ genannt, als man es in Tarbes für gewöhnlich in einer ganzen Woche tat.

Er ging zur Kommode hinüber und holte sein zweites Hemd heraus. Das kleine Fläschchen aus braunem Glas, das er gestern so vorsichtig ganz hinten in die Lade gestellt hatte, rutschte ihm entgegen. Einen Moment lang drehte er es unschlüssig in der Hand, dann prüfte er aus reiner Gewohnheit noch einmal, ob es fest verkorkt war, bevor er es behutsam erneut ganz hinten in der Lade barg und diese zuschob. Nein. Es ging ihm gut. Er brauchte es nicht! Entschieden streifte er das Hemd über den Kopf und stopfte es in den Bund seiner Hosen, ehe er in Strümpfe und Stiefel schlüpfte.

Der »Bote« erwies sich als blasser Elfjähriger, der es vermutlich auch dann nicht gewagt hätte, sich dem Befehl des Majordomus »Monsieur den Weg zu zeigen« zu widersetzen, wenn sein Leben auf dem Spiel gestanden hätte. Zumindest war derjenige, der ihn zum Château geschickt hatte, so rücksichtsvoll gewesen, dem Kleinen den Anblick des Toten zu ersparen, wie André herausfand, als er neben dem Jungen herhastete.

»Das genügt. Weiter musst du mich nicht führen. Das letzte Stück finde ich auch allein.«

Die Worte drangen zwischen den Bäumen hindurch zu Pierre und ließen ihn den Kopf heben. Ein Stück entfernt erkannte er Darnaux und neben ihm die kleine Gestalt von Thomas Sanière. Eben drehte der Junge sich um und rannte in Richtung Saint-Mézan davon. Pierre stieß einen Pfiff aus und hob die Hand, um Darnaux auf sich aufmerksam zu machen. Der erwiderte die Geste und kam langsam auf ihn zu. Die Augen hielt er auf den Boden gerichtet, offenbar in dem Bestreben, nicht versehentlich irgendwelche Spuren zu zertreten. Als er ihn erreicht hatte, nickte er ihm ein »Bonjour« zu und warf einen Blick an Pierre vorbei zu dem jüngsten Opfer, das jetzt von einem Tuch verborgen halb unter einem umgestürzten Stamm lag.

»War sie es wieder?«, erkundigte er sich dann halblaut und sah kurz zu den Männern hinüber, die sich ein Stück weiter unschlüssig zwischen den Bäumen bewegten.

Pierre nickte. »Wir hätten es wissen müssen.«

»Sie war verletzt. Jedes Tier hätte sich in seinen Bau zurückgezogen ...«, setzte Darnaux an und rieb sich den Nacken. Doch dann ließ er die Hand mit einem verdrossenen Laut fallen. »Sie haben recht. Wir hätten es wissen müssen«, stimmte er ihm bitter zu. »Hat sie Spuren hinterlassen?«

»Auf diesem Boden?« Pierre wies mit einem Schnauben auf die mit Geröll und Felsen durchsetzte Erde. »Ich habe in der direkten Umgebung einige verwischte Abdrücke gefunden, die von ihr stammen könnten und nach Süden gehen, aber mehr auch nicht. – Ich setze darauf, dass wir diesmal vielleicht in *der* Richtung ein paar brauchbare Spuren finden, nachdem sie sich den armen Kerl erst gegen Morgen geholt hat. – Wie geht es der Schulter?«

Darnaux verzog das Gesicht. »Ich sollte in den nächsten Tagen noch vorsichtig sein. Was ist mit Ihnen? ... Und Ihrem Hund?«

»Er hat viel Blut verloren. Aber ich hoffe, dass er es übersteht. Ein Junge aus dem Dorf passt auf ihn auf. Und bei mir ... Ich schätze, da geht es mir wie Ihnen. Es tut höllisch weh und vermutlich hat sie mir für den Rest meines Lebens ein paar Narben hinterlassen, aber es wird heilen.« Er zog etwas unter dem Gürtel hervor und hielt es Darnaux entgegen, den Griff voran.

»Mein Messer!« Sichtlich überrascht nahm der sein Eigentum zurück, warf einen kritischen Blick auf die Klinge und schob sie dann mit einer Bewegung, die er schon unzählige Male ausgeführt haben musste, in den Stiefel. »Danke!«

Pierre zuckte zur Antwort nur mit den Schultern, dann wies er mit dem Kinn in Richtung der Männer. »Sollen wir? Sie sind ganz brauchbare Jäger, aber wenn es darum geht, Spuren zu finden, sollte man nicht auf ihre Fähigkeiten vertrauen. Und noch ist die Fährte verhältnismäßig frisch.« Er wollte an Darnaux vorbei, doch der hielt ihn am Arm zurück.

»Was Sie da gestern über das Gévaudan sagten, Chastel ... wenn später Zeit ist, möchte ich mehr darüber erfahren.«

Eine Sekunde lang starrte Pierre ihn mit zusammengebissenen Zähnen an, dann riss er sich mit einem brüsken »Wir werden sehen« los und ging zu den Männern hinüber. Es dauerte einen Moment, bis der andere ihm folgte.

Die Männer aus dem Dorf sahen ihnen argwöhnisch entgegen. Pierre hatte nichts anderes erwartet. Einige von ihnen misstrauten selbst ihm noch immer.

»Wer ist das, Chastel?« Jean Lanère, ein massiger Mann in den Dreißigern, musterte Darnaux von Kopf bis Fuß.

»Monsieur Darnaux ist ein Gast des Comte d'Abrâigne. Er steht im Dienst des Bischofs von Tarbes und soll dabei helfen, den ›Teufel‹ zur Strecke zu bringen, Lanère«, erklärte ihm Pierre. Zu seiner Rechten grunzte Théodore Titon und warf seinem Schwager Anatol Rémol unter hochgezogenen Brauen einen Blick zu.

»Ein Pfaffendiener«, spottete er. »Glaubst du ernsthaft, Chastel, der Stutzer kann uns in irgendeiner Weise nützlich sein?«

Pierre sah kurz zu Darnaux hin, der Titons Worte mit unbewegter Miene hinnahm, dann hob er die Schultern. »Nach dem, was ich gehört habe, ist er ein besserer Jäger als du.«

Er ignorierte Titons verächtliches Schnauben und machte sich daran, unter den Männern jene auszuwählen, von denen er wusste, dass sie auch schon zuvor bei Jagden des Comte dabei gewesen waren und wussten, worauf sie achten mussten, wenn es darum ging, die Spuren dieser Bestie zu finden.

Die anderen schickte er mit dem Leichnam zurück nach Saint-Mézan, ehe er denen, die hierblieben, in wenigen Sätzen erklärte, wie sie vorgehen würden. Als schließlich alle nickend bekundeten, dass sie verstanden hatten, was von ihnen erwartet wurde, setzten sie sich in einer lockeren Kette in Bewegung. Er selbst und Darnaux in der Mitte, in jenem Bereich, in dem Pierre am ehesten darauf hoffte, vielleicht eine Spur zu finden.

Ein Ruf zu seiner Rechten ließ Pierre nach fast zwei Stunden erfolgloser Suche gereizt aufsehen. Jean Lanère, der Pierre auf dieser Seite am nächsten war, winkte ihm und deutete auf etwas. Pierre blickte in die angegebene Richtung. Links von ihm, auf halber Höhe eines kleinen Felshanges, tat Darnaux es ihm nach. Beinah im gleichen Moment drang auch das Pochen von Pferdehufen zu ihnen und einen Augenblick später kamen zwei Reiter zwischen den Bäumen in Sicht.

»Lieutenant de Beauterne und der Marquis de Saint-Béran.« Darnaux war mit zwei gewagten Sprüngen und einem geschmeidigen Satz, den er auf allen vieren abfing, von dem Felshang herunter und kam auf Pierre zu. Offenbar hatten auch die anderen Männer die beiden Reiter bemerkt, die ein drittes Pferd mit sich führten, denn sie kamen ebenfalls heran.

Ein paar Schritte vor ihnen brachte Beauterne seinen Fuchs scharf zum Stehen. Hinter ihm zügelte auch Saint-Béran seinen Braunen und begrüßte Darnaux nickend mit einem »Monsieur«, bevor er seine Aufmerksamkeit auf Pierre richtete. »Was hat das zu bedeuten, Chastel? Was geht hier vor?«

Mit einer leichten Verbeugung trat Pierre vor und ergriff den Wallach beim Zügel. »Mit Verlaub, Monsieur le Marquis, es hat heute Nacht wieder einen Toten gegeben, Maurice Panère. Wie es scheint, ist es in der zweiten Nachthälfte geschehen. Deshalb hoffen wir, diesmal Spuren zu finden.« Dass der felsige Boden ihnen dies nahezu unmöglich machte, musste er keinem der beiden Männer sagen.

Saint-Béran blickte einen Augenblick reglos auf ihn hinab, dann wandte er sich Darnaux zu und deutete zu dem dritten Pferd hin. »Ich würde es begrüßen, wenn Sie mit uns nach Saint-Mézan zurückkämen, Monsieur. Nach dem unerquicklichen Zwischenfall gestern scheint es uns allen angeraten, dass Sie sich noch ein wenig schonen. Wir würden Seine Exzellenz, den Bischof, nur sehr ungern darüber in Kenntnis setzen müssen, dass Sie in unseren Diensten ernsthaften Schaden genommen haben. Vor allem mein Mündel Martine ist in großer Sorge um Ihr Wohl, Monsieur.«

Pierre sah zu Darnaux hinüber. Der Mann war ebenso verschwitzt wie sie alle. Aber im Gegensatz zu ihnen war er das harte Leben außerhalb der schützenden Mauern einer Stadt – abgesehen von einigen Jagdausflügen mit seinem Herrn, dem Bischof – vermutlich nicht wirklich gewohnt. Deshalb überraschte es Pierre umso mehr, als Darnaux den Kopf schüttelte. »Ich danke für das Angebot, mon Seigneur, und ich weiß Eure Sorge sehr wohl zu schätzen, aber ich denke, dass ich hier, bei der Suche nach Spuren, von größerem Nutzen bin als in Saint-Mézan.«

Beauterne und der Marquis schienen nicht minder verblüfft als alle anderen Anwesenden. Doch aus der Verblüffung Beauternes wurde rasch Ärger. »Sie weigern sich, Monsieur?«

So wie Darnaux sich aufrichtete und die Schultern zurücknahm, wirkte er mit einem Mal auf eine Weise größer und beeindruckender, die Pierre nicht erklären konnte. Er ging einen Schritt auf den Lieutenant zu und lächelte zu ihm empor. »Ja.« Beauternes Fuchs scheute mit einem Wiehern zurück, als Darnaux die Hand nach dem Tier ausstreckte.

Sein Reiter fluchte und riss an den Zügeln. »Steh, du dummes Vieh!« Schnaubend wich das Pferd mehrere Schritte zurück, ehe Beauterne es endlich wieder zur Ruhe gebracht hatte.

Darnaux ließ die Hand sinken und schaute zu Saint-Béran hinüber. »Richtet dem Comte und den anderen Herren – und vor allem Mademoiselle Martine – meine Entschuldigung aus, mon Seigneur, aber ich möchte hier bleiben und Monsieur Chastel und den anderen weiter helfen, wenn Ihr gestattet.«

Einen Moment lang musterte Saint-Béran Darnaux regungslos, dann nickte er knapp, gab Beauterne ein Zeichen, wendete seinen Braunen so abrupt, dass Pierre hastig zurückspringen musste, und preschte den gleichen Weg zurück, den sie gekommen waren. Der Blick, mit dem der Lieutenant Darnaux bedachte, war alles andere als freundlich, ehe er dem Marquis ohne ein weiteres Wort folgte. Pierre ging an Darnaux vorbei, während dieser den Reitern noch mit zusammengepressten Lippen nachsah, und winkte den anderen, weiterzumachen.

Neben seinem Schwager lachte Titon über etwas, das Rémol leise zu ihm gesagt hatte, schnalzte mit den Fingern, pfiff und klopfte sich auffordernd auf den Oberschenkel. »Hier, Hundchen! Hier! Komm nach Hause! Du musst dich schonen. Bei Fuß, Hundchen!«

Pierre nahm nur aus dem Augenwinkel wahr, wie Darnaux zu Titon herumwirbelte und dieser im nächsten Moment mit blutender Nase am Boden lag, während Rémol und der jüngere Sibberás sich auf Darnaux stürzten und fluchend und keuchend versuchten, ihn davon abzuhalten, Titon endgültig an die Kehle zu gehen.

Noch ehe Pierre sich gänzlich umgedreht hatte, landete Rémol rücklings im Dreck und der jüngere Sibberás stolperte hustend zur Seite. Auch Laurent und Isidore hatten ihre Überraschung überwunden und packten zu. Isidore bekam einen beinah achtlosen Hieb unters Kinn, bei dem seine Kiefer mit solcher Wucht zusammen schlugen, dass es krachte und er stöhnend zurücktaumelte. Titon selbst war inzwischen wieder auf die Beine gekommen und brüllte und drosch nun seinerseits auf seinen Angreifer ein, der die Schläge gar nicht zu spüren schien. Blut rann als stetiger, roter Strom aus seiner Nase.

Fluchend stürzte Pierre sich nun ebenfalls auf Darnaux, bekam ihn bei den Haaren zu fassen und zog. Ein Ellbogen traf ihn in den Magen. Mit gefletschten Zähnen fuhr Darnaux zu ihm herum. In seinen Augen lag ein schier unmenschliches Glitzern. Eine Sekunde lang sah es so aus, als wolle er sich auf Pierre stürzen, doch dann packten die beiden Brüder Allineux Darnaux' Arm auf der einen Seite, während es Tannús und Lanère gelang, auch seinen anderen Arm festzuhalten, ihn zurückzuzerren und fortzustoßen. Er stolperte einige Schritte, stürzte, fing sich ab und war sofort wieder auf den Beinen, offenbar bereit, erneut auf sie loszugehen. Sein Rock war ihm halb von der Schulter gerutscht. Darunter war das Leinen seines Hemdes zu sehen.

»Das reicht!« Pierre versperrte ihm den Weg. Darnaux' Unterlippe war aufgerissen. Blut tropfte ihm übers Kinn. Er schien es überhaupt nicht zu bemerken. Mit bedrohlicher Langsamkeit duckte er sich, starrte Pierre aus schmalen Augen böse an und – Pierre traute seinen Ohren nicht! – knurrte. Unwillkürlich wich er vor dem tiefen, grollenden Laut zurück.

»Heilige Maria, er ist verrückt geworden!«, ächzte Tannús hinter ihm, verstummte aber sofort, als Darnaux' Blick zu ihm zuckte.

»Er soll sich davonscheren. Sollen sich doch der Comte und seine Gäste mit diesem Irren herumschlagen. Verdammt, der Kerl hat mir fast die Nase gebrochen!« Titon machte einen Schritt nach vorne und hielt dabei einen Fetzen Stoff unter seine noch immer blutende Nase gepresst. Sofort richteten sich Darnaux' Augen auf den Mann und er duckte sich ein wenig mehr. Pierre glaubte, seine Oberlippe in der Andeutung eines Zähnefletschens zittern zu sehen. Mit einer brüsken Bewegung lenkte er Darnaux' Aufmerksamkeit wieder auf sich.

»Sie haben die anderen gehört, Darnaux! Verschwinden Sie!«, befahl er scharf.

Darnaux starrte ihn einfach nur an. Regungslos, ohne zu blinzeln. – Und dann, ganz allmählich, verschwand das Glitzern aus seinen Augen. Er holte tief Luft. »Was?«

»Sie sollen verschwinden!«, wiederholte Pierre kalt und wies in die Richtung, in der Beauterne und der Marquis verschwunden waren. »Gehen Sie!«

Nur zögernd richtete Darnaux sich auf. Sein Blick glitt über die Männer, kehrte zu Pierre zurück. Er tastete nach seiner Unterlippe, sah auf das Blut, das an seinen Fingerspitzen kleben geblieben war, und nach einem weiteren Moment sanken seine Schultern herab. Alles Gefährliche war mit einem Schlag von ihm abgefallen. Vorsichtig wischte er sich das Blut vom Kinn, während er ergeben nickte, mit einer steifen Bewegung den Rock wieder über seine Schulter zog, sich wortlos an den Männern vorbeischob und davonging.

Titon spuckte verächtlich aus. »Bei der heiligen Jungfrau, der Kerl hat wohl beim Beten zu viel Weihrauch eingeatmet! Hast du seine Augen gesehen, Chastel? Wie bei einem Hund, der die Tollwut hat. Hat nur noch der Schaum vorm Maul gefehlt. Den sollte man wegsperren! Aber gründlich! – Gott sei Dank sind wir den los.«

Pierre bedachte ihn mit einem kalten Blick, ehe er ein verächtliches Lachen ausstieß. »Wenn er tatsächlich die Wut hätte, solltest du froh sein, dass er dich nicht gebissen hat, Titon.« Er nickte den anderen zu. »Lasst uns weitersuchen. Noch haben wir ein paar Stunden Licht.«

Murmelnd gehorchten die Männer. Einen Augenblick sah Pierre noch zu, wie Darnaux langsam zwischen den Bäumen davonschritt. Ja, er hatte Darnaux' Augen gesehen. Und er kannte diesen Blick nur zu gut. Nun, vielleicht nicht mit diesem gelben Glitzern darin, aber er kannte ihn. Er hatte ihn bei seinem jüngeren Bruder Antoine gesehen, als dieser endlich aus der Sklaverei in Algerien zurückgekehrt war. Antoine kämpfte noch heute zuweilen mit seinen Dämonen aus diesen Tagen – offenbar hatte Darnaux seine eigenen. Er schaute noch einmal zu den Bäumen hinüber. Darnaux war nicht mehr zu sehen.

André nahm drei Stufen auf einmal, während er die Treppe zu seinem Zimmer hinaufhastete. Die vergangenen Stunden war er durch den Wald gestreift und hatte versucht, die Kontrolle über sich selbst zurückzugewinnen – mit viel zu geringem Erfolg. Erst als er die Tür hinter sich geschlossen hatte, wagte er es, sich ein klein wenig zu entspannen. Wie hatte er nur so die Beherrschung verlieren können? Mit beiden Händen fuhr er sich durchs Haar. Das hätte nicht geschehen dürfen! Niemals!

Brüsk stieß er sich von der Tür ab, durchquerte rasch sein Zimmer, zog die Lade der Kommode auf und holte das Fläschchen hervor. Irgendein Bediensteter hatte einen Krug Wasser zusammen mit einem kostbar geschliffenen Glas auf dem Tischchen beim Kamin bereitgestellt. Er füllte es etwa zwei Finger breit, dann entkorkte er mit bebenden Händen das Fläschchen, träufelte behutsam etwas von der milchigen, zähen Flüssigkeit hinein, schwenkte es kurz, damit die weißen Schlieren sich verteilten, und leerte es in einem hastigen Zug. Sofort brannte der Eisenhut auf seiner Zunge und in seinem Rachen, nahm ihm die Fähigkeit, zu riechen und zu schmecken, zog seinen Magen schmerzhaft zusammen und löste würgenden Brechreiz aus. Er schluckte mehrmals hart und trocken und war dankbar dafür, dass er den ganzen Tag über nicht mehr gegessen hatte als ein paar Bissen Brot.

»Da sind Sie ja, André.« Erschrocken fuhr er herum. »Lieutenant de Beauterne und der Marquis erwähnten, Sie wollten nicht mit ihnen zurückkommen. Wie schön, dass Sie es sich doch noch anders überlegt haben.« Ohne anzuklopfen, stand Martine in seinem Zimmer. »Was haben Sie da?« Neugierig kam sie näher.

Hastig verkorkte er das Fläschchen und verbarg es in

der hohlen Hand. »Nichts von Bedeutung, Mademoiselle. Nur eine Medizin gegen Kopfschmerzen.« Mit geheuchelter Gleichmut ging er zur Kommode hinüber und verstaute es wieder so unauffällig wie möglich weit hinten in der Lade.

»Armer André.« Sie trat neben ihn und legte ihm die Hand auf den Arm. »Es geht Ihnen noch immer nicht besonders gut, wie?«

Das beruhigende Lächeln, das er versuchte, misslang und geriet zu einer gequälten Grimasse, wie ihm der Spiegel offenbarte. Er wandte sich ab, trat an den Tisch zurück und goss erneut Wasser in das Glas. »Was kann ich für Euch ... Sie tun, Martine?«, fragte er und beobachtete kurz, wie sich auch noch die letzten Reste des Eisenhuts vom Glasboden lösten und sich mit dem Wasser vermischten, ehe er sie ansah.

Martine faltete die Hände über dem Rock ihres lavendelfarbenen Kleides, und es erstaunte André, wie sittsam und unschuldig sie dadurch aussah. Die Matronen in Tarbes hätten ihre helle Freude an einer scheinbar so keuschen Schönheit gehabt.

»Ich wollte sicherstellen, dass Sie heute Abend unbedingt zum Essen erscheinen!« Sie sah ihn mit großen, bittenden Rehaugen an.

Er wollte ihr sagen, dass es sich für ihn wohl kaum schickte, an der Tafel des Comte zu erscheinen, als sei er ein Gast wie Lieutenant de Beauterne, Baron de Firron oder der Marquis de Saint-Béran, doch sie war schneller und schüttelte den Kopf.

»Ein Nein lasse ich nicht gelten, André!«, teilte sie ihm entschieden mit und kam einen Schritt auf ihn zu.

»Martine, Ihre Einladung ist zu freundlich, aber Sie scheinen zu vergessen, dass ich nur ein einfacher Bediensteter bin.« Auch wenn der Brechreiz inzwischen nachgelassen hatte, brannte der Eisenhut noch immer in seinem Magen, und er wünschte sich nichts anderes, als sich für den Rest des Tages in einer Ecke zu verkriechen, die Welt Welt sein zu lassen und einfach die Nacht bis zum Morgen zu verschlafen.

»Ah, bah!« Unwillig wischte sie mit der Hand durch die Luft. »Auch wenn Sie im Augenblick nur die Aufgaben eines einfachen Bediensteten« – sie zog abfällig die Nase kraus – »verrichten mögen, so sind Sie doch als der Ziehsohn des Bischofs in dessen Haus aufgewachsen.«

»Ich weiß nicht, was man Ihnen erzählt hat, Martine, aber ich bin nur das Ergebnis eines Fehltritts einer weit entfernten Verwandten Seiner Exzellenz. In seiner Güte hat er mich unter seinem Dach aufgenommen und mir ein Zuhause gegeben. Seine Exzellenz mag mich nicht so behandeln, aber dennoch bin ich nichts anderes und kenne meinen Platz.«

Sie schnaubte äußerst undamenhaft. »Und weiter? Ich bin auch nur das *Mündel* des Marquis. Ich lasse Ihre Ausrede nicht gelten, André! Ich bestehe darauf, dass Sie kommen!«

»In meinem schmutzigen Rock? Ich bitte Sie, Martine, Sie wissen, dass das nicht angemessen wäre«, versuchte er es erneut. Allmählich verstand er, warum Frère Christophe immer betont hatte, er solle froh sein, dass es außer den Schwestern aus dem benachbarten Augustinerinnen-Stift kein »Weibsvolk« im Haushalt des Bischofs gab, da es einen »in den Wahnsinn treiben« würde. Das Brennen in seinem Magen ließ wie gewohnt nur langsam nach.

»Haben Sie keinen anderen?«

»Nein, Martine, ich habe keinen anderen.«

Sie musterte ihn mit schief gelegtem Kopf. »Sie haben recht – so können Sie wirklich nicht auftauchen. Aber in den Räumen des Vicomte sollen noch dessen alte Sachen sein. Vielleicht passt Ihnen einer seiner Röcke?«

Erstaunt hob André die Brauen. »Der Comte d'Abrâigne hat einen Sohn?«

»Hatte!«, korrigierte ihn Martine. »Er soll vor ein paar Jahren an einer seltsamen Krankheit gestorben sein. Die Bediensteten sagen, er habe mit zwanzig schon ausgesehen wie ein Greis.« Sie schauderte theatralisch. »Gibt es etwas Schlimmeres, als alt zu werden und zu spüren, wie der eigene Körper verfällt? Allein der Gedanke verursacht mir eine Gänsehaut.«

»Ewige Jugend gibt es nicht, Martine.«

»Und wenn doch?« Sie kam einen weiteren Schritt auf ihn zu. Ihre Augen funkelten.

André blickte in das Glas. »Es ist ein Frevel gegen das, was Gott gewollt hat.« Mit einer schnellen Bewegung setzte er den Trank an die Lippen und leerte ihn erneut auf einen Zug.

Spöttisch lachend schüttelte sie den Kopf. »Sie sprechen wie ein Pfaffe, André!«

Er stellte das Glas auf den Tisch zurück und widerstand dem Drang, dem Krampf, mit dem sich sein Magen zusammenzog, nachzugeben und sich zu krümmen oder wenigstens die Hand auf den Leib zu drücken.

»Das kommt vielleicht daher, dass ich von einem erzogen wurde.« Selbst in seinen eigenen Ohren klangen seine Worte gepresst.

»Ist alles in Ordnung mit Ihnen?« Sofort war wieder Besorgnis in ihrer Stimme.

»Natürlich. Ich bin nur müde, Martine.« Diesmal gelang ihm das Lächeln besser.

»Und was halten Sie nun von meinem Einfall?«

»Welchem Einfall?«

Ungeduldig stampfte sie mit dem Fuß auf. »Zu sehen, ob Ihnen nicht einer der alten Röcke des Vicomte passt?«

In der Hoffnung, dass seine Eingeweide sich vielleicht wieder entspannen würden, holte er langsam Atem. Er konnte nur mit Mühe der Versuchung widerstehen, sie einfach aus seinem Zimmer zu werfen. »Wäre es nicht äußerst geschmacklos, wenn ich am Tisch des Comte in den Kleidern seines verstorbenen Sohnes erscheinen würde? Und das auch noch ohne seine Erlaubnis?«

Nach einem kurzen Augenblick des Überlegens nickte sie. »Sie haben recht!« Fordernd streckte sie ihm die Hand entgegen: »Geben Sie her!«

»Was?« Verständnislos sah er sie an.

»Ihren Rock! Ich nehme ihn mit und sehe mit Gaspard, ob wir ihn wieder herrichten können. Er bekommt normalerweise alles wieder sauber. Nun?«

»Martine!« Dieses Mal konnte André die Ungeduld in seiner Stimme nicht unterdrücken. »Haben Sie Erbarmen mit mir. Ich bin schmutzig, verschwitzt und –.« Das nächste Wort brachte er schon nicht mehr über die Lippen, denn Martine trat hinter ihn, packte kurzerhand den Kragen seines Rocks und zog ihn ihm über die Schultern.

»Ich schicke jemanden mit heißem Wasser«, versprach sie und ging mit ihrer Beute zur Tür.

»Martine ...«

Sie hatte schon die Klinke in der Hand, als sie sich zu ihm umdrehte. »Sie haben die Wahl, André: Entweder Sie kommen freiwillig hinunter oder ich komme Sie holen. Gaspard bringt Ihnen Ihren Rock rechtzeitig zurück, Sie werden schon sehen.« Damit war sie hinaus.

Benommen starrte er die geschlossene Tür an. Mochte der Himmel ihm helfen, diesen Abend zu überstehen.

Mit widerwilligem Respekt strich André über die Aufschläge seines Rocks. Gaspard hatte Martines Versprechen eingelöst: Die Dreckspuren waren beseitigt, selbst der Geruch nach Schweiß und Erde war verschwunden

– zumindest so weit er das unter der Wirkung des Eisenhuts sagen konnte –, dafür schien ihn jetzt der von Gallseife in die Nase zu beißen. Zugegeben, auch das Bad war eine Wohltat gewesen! Wenngleich es selbst in Andrés Augen pure Dekadenz war, sich zweimal in so kurzer Zeit in heißem Wasser zu aalen – und das, obwohl Bischof Noriér in seinem Haushalt streng auf Sauberkeit unter seinen Bediensteten achtete. Als Kind hatte André sich mehr als einmal Schläge eingefangen, weil er sich nicht gründlich genug hinter den Ohren gewaschen oder schwarze Ränder unter den Fingernägeln gehabt hatte.

Hinter ihm zupfte der Majordomus des Comte – Gaspard – eine letzte Fluse von Andrés Schulter und nickte. Offenbar war er mit dem Ergebnis seiner Bemühungen – das sichtlich nicht nur den Rock beinhaltete, sondern Andrés ganze Erscheinung mit einschloss – zufrieden; zumindest so weit jemand, der gewöhnlich ganz andere Maßstäbe gewohnt war, damit zufrieden sein konnte.

»Fertig, Monsieur.« Der Majordomus trat zurück, nicht ohne seinen Blick noch einmal abschließend über sein Werk wandern zu lassen.

André rang sich mühsam ein Lächeln ab. Auch wenn seine Eingeweide sich schon vor einiger Zeit wieder beruhigt hatten, weckte allein der Gedanke an Essen Ekel in ihm. Doch da es offenbar kein Entkommen aus dieser Falle gab, blieb ihm nichts anderes übrig, als sich in sein Schicksal zu fügen.

»Danke.« Abermals strich er mit den Händen über die Rockaufschläge, dann warf er seinem Spiegelbild noch einen resignierten Blick zu, ehe er zur Tür ging und sein Zimmer verließ. Der Majordomus folgte ihm schweigend und blieb sogar auf der Treppe hinunter in die Halle hinter ihm, als wolle er um jeden Preis verhindern, dass André es sich in allerletzter Sekunde doch noch anders überlegte.

An der Tür zum Speisezimmer drehte der Comte d'Abrâigne sich um, als er ihre Schritte hörte, und nickte ihm mit einem feinen Lächeln zu. Eine Handbewegung entließ Gaspard, der sich mit einer Verbeugung gehorsam zurückzog.

»Wie ich sehe, ist es Martine gelungen, ihren Willen durchzusetzen. Es freut mich, dass Sie uns Gesellschaft leisten.«

André verneigte sich. »Ich danke für die Einlandung, mon Seigneur ...«

»Ah, bah ... Einladung. Was reden Sie für einen Unsinn, André. Solange Sie in meinem Haus sind, erwarte ich, dass Sie – sofern Sie nicht gerade auf der Jagd nach unserem Wolf sind – die Mahlzeiten mit mir und meinen Gästen einnehmen. Haben wir uns verstanden?«

»Natürlich, mon Seigneur. Es ist mir eine Ehre.« Erneut verneigte André sich.

Das Lächeln um d'Abrâignes Mund vertiefte sich. »Wie ich sehe, hat Noriér Ihnen einwandfreie Manieren beigebracht. Äußerst erfreulich. Ist es um Ihren Gehorsam genauso gut bestellt?«

»Mein Gehorsam, Monsieur le Comte?« Verwirrt runzelte André die Stirn. »Wenn dem nicht so war, hat Seine Exzellenz sich jedenfalls nie dazu geäußert.«

»Dann ist ja alles bestens.« D'Abrâigne hob die Hand, als wolle er ihm auf die Schulter klopfen, hielt dann jedoch mitten in der Bewegung inne und wandte sich der Treppe zu. Martine kam gerade am Arm des Marquis de Saint-Béran herabgeschritten. Ihre Contouche floss ihr über die Schultern und rauschte wie ein Wasserfall aus dunkelroter Seide hinter ihr über die Stufen.

»Da seid ihr ja. Wir haben nur noch auf euch gewartet. Lasst uns zu Tisch gehen!«, begrüßte d'Abrâigne die Neuankömmlinge. Er bedeutete André, ihm ins Speisezimmer zu folgen. Doch dieser ließ mit einer neuerlichen Verbeugung dem Marquis und seinem Mündel den Vortritt, ehe er – nach einem weiteren ungeduldigen Wink des Comte – ebenfalls eintrat. Jedoch nur, um direkt hinter der Schwelle unschlüssig wieder stehen zu bleiben.

Am Tisch des Bischofs kannte er seinen Platz – links von Seiner Exzellenz, gegenüber von Abt Thibaud –, aber hier? Er sah sich um. Ein schwerer Kronleuchter mit unzähligen funkelnden Kristalltropfen hing von der Decke und tauchte alles in sein Licht. Die Wände waren bis in Schulterhöhe mit dunklem, glänzendem Holz getäfelt, darüber spannte sich seidig schimmernder Stoff.

Lieutenant de Beauterne und der Baron de Firron

standen bei der Anrichte an der gegenüberliegenden Schmalseite des Raumes, jeder ein Glas Cognac in der Hand, und unterhielten sich halblaut. Sie unterbrachen ihr Gespräch auch nicht, als sie sich an dem mit weißem Damast, kostbarem Porzellan und Tafelsilber gedeckten Tisch niederließen: Firron auf der linken Seite, direkt am Kopfende der Tafel, während Beauterne sich ihm schräg gegenüber auf die rechte Seite setzte. Saint-Béran führte Martine auf den Platz neben dem Baron, dann kehrte er auf die rechte Seite gegenüber Firron zurück. Der Comte, der an seinem Stuhl am oberen Ende stand, schnippte mit den Fingern. »Neben Martine, André«, befahl er mit kaum verhohlener Ungeduld. »Sie sitzen neben Martine.«

André deutete eine Verbeugung an und ging gehorsam zu seinem Platz. Ein Bediensteter in der dunkelgrünen Livree der d'Abrâigne rückte ihm den Stuhl zurecht. Als er sich setzte, lächelte Martine ihn an. An ihren Ohrläppchen schimmerten Perlen. Er hatte kaum genug Zeit, die Serviette vom Tisch zu nehmen, als schon ein Teller mit Suppe vor ihn hingestellt wurde, und es gelang ihm gerade noch zu verhindern, dass man ihm Wein eingoss.

»Ich möchte Wasser, bitte.« Erst als der Comte den fragenden Blick des Dieners mit einem Nicken quittierte, wagte André es, die Hand über dem Kelch wegzunehmen. Ihm schräg gegenüber hob Beauterne sein Glas mit Weißwein.

»Sie verschmähen einen ausgezeichneten Tropfen,

Darnaux, ist Ihnen das eigentlich bewusst? Oder gibt es am Tisch des Bischofs von Tarbes keinen Wein für Leute wie Sie?«

André holte bedächtig Luft. Er war in diesem Augenblick mehr als dankbar für die dumpfe Betäubung, mit der sich der Eisenhut stets über seine Sinne legte.

»Ich habe bisher am Tisch Seiner Exzellenz noch nie etwas vermisst.« Um ein Haar wäre er zusammengezuckt, als ein Diener neben ihn trat und sein Glas mit Wasser füllte. »Und ich bin mir nicht sicher, ob Ihr noch immer so lobend über das reden würdet, was sich da in Eurem Glas befindet, wenn Ihr schon einmal von dem Wein gekostet hättet, den die ehrwürdigen Fréres in Tarbes selbst keltern. – Aber derzeit steht mir der Sinn einfach nicht nach Wein.«

Er begegnete kurz Beauternes spöttischem Blick über den Rücken eines gebratenen Kapauns hinweg, dann tauchte er den Löffel in die Suppe. Der Griff aus Elfenbein lag kühl in seiner Hand. Selbst beim besten Willen hätte er nicht sagen können, wonach sie schmeckte. Im Moment war sie für ihn nichts anderes als eine schale Brühe, die er einfach hinunterschluckte. Das Metall kribbelte auf seiner Zunge.

»Fürchten Sie, der Wein würde Ihnen zu Kopf steigen und Sie könnten sich im Beisein unserer Martine zum Narren machen?« Beauterne hatte seinerseits nach dem Löffel gegriffen.

»Warum sollte ich? – Oder schließt Ihr von Euch auf andere, Lieutenant, weil der Wein diese Wirkung auf

Euch hat?« André sah nicht auf, aber das misstönende Klirren, mit dem Beauternes Löffel gegen das Porzellan schlug, war kaum zu überhören.

Der Baron de Firron lachte. »Hört, hört. Er bellt nicht nur, er beißt auch.«

Ihm gegenüber hob Saint-Béran sein Glas und bedachte Beauterne mit einem amüsierten Blick. »Touché, würde ich sagen, Lieutenant.«

Beauterne verzog das Gesicht zu einem pflichtschuldigen Lächeln und widmete sich seiner Suppe.

»Isst man am Tisch eines Bischofs genauso herrlich wie hier?« Martine lehnte sich leicht zur Seite, damit der Bedienstete ihren Teller mitnehmen konnte. Hastig legte André den Löffel beiseite und gab dem Mann ein Zeichen, dass auch er mit der Suppe fertig war.

»Nun, die Tafel Seiner Exzellenz mag vielleicht nicht mit solcher Pracht gedeckt sein, aber es ist stets köstlich und reichlich.« Was man Frére Christophe, dem Herrn über die Küche Bischof Noriérs, auch an seinem runden Bauch ansah. »Es sei denn, es ist gerade Fastenzeit.«

»Gibt es dann nur trockenes Brot?« Martine beugte sich vor und nahm sich eine kleine gefüllte Pastete.

»Gib André auch eine, meine Liebe. Sie sind vorzüglich.« Saint-Béran winkte ihr mit dem Messer.

Die Pastete wanderte auf Andrés Teller, ehe er irgendetwas erwidern konnte. Dann nahm sich Martine selbst noch eine und begann daran zu knabbern. Was auch immer deren Inhalt war, er war zum Teil flüssig und tropfte nun auf die weiße Tischdecke.

»Nun? Gibt es dann tatsächlich nur trockenes Brot?«

»Nein, natürlich nicht.« Die Blätterteighülle brach unter Andrés Gabel und etwas, das aussah wie Kalbshirn in Aspik, kam zum Vorschein. Er zwang sich, einen Happen zu nehmen. Ebenso gut hätte er auf Stroh kauen können. Wie stets hatte der Eisenhut nicht nur seine Nase betäubt, sondern ihm auch beinahe vollständig die Fähigkeit genommen, irgendetwas zu schmecken.

»Was dann?«, fragte sie zwischen zwei Bissen weiter. In ihrem Mundwinkel hingen Blätterteigkrümel.

André deutete mit dem Kopf auf den Fisch, der mit seinem schillernden Schuppenkleid in seiner ganzen Pracht auf einem silbernen Tablett inmitten eines Betts aus Gemüse vor ihm auf dem Tisch lag. Er hätte nicht sagen können, was für einer es war. Mit Fischen kannte er sich nicht aus. Auch für das Angeln hatte er nie genug Geduld aufbringen können, obwohl Frére Zacharie ihn ein paar Mal mitgenommen hatte, da es angeblich »das Gemüt beruhigte«. Meist war er sehr schnell mit dem ersten Fang zurückgeschickt worden, weil er – so Frére Zacharie – »selbst die Fische verrückt machen konnte«.

Am Kopfende des Tisches schnalzte der Comte ärgerlich mit der Zunge. »Nimm Messer und Gabel, Mädchen!«, rügte er scharf.

Für eine Sekunde presste Martine die Lippen aufsässig zusammen, dann legte sie die Reste der Pastete auf ihren Teller und leckte sich die Finger ab. Einen nach dem anderen. Der letzte blieb für Andrés Geschmack eindeutig eine Winzigkeit zu lang in ihrem Mund.

»Überwiegend Fisch«, beantwortete er ihre Frage endlich.

»Ich mag keinen Fisch.« Sie rümpfte die Nase, nahm ihr Besteck, zerteilte, was von der Teighülle übrig war, und spießte ein Stück davon manierlich mit der Gabel auf. »Und Sie, André?« Der Blätterteig verschwand mit einem Blick zu d'Abrâigne zwischen ihren Lippen.

»Ich auch nicht.« Er würgte den nächsten Bissen hinunter und spülte mit einem Schluck Wasser nach.

»Dann muss die Fastenzeit für Sie ja die reinste Hölle sein.« Martine lachte und schob sich das nächste Stück Pastete in den Mund.

Neben dem Comte lehnte Firron sich vor und sah an Martine vorbei zu André hin. »Was sind Ihre Aufgaben im Dienst Norlers, Darnaux? Bisher hat er uns nur verraten, dass Sie ein begnadeter Jäger sind, aber das kann wohl kaum alles sein.«

»Ich diene Seiner Exzellenz als Sekretär und führe ihm und den ehrwürdigen Fréres die Bücher.«

»Man sollte meinen, dass er dafür einen der Mönche anstellen könnte, anstatt sich jemanden wie Sie als Sekretär zu halten.« Beauterne winkte einem der Bediensteten, ihm noch einmal Wein einzugießen.

»Das könnte er sicherlich, aber nicht jeder der Fréres ist des Lesens und Schreibens mächtig und ein großer Teil der Korrespondenz Seiner Exzellenz wird zudem nicht in Französisch geführt.«

André gab den Kampf mit der Pastete auf und griff nach seinem Glas, nur um festzustellen, dass es leer war.

»Das heißt, Sie meistern die Korrespondenz in mehreren Sprachen, Darnaux?« Der Marquis bedeutete dem Diener, ihm ebenfalls nachzuschenken.

»Seine Exzellenz war so gütig, mich von verschiedenen Lehrern unterrichten zu lassen, ja.«

»Können Sie sie auch sprechen?« Saint-Béran drehte das Glas zwischen seinen schlanken Fingern und beobachtete, wie der Wein im Licht funkelte.

»Ja, mon Seigneur.« André nickte dem Bediensteten, der sein Glas erneut füllte, dankend zu.

»Und welche wären das?«

»Griechisch, Italienisch, Spanisch und ein paar Brocken Englisch und Deutsch, Monsieur le Marquis.« Allmählich hätte man glauben können, er würde einem Verhör unterzogen.

»Dann sind Sie ja richtig gebildet, André.« Martine griff ebenfalls nach ihrem Weinglas und nahm einen großen Schluck.

André deutete eine Verbeugung an. »So gebildet, wie man sein kann, wenn man im Haushalt eines Bischofs aufwächst. Dafür verstehe ich nichts von Mode, dem Tanzen oder anderen Vergnügungen, wie sie in Paris sicherlich an der Tagesordnung sind, Mademoiselle.«

Mit einer abfälligen Geste stellte sie ihr Glas ab, zog sich die Platte mit dem gebratenen Kapaun heran und bediente sich.

»Ich bin sicher, Sie könnten all das lernen. Vor allem das Tanzen bereitet mir besonderes Vergnügen.« Sie schob sich ein Stückchen Haut mit den Fingern in den Mund, kaute kurz, ehe sie sie wie zuvor ableckte, und griff dann wieder nach ihrem Besteck.

»Und was sagen Sie zu unserem ›Teufel‹, Darnaux?« Der Marquis schnitt sich eine Scheibe aus der Schulter eines glasierten Spanferkels.

André schluckte trocken und griff nach seinem Glas. »Wie ich gestern schon sagte: Es ist nur ein besonders großer Wolf.« Er bemühte sich, gleichmütig zu klingen.

»Sie glauben also nicht, dass das personifizierte Böse in den Wäldern um Saint-Mézan umgeht?« Spott schwang in Beauternes Stimme mit.

»Ich habe bisher immer feststellen müssen, dass hinter Dingen, die man dem Teufel zuschrieb, ein äußerst menschliches Böses stand, mon Seigneur.«

»Dann glauben Sie nicht an den Teufel?« Firron sah ihn über den Rand seines Glases hinweg an.

»Nein, Monsieur. Zumindest nicht in der Form, wie die Kirche von ihm spricht.« André nahm einen Schluck Wasser und stellte das Glas zurück.

»Und das von einem Mann, der im Haus eines Bischofs aufgewachsen ist. – Vorsicht, junger Freund, nicht dass man Ihnen wegen solcher ketzerischen Reden den Prozess macht«, lachte Saint-Béran, ehe er einem der Bediensteten ein Zeichen gab. »Sie haben kaum etwas gegessen, Darnaux, schmeckt es Ihnen nicht?« Er deutete auf die Platte, die der Diener eben auf den Tisch stellte. »Martines Leibspeise. Vielleicht ist sie ja auch etwas für Sie?«

Neben André quietschte die junge Frau entzückt auf und griff nach dem Vorlegebesteck, kaum dass der Mann zurückgetreten war.

»Mögen Sie Rehkitz? – Hier, Sie müssen davon kosten!« Sie wartete seine Antwort nicht ab, sondern legte ihm eine große Scheibe des dunklen Fleisches auf den Teller. Als André sah, wie sich darunter langsam eine kleine rote Lache ausbreitete und die Teigkruste der Pastetenreste durchweichte, musste er mehrmals hart und trocken schlucken, um den sauren Geschmack loszuwerden, der plötzlich auf seiner Zunge war. Mit mühsam unterdrücktem Widerwillen schnitt er ein kleines Stück ab, zwang sich, das noch halb rohe Fleisch in den Mund zu stecken und zu kauen.

Unter den amüsierten Blicken des Comte und seiner Gäste machte sich Martine über ihre eigene Portion her.

In Andrés Mund schien das Fleisch immer größer zu werden. Er würgte es hinunter und griff nach seinem Glas.

Martine hingegen schloss zwischen zwei Bissen die Augen und stöhnte verzückt. »Gibt es im Haushalt eines Bischofs eigentlich auch Frauen?«, fragte sie dann und sah zu André hin, während sie schon den nächsten Brocken abschnitt und auf die Gabel spießte.

»Außer den Schwestern aus dem Augustinerinnen-Stift, neben dem Sitz Seiner Exzellenz, die ihm sozusagen den Haushalt führen, nein.« André stellte das Glas zurück und griff wieder nach Messer und Gabel.

»Gar keine?«

»Nein.« Das Rehfleisch schien ihm mit jeder Minute schwerer im Magen zu liegen und weckte in ihm immer mehr den Drang, sich zu übergeben.

Martine ließ ihr Besteck sinken. »Sind Sie am Ende noch Jungfrau?«

André verschluckte sich an dem Bissen, den er gerade in den Mund geschoben hatte, und musste husten. Das Blut schoss ihm ins Gesicht. Bei der Anrichte fiel einem der Bediensteten etwas mit lautem Scheppern aus der Hand. Beauterne spuckte Wein quer über den Tisch und griff nach seiner Serviette.

»Martine!« Saint-Béran klang eher erheitert als tadelnd.

Sie beachtete ihren Vormund allerdings überhaupt nicht, sondern war aufgesprungen und klopfte André heftig auf den Rücken, um zu verhindern, dass er erstickte. Seine Versuche, sie fortzuwinken, ignorierte sie erfolgreich, bis der Comte d'Abrâigne sie mit einer knappen Geste an ihren Platz zurückscheuchte und André ein Glas goldenen Cognac hinhielt. Dieses Mal griff er dankbar danach und stürzte die scharfe Flüssigkeit in einem Zug hinunter. Noch immer keuchend und hustend schnappte er nach Luft.

D'Abrâigne nahm ihm das Glas aus der Hand und stellte es nachdrücklich auf den Tisch.

»Du bist entschuldigt, Mädchen«, sagte er bestimmt.

»Ich habe nichts getan!«, protestierte Martine entrüstet.

Der blaugoldene Rock d'Abrâignes strich an Andrés Schulter entlang, als er einen Schritt auf sie zu machte: »Ich werde mich nicht wiederholen.«

Sie hob störrisch das Kinn. »Ich will ...« Der Comte hatte sie bereits am Arm gepackt und zerrte sie zur Tür, ehe sie weiterprotestieren konnte. Empört sträubte die junge Frau sich und versuchte, seine Hand abzuschütteln – bis er sichtlich aufgebracht etwas zu ihr sagte, das zu leise war, als dass André es hätte verstehen können.

Schlagartig schien alle Farbe aus Martines Wangen zu weichen. D'Abrâigne ließ sie los, trat zurück und gab zugleich den Weg zur Tür frei. Sie biss sich auf die Unterlippe, senkte nach einem letzten Zögern den Kopf, knickste, murmelte ein kaum hörbares »Bonne nuit, dormez bien, Messieurs« und verließ den Raum.

Wenn André bei den Abendessen, die Bischof Noriér zuweilen für die hohen Herrschaften von Tarbes oder für einen anderen Würdenträger der Kirche gab, etwas gelernt hatte, dann war es, eine Gelegenheit zur Flucht zu erkennen und zu nutzen.

Er schob seinen Stuhl zurück und erhob sich. »Mit Eurer Erlaubnis, Messieurs, würde auch ich mich gerne zurückziehen«, bat er, noch immer ein wenig heiser, mit einer leichten Verbeugung gegen den Comte und seine Gäste. Bei der Bewegung stieg ihm die Galle in den Mund. Im letzten Moment schluckte er sie hinunter.

Spöttisch grinsend hob Beauterne die Brauen, während der Marquis mit der Gabel ein Stück Kapaun aufspießte.

»Hat Martine Sie so brüskiert? Sie sollten es sich noch einmal überlegen, wenn mich nicht alles täuscht, erwartet uns eine exquisite Nachspeise.« Er blickte zum Comte hinüber, der gerade zu seinem Stuhl zurückging. Einer der Bediensteten hastete herbei, um ihn für seinen Herrn zurechtzurücken. »Nicht wahr, d'Abrâigne?«

»Ich möchte nicht unhöflich erscheinen, aber …«

Ein ungeduldiger Wink des Comte schnitt ihm den Satz ab. »Verschwinden Sie schon.« D'Abrâigne setzte sich und nickte dem Mann hinter sich zu. »Tragen Sie die Nachspeisen auf.«

André biss kurz die Zähne zusammen, doch dann verneigte er sich erneut – wenn auch vorsichtiger – und ging zur Tür. Einer der Lakaien öffnete sie ihm und schloss sie auch wieder hinter ihm.

In der Halle blieb er stehen und atmete ein paar Mal tief ein. Schon im Speisezimmer war ihm die Luft erstickend heiß vorgekommen; hier war es keinen Deut besser. Nur noch ein paar vereinzelte Lampen brannten. In ihrem trüben Schein stieg er die Treppe hinauf. Obwohl er nur wenige Bissen hinuntergewürgt hatte, glaubte er, den Geschmack des blutigen Rehfleisches noch immer auf der Zunge haben. Zumindest war der Drang, sich zu erbrechen, vergangen. An seine Stelle war ein seltsamer Hunger getreten, der seinen Mund austrocknete.

Den Gedanken, sich in der Küche vom Koch etwas Brot geben zu lassen, verwarf er sofort wieder. Einen solchen Affront gegen den Comte konnte er sich nicht erlauben.

Ein müdes Lächeln stahl sich auf seine Lippen, während er den Rock aufknöpfte und den Hemdkragen lockerte. Er hatte es als Kind mehr als einmal überlebt, dass er zur Strafe für irgendwelchen Unfug nach einer Tracht Prügel hungrig ins Bett geschickt worden war – also würde er es auch jetzt überleben.

In seinem Zimmer musste er feststellen, dass irgendjemand das Feuer im Kamin angezündet hatte – als wäre die Nacht nicht ohnehin viel zu warm. Die Luft war bereits jetzt unerträglich schwer und stickig. Er verzichtete darauf, die Kerzen anzustecken, durchquerte stattdessen mit langen Schritten den Raum, dämmte das Feuer ein gutes Stück ein, ging zu den Fenstern und öffnete sie weit. Kalte, feuchte Nachtluft wehte ihm entgegen. Draußen regnete es.

Einen Moment lang blieb er still stehen und atmete mit einem Gefühl des Bedauerns, da er den würzigen Duft von nasser Erde, Gras und Bäumen im Augenblick nicht schmecken konnte, tief ein.

Irgendwo in der Dunkelheit schrie ein Käuzchen. Der Mond über den schwarzen Schatten der Wipfel war noch immer kaum mehr als eine schmale, allmählich zunehmende Sichel. Mit einer entschiedenen Bewegung trat er vom Fenster zurück und hängte seinen Rock sorgsam über die Rückenlehne eines der beiden Sessel. Das Hemd folgte. Kurz darauf hatte André sich ungeduldig auch seiner Schuhe, Strümpfe und Hosen entledigt. Er goss etwas Wasser aus dem Glaskrug in die Waschschüssel auf der Kommode, tauchte ein Tuch hinein und rieb sich das heiße Gesicht, Hals und Brust damit ab. Immer wieder ging sein Blick in die Dunkelheit hinaus. Der Regen erzeugte ein gleichmäßiges, einlullendes Prasseln auf Blättern und Boden. Irgendwann warf er das Tuch achtlos beiseite und stellte sich abermals ans Fenster. Der Boden unter seinen Füßen war nass von den schweren Tropfen, die der Nachtwind hereingeweht hatte. Er stemmte die Hände zu beiden Seiten gegen die Fensterlaibung, legte den Kopf in den Nacken, während er die Kühle des Mondlichts auf der Haut genoss, und lehnte sich mit geschlossenen Augen dem Regen, dem Wind und der Nacht entgegen.

Sein Fell war schwer vom Regen. Mit einem nachlässigen Satz sprang er von einem Felsen in die kleine Senke hinunter. Schlamm spritzte hoch. Ein Hase flüchtete panisch aus seinem Versteck tiefer ins Unterholz hinein. Er war hungrig, aber das war nicht das Fleisch, nach dem ihm in dieser Nacht der Sinn stand. Einen Moment verharrte er still und lauschte in die Nacht, ehe er sich kräftig schüttelte. Nässe sprühte nach allen Seiten. Schnuppernd hob er die Schnauze in den Wind. Eine unverkennbare Witterung hing darin. Ja, diese Beute war mehr nach seinem Geschmack. Gemächlich setzte er sich in Bewegung. Mit zwei Sprüngen war er aus der Senke heraus, doch anstatt wieder in ein langsameres Traben zu verfallen, rannte er noch schneller. Nach all der Zeit in der Dunkelheit war es ein herrliches Vergnügen, sich zu strecken und mit ausgelassener Kraft zu laufen. Hätte er sich dadurch seiner Beute nicht verraten, hätte er seine Freude zu der weißen Sichel über den Bäumen hinaufgejubelt. Ein Baumstamm lag in seinem Weg. Geschmeidig setzte er viel höher als nötig darüber hinweg. Er preschte durch eine Pfütze und das Wasser benetzte seinen Bauch und seine Flanken. Er duckte sich unter einem tief hängenden Ast hindurch, der mit einem Schauer aus Tropfen über seinen Rücken strich. Erst als er seine Beute schon fast erreicht hatte, lief er langsamer, achtete darauf, sie nicht auf sich aufmerksam zu machen. Hechelnd blieb er schließlich zwischen den Bäumen stehen. Nur ein schmaler Bach trennte ihn noch von ihr. Der Regen prasselte auf das Wasser. Ein Stück weiter zwischen den Bäumen schepperte Metall misstönend gegen Metall. Er legte die Ohren an, duckte sich, setzte bedächtig eine Pfote vor die andere, pirschte sich näher heran, sprang über den Bach. Ein Stein knirschte unter seiner Hinterpfote. Seine Beute fuhr herum, starrte ihn an – und schrie. Mit einem Knurren stürzte er sich auf sie, setzte ihrem Versuch, davonzulaufen, ein jähes Ende, indem er sie zu Boden riss. Er schlug seine Fänge in ihre Kehle und biss durch das weiche Fleisch und die Knochen dahinter. Das Schreien endete abrupt. Heißes Blut füllte seinen Rachen und rann köstlich seinen Schlund hinab. Die Beine seines Opfers traten noch einmal zuckend ins Leere. Er riss die Kehle endgültig heraus, schlang das süße Fleisch voll wildem Genuss hinunter. Es war viel zu lange her, dass er gejagt hatte. Mit wachsender Gier zerrte er Bissen um Bissen aus seiner Beute. Immer wieder krachten Knochen zwischen seinen Fängen. Der Regen wusch das Blut aus seinem Fell, noch während er fraß.

Ein Hämmern weckte André am Morgen. Mit einem Stöhnen hob er den Arm über die Augen, um sie vor dem unerträglich grellen Licht zu schützen, das durch die geöffneten Fenster hereinfiel. Schwerfällig wälzte er sich auf dem Bett zur Seite. Jeder Knochen tat ihm weh, als hätte jemand stundenlang mit einem Knüppel auf ihn eingedroschen. Das Bettzeug klebte auf seiner Haut.

Irgendwie schaffte er es, die Beine über die Bettkante zu bringen und sich aufzusetzen. Mit einem neuerlichen Stöhnen stützte er die Ellbogen auf die Knie und barg den Kopf in den Händen.

Das Hämmern wollte nicht aufhören. Ihm war kalt und seine Arme und Beine waren mit einer Gänsehaut überzogen, obwohl er sich zugleich irgendwie fiebrig fühlte. Die Zunge klebte ihm mit einem metallischen Geschmack am Gaumen. Benommen rieb er sich übers Gesicht. Nur langsam wurde ihm bewusst, dass das Hämmern nicht in seinem pochenden Schädel war, sondern von seiner Zimmertür kam.

»Wer ist da?« Seine Stimme klang rau, und im ersten Moment fiel es ihm schwer, die Worte verständlich zu formen.

Auch wenn er bezweifelte, dass Martine gegen seine Tür hämmern würde, ehe sie in sein Zimmer stürmte, tastete er nach der Decke, um sie sich über den Schoß zu ziehen – und hielt abrupt inne. Die Antwort von jenseits der Tür nahm er kaum wahr. Zögernd fuhr er mit der Hand über die Laken. Sie waren feucht. Unwillkürlich fiel sein Blick auf die offenen Fenster. Auf dem Boden darunter kündeten schimmernde Lachen auf den Steinfliesen und dunkle Flecken auf den Teppichen davon, dass der Wind in der Nacht immer wieder den Regen hereingeweht hatte. Wie aber kam die Nässe in die Laken und die Decke? Fröstelnd zog André die Schultern hoch. Er erinnerte sich daran, am Fenster gestanden und in die Dunkelheit hinausgeschaut zu haben, während er den Regen genoss, der immer wieder seine Haut traf … Und danach? Nichts! Er konnte sich nicht einmal daran erinnern, zu Bett gegangen zu sein. Aber er musste es getan haben, ansonsten wäre er wohl kaum in ihm aufgewacht. War er von den Regenböen so nass gewesen … Neuerliches Hämmern erklang, und dann wurde die Tür aufgerissen und Pierre Chastel stand im Zimmer.

»Zum Teufel, Darnaux, haben Sie nicht gehört, was …« Chastels Worte endeten in einem Zischen und er vertrat der Magd, die auf dem Korridor stand, die Sicht. »Verdammt, bedecken Sie sich, Mann!« Er warf einen Blick über die Schulter, wo die junge Frau den Hals reckte. Hastig zog André die klamme Decke über seinen Schoß.

»Ich bin sicher, es gibt hier für dich nichts zu sehen, also kannst du ebenso gut verschwinden. Ich weiß ja jetzt, wo sein Zimmer ist«, fuhr Chastel die Magd an. Er wurde mit einem bösen Blick und einem widerwilligen Knicks bedacht, dann marschierte sie davon. André hörte, wie ihre Schritte sich den Gang hinunter entfernten.

»Haben Sie gehört, was ich gesagt habe, Darnaux? Die Bestie hat heute Nacht wieder zugeschlagen. Und da es etliche Stunden geregnet hat, finden wir in dem aufgeweichten Boden diesmal vielleicht ein paar brauchbare Spuren.« Chastel schloss die Tür hinter sich.

In Andrés Mund war der Geschmack von Galle. Er rührte sich nicht. Chastel blickte ihn unwillig an.

»Verdammt noch mal, was ist los mit Ihnen, Darnaux? Machen Sie schon! Ich habe den Männern zwar ausrichten lassen, sie sollen sich von der Leiche fernhalten, damit sie uns nicht die Spuren zertrampeln, aber ich will mich nicht zu lange darauf verlassen, dass sie auch tun, was ich gesagt habe. Oder sind Sie zu prüde, um sich vor mir anzuziehen?«

Ohne Chastel anzusehen, stemmte André sich steif vom Bett hoch. Die Decke rutschte schwer zu Boden. Er konnte spüren, wie der andere ihn irritiert beobachtete, während er sich wusch und rasierte – er spürte gar nicht, dass er sich schnitt, bis Chastel es ihm sagte – und schließlich hölzern anzog.

»Können wir?« Chastel hatte den Türgriff bereits in der Hand, während André noch in die Stiefel stieg. Er warf einen hilflosen Blick zur Kommode. Nein! Es war unmöglich! Nicht vor Chastel! Die Feuchtigkeit in seinem Bettzeug stammte von dem Regen, der ihn getroffen hatte, als er am offenen Fenster stand. So musste es sein! Es konnte gar nicht anders sein! Es durfte einfach nicht anders sein!

»Ja, wir können.« André zog sich den zweiten Stiefel an und stand auf. Als er jedoch auf Chastel zuging, ließ dessen Stirnrunzeln ihn innehalten. »Was ist?«

»Wollen Sie nicht Ihre Muskete mitnehmen?«

Sich innerlich verfluchend, dass er nicht selbst daran gedacht hatte, holte André sie aus der Ecke neben der Kommode. Der Beutel mit den Kugeln und dem Pulver lag daneben. Sein Blick blieb kurz an der Kommodenlade hängen, ehe er sich einen Ruck gab und zu Chastel ging. Er musste sich zusammenreißen!

Chastel schüttelte schweigend den Kopf, als er vor ihm das Zimmer verließ und rasch den Korridor hinunter zur Treppe ging. Hastig folgte André ihm.

»Wo hat man die Leiche gefunden?«

»Eine knappe halbe Stunde nördlich von hier«, beschied Chastel ihm, ohne sich umzudrehen oder langsamer zu werden.

Mit schnellen Schritten schloss André zu ihm auf. »Verdammt, Chastel, was soll das? Ich werde ihnen nicht nachlaufen wie ein ...« Er schluckte das letzte Wort hinunter und biss stattdessen die Zähne zusammen, bis es schmerzte, als ihm bewusst wurde, dass der gleiche Zorn in ihm aufstieg wie am Tag zuvor, als er auf Titon losgegangen war.

Chastel gönnte ihm nur einen kurzen Blick aus dem Augenwinkel. »Nach dem, was wir vor zwei Nächten gesehen haben, müssten die Spuren sogar den Comte davon überzeugen, dass es kein Wolf ist, der ...«

André packte Chastel am Arm und zwang ihn dazu, stehen zu bleiben. »Ich habe dem Comte und den anderen in jener Nacht nichts von *ihr* gesagt, sondern dass ein Wolf uns angegriffen hätte.«

Chastel drehte sich in unverhohlener Wut zu ihm um. »Sie haben *was*? Warum in Gottes Namen haben Sie gelogen?«, fuhr er ihn an.

»Glauben Sie ernsthaft, der Comte oder einer der anderen hätte mir geglaubt, wenn ich ihnen die Wahrheit gesagt hätte?«, hielt André scharf dagegen. Hatte er eben in der Halle unten Schritte gehört? »Lassen Sie uns draußen weiterreden!« Er schob sich an dem anderen vorbei und ging nach unten.

»Vielleicht hätten sie Ihnen ja tatsächlich geglaubt.« Ärgerlich funkelte Chastel André an, ehe er ihm die Stufen hinunter folgte. »Zumindest Beauterne hätte es vermutlich getan. Immerhin heißt es, er hätte ein solches Biest schon einmal erschossen.«

André zwang sich, wortlos weiterzugehen, bis sie das Eingangsportal des Château hinter sich gelassen hatten, dann wandte er sich Chastel erneut zu. »Darüber wollte ich schon gestern mit Ihnen sprechen. Sie sagten vor zwei Tagen, der Comte müsse erfahren, dass wir es mit demselben Monster zu tun hätten wie Lieutenant de Beauterne vor einigen Wochen im Gévaudan – oder zumindest mit einem von derselben Art. – Ich will wissen, was Sie damit gemeint haben. Was ist im Gévaudan geschehen? Was wissen Sie darüber?«

Chastel maß André einen Moment lang mit schmalem Blick, dann nickte er schroff. »Seit dem Frühjahr letzten Jahres hat eine ›Bestie‹ – wie die Leute dort es irgendwann nur noch genannt haben – das Gévaudan unsicher gemacht.« Seine Hand umklammerte seine Muskete so fest, dass man die Knöchel weiß hervortreten sah. »Innerhalb von knapp einem Jahr soll sie mehr als dreißig, wenn nicht sogar vierzig oder noch mehr Menschen ermordet haben – die Beschreibungen der Leichen, die ich kenne, stimmen auf geradezu beängstigende Weise mit dem überein, wie das Ungeheuer hier seine Opfer zurichtet. Es wurde eine riesige Treibjagd veranstaltet. Man war der Meinung, es sei ein ›Wolf‹.« Er funkelte André herausfordernd an, fuhr dann aber fort: »Der König hat sogar 10.000 Livres Belohnung für den ausgesetzt, der die ›Bestie‹ tötet – was Lieutenant de Beauterne in diesem September dann wohl gelungen ist.«

Einen Moment lang bohrte André sich die Fingernägel mit solcher Kraft in die Handflächen, dass er zu spüren glaubte, wie sie durch die Haut drangen. »Sie haben im Gévaudan diese ›Bestie‹ gesehen, nicht wahr?« Seine Worte waren mehr eine Feststellung als eine Frage. Er sah Chastel dabei nicht an. Erst als von diesem keine Antwort kam, hob André die Augen. Im Gesicht des anderen arbeitete es. »Sie sagten, der Comte müsse erfahren, dass wir es mit der Kreatur aus dem Gévaudan zu tun hätten – oder zumindest mit einer von derselben Art. – Also müssen Sie die Bestie dort gesehen haben.«

»Selbst wenn ich sie gesehen hätte, was würde das ändern? Wir wissen beide, dass das vor zwei Nächten kein Wolf war.« Chastel bedachte André noch einmal mit einem zornigen Blick. »Wie auch immer: Nachdem Sie den Comte und die anderen belogen haben, bleibt uns jetzt nichts anderes übrig, als ihm den Kadaver des Biests als Beweis dafür zu bringen, dass er sich täuscht.« Er wollte sich zum Gehen wenden, hielt dann aber inne. »Und noch etwas: So etwas wie die Sache gestern mit Titon wird sich heute nicht wiederholen. Ansonsten bekommen Sie Ärger mit mir.« Er packte André am Arm. »Kapiert?«

»Ja.« Mit einem Ruck machte André sich los.

Chastel maß ihn ein weiteres Mal mit einem ärgerlichen Blick, dann drehte er sich mit einem »Kommen Sie!« abrupt um und marschierte davon. André folgte ihm nur widerwillig. Doch er verlangsamte seine Schritte wieder, als Chastel sich anschickte, um das Château herumzugehen.

»Was haben Sie vor?«

»Unsere Suche gestern wäre vielleicht erfolgreicher gewesen, wenn wir von Anfang an Hunde dabeigehabt hätten. Barras ist tot und Remi ... ob ich ihn jemals wieder für die Jagd gebrauchen kann, muss sich erst noch zeigen. Wir nehmen heute die Hunde des Comte mit.«

»Hunde mögen mich nicht sonderlich.« Nur widerwillig schloss André erneut zu dem anderen auf.

Chastel quittierte die Bemerkung mit einem abfälligen Schnauben. »Sie werden Sie schon nicht gleich bei lebendigem Leibe fressen wollen.«

Dass dem doch so war, musste Chastel wenig später mit eigenen Augen sehen. Die Hunde – allen voran die Leithündin – hingen belfernd und zähnefletschend an den Gittern der Zwinger, kaum dass André sich ihnen bis auf zwei oder drei Schritte genähert hatte, und machten mehr als deutlich klar, dass sie sich schon längst auf ihn gestürzt hätten, wären die Metallstäbe nicht zwischen ihnen gewesen. Selbst die weniger wilden unter ihnen hatten – trotz eingekniffener Rute – knurrend die

Lefzen gehoben. Einen Moment lang betrachtete Chastel das Höllenspektakel, wobei sich die Verblüffung, die sich ob des Gebarens der Tiere auf seinen Zügen spiegelte, nach und nach in Unmut und Ärger verwandelte.

Schließlich hängte er die Führleinen der Hunde mit einem gezischten Fluch wieder an den Haken, von dem er sie zuvor genommen hatte. Er warf André einen bösen Blick zu, der ihn zum Schuldigen erklärte, und bedeutete ihm dann mit einer knappen Geste, ihm zu folgen.

Zu seinem Erstaunen musste Pierre feststellen, dass die Männer sich scheinbar tatsächlich von der Leiche und damit von den Spuren ferngehalten hatten. Als sie ihn herankommen hörten, sahen sie sich erwartungsvoll um. Jeder von ihnen war zumindest mit einem Knüppel bewaffnet; Théodore Titon hatte sogar eine Muskete dabei. Einige begrüßen ihn mit einem Nicken oder einer erhobenen Hand, doch kaum bemerkten sie Darnaux, ging ein unwilliges Murmeln durch ihre Reihen.

Titon trat ihm entgegen. An seiner Lippe prangte dicker Schorf und auf der einen Seite war sein Gesicht blau angelaufen. »Was schleppst du den Verrückten wieder an, Chastel? So wie der sich gestern aufgeführt hat, sollte man den Kerl in Ketten legen, anstatt ihn frei herumlaufen zu lassen.«

Nach einem raschen Blick zu Darnaux hob Pierre betont gleichmütig die Schultern. »Möchtest du Monsieur le Comte persönlich erklären, dass du den Mann, der eigens aus Tarbes geschickt wurde, um uns auf seinen ausdrücklichen Befehl hin dabei zu helfen, den ... ›Teufel‹«, abermals sah er zu Darnaux hin, »aufzuspüren, nicht bei der Suche dabeihaben willst?« Er deutete hinter sich. »Bitte! Du weißt, wo das Château ist. Geh nur! Ich bin sicher, Seine Gnaden wird dich gerne empfangen.«

Neben Titon riss der jüngere der Brüder Allineux die Augen auf. »Du meinst, der Bischofsbengel wurde nur zu diesem Zweck hierher geschickt? – Das ist nicht dein Ernst, Chastel. Der Milchbart ist ja noch nicht einmal richtig trocken hinter den Ohren.«

»Doch, das ist mein Ernst. Und wie ich Titon gestern schon sagte, soll Monsieur Darnaux ein besserer Jäger sein als ihr alle zusammen. – Wollen wir jetzt noch lange hier herumstehen und die gleichen Reden führen wie schon einmal oder sollten wir nicht besser versuchen, dieses Bie... – was auch immer hinter diesen Morden steht, zur Strecke zu bringen, damit das alles endlich ein Ende hat?«

Füßescharren und Murmeln waren die Antwort. Pierre nickte und schob sich zwischen den Männern hindurch. Darnaux folgte ihm wortlos, und Pierre war sich sicher, dass der Umstand, dass Titon eben hart mit dem anderen zusammenstieß, kein Zufall war, doch er sagte nichts dazu. Er würde Darnaux nicht in Schutz nehmen. Als Antoine damals aus Algerien zurückgekehrt war, hatte er diesen Fehler begangen und gesehen, wohin sie das gebracht hatte. Er würde ihn nicht bei jemandem wiederholen, der ein Fremder für ihn war.

»Wisst ihr, wer das Opfer ist?«, fragte er über die Schulter. Zu seinem Erstaunen erhielt er kein Nein zur Antwort. Stattdessen kam von Titon ein halblautes »Simon Manùs«. Ohne sich umzudrehen, wusste er, dass die Männer hinter ihm sich wortlos bekreuzigten. Auch er hatte Simon flüchtig gekannt. Sein unbeschwertes Lachen war immer irgendwie ansteckend gewesen. Erst in der vergangenen Woche war er vierzehn geworden; kein Junge mehr, aber auch noch kein Mann.

Simons Leiche lag an der Böschung eines kleinen Baches, der durch die heftigen Regenfälle der vergangenen Nacht ein kleines Stück weit über seine Ufer getreten sein musste, wie Schlamm und Geröll verrieten. Doch das Wasser war bereits wieder ein gutes Stück zurückgegangen. Der Boden um ihn herum war aufgeweicht und zertrampelt. Langsam ging Pierre näher heran. Innerlich fluchte er. Wer auch immer den armen Kerl gefunden hatte, hatte offenbar einen großen Teil der Abdrücke zerstört, die es vielleicht gegeben haben mochte. Dann aber stockte er. Aufmerksam beugte er sich vor, fuhr mit den Fingerspitzen den Umriss des Abdrucks nach, der direkt neben Simons zerrissenem Körper zwischen all den Stiefelspuren im Schlamm zurückgeblieben war. Eine solche »Pfote« hatte er noch nie zuvor gesehen. Da waren die Abdrücke von fünf Zehen, vor denen sich ebenso viele beeindruckende Krallen in den Boden gedrückt hatten. Der Ballen selbst war seltsam schmal und gleichzeitig langgestreckt … Ein Schatten fiel auf ihn und Pierre schaute auf. Auf Simons anderer Seite stand

Darnaux und blickte auf den Jungen hinab. – Nein! Er starrte auf etwas *neben* dem Jungen. Pierre richtete sich auf und stieg vorsichtig über den Abdruck auf dieser Seite und dann über die Leiche hinweg, immer darauf bedacht, auch diesmal nichts zu zertreten. Darnaux war leichenblass. Wenn der Mann überhaupt noch atmete, dann so flach, dass man es nicht mehr wahrnahm. Verwirrt ging Pierre in die Hocke, beugte sich über das, was der andere neben Simon entdeckt hatte – und runzelte die Stirn. Diese Art Spur kannte er ebenso gut wie jeder andere hier, aber ... Er hielt seine Hand daneben. Der ältere der Brüder Allineux, Frédérique, der ihm zusammen mit den anderen gefolgt war und nun auf der anderen Seite der Leiche stand, pfiff durch die Zähne. »Beeindruckend. Er muss riesig sein.«

»Vorsicht!« Pierres scharfer Ruf kam zu spät. Der seltsame Abdruck, den er zuvor entdeckt hatte, verschwand unter Titons Schuh. Dass dieser einen Moment schuldbewusst dreinschaute, ehe er sich vorbeugte, um diese andere Spur zu begutachten, milderte seinen Ärger nicht.

»Ein Wolf!« Titon sah mit unverhohlenem Erstaunen von dem riesigen Pfotenabdruck zu Pierre. »Das kann nicht sein. Hier haben sich schon seit einer ganzen Weile keine Graupelze mehr blicken lassen.«

»Scheint so, als hätten wir nun zumindest einen wieder in der Gegend.« Hinter ihm holte Darnaux zischend Atem. Pierre warf ihm einen raschen Blick zu. Der andere hatte eine Hand so hart zur Faust geballt, dass die Adern unter der Haut zu sehen waren, während er die andere auf den Oberschenkel presste. Als er nicht auf Pierres fragend gehobene Braue reagierte, sondern nur weiter auf den Abdruck hinabstarrte, wandte er seine Aufmerksamkeit wieder auf das zurück, was vor ihm war, und neigte den Kopf, um den Abdruck, in dem Regenwasser stand, noch einmal genauer zu begutachten. Er stammte eindeutig von der Vorderpfote eines Wolfs – und der ältere der Brüder Allineux hatte recht: Das Tier musste bestimmt doppelt so groß sein wie die Wölfe, die er bisher gesehen hatte, und mindestens zweihundert Pfund wiegen. Wenn nicht sogar noch einiges mehr.

»Es könnte ein Einzelgänger sein, der sein Rudel, aus welchen Gründen auch immer, verlassen hat oder von ihm verstoßen wurde«, mutmaßte er, ohne jemand Bestimmten anzusprechen. »Möglich, dass er über die Berge gekommen ist und sich hier ein neues Revier suchen will.«

»Und warum hat ihn dann noch keiner von uns gesehen?«

Pierre zuckte die Schultern. »Wenn er so groß ist, wie seine Fährte es vermuten lässt, hat er schon ein paar Jährchen auf dem Buckel – vielleicht ein alter Leitwolf, der von einem Jüngeren verdrängt wurde. Und dann ist er entsprechend gerissen und vorsichtig. So einen sieht man nicht.«

»Heißt das, der ›Teufel‹ ist eigentlich dieser Wolf?«

Hinter Pierre war bei Titons Frage ein Keuchen zu hören. Als er sich umwandte, glaubte er einen Moment lang einen Ausdruck des Entsetzens auf Darnaux' Gesicht zu sehen. Er schien Titon anzustarren, doch dann, als würde er seinen Blick spüren, huschten seine Augen zu Pierre und er hatte sich wieder unter Kontrolle, auch wenn die Anspannung nicht von ihm wich. Was in drei Teufels Namen war mit Darnaux los?

»Nun, was meinst du, Chastel?« Titons Schuhe schmatzten im Schlamm, als er sein Gewicht verlagerte. »Könnte dieser Wolf ein bösartiger Einzelgänger sein und hinter allem stecken?«

Neben ihm nickte Frédérique Allineux. »Vielleicht hat ihn sein Rudel ja aus diesem Grund davongejagt. Oder er ist krank; hat vielleicht die Wut.«

Pierre blickte wieder auf den Pfotenabdruck. Im Gévaudan hatten die Leute in ihrem Aberglauben und aus Angst Wolfskadaver an Wegkreuze genagelt, und bei den Treibjagden ... Er schüttelte innerlich den Kopf und sah dorthin, wo Titon die *andere* Spur zertreten hatte. – Es wäre so einfach, diesen Wolf zum Schuldigen zu machen. Und der Comte würde es ihm nicht danken, wenn er das Gerede über den ›Teufel‹ ohne irgendwelche Beweise noch weiter schürte.

Er schaute zu Darnaux hin. Der starrte mit zusammengebissenen Zähnen zurück. Sekundenlang hielt Pierre den Blick des anderen fest. Das gelbe Glitzern war in die hellen, graubraunen Augen zurückgekehrt. Auch wenn Darnaux d'Abrâigne belogen hatte, wussten sie doch beide, *was* sie an jenem Abend gesehen hatten.

Er wandte sich wieder den übrigen Männern zu und zuckte erneut die Schultern. »Es wäre möglich, dass er ...«

»Hier sind noch mehr Spuren!« César Gautier, ein schlanker, hoch aufgeschossener junger Man von etwa zwanzig Jahren, war das Bachufer abgegangen und wies nun auf den schlammigen Boden ein gutes Stück oberhalb des Wasserlaufes. Alle drehten sich zu ihm um.

Pierre erhob sich, gab Titon und den anderen knapp die Anweisung, zurückzubleiben, und ging vorsichtig zu César hinüber. Tatsächlich waren die Spuren in dem aufgeweichten Boden ab einer gewissen Höhe nicht zu übersehen. Darunter hatte das Hochwasser in der vergangenen Nacht alles glatt gewaschen. Jeder einzelne Pfotenabdruck stammte eindeutig von demselben riesigen Wolf, dessen Fährte sie neben der Leiche gefunden hatten. Dazwischen waren ... Er kauerte sich nieder, um die Spuren genauer zu untersuchen. Die schmalen, gespaltenen Abdrücke zwischen den Wolfsspuren konnten von einer Ziege oder einem Schaf stammen ... Hatte Simon nach einem davongelaufenen Tier aus seiner Herde gesucht und dafür mit seinem Leben bezahlt?

Nachdenklich blickte Pierre auf die Pfotenspuren. Ein Wolf von dieser Größe würde einen jungen Mann wie Simon mühelos töten können – wie auch jedes der anderen Opfer –, und die Spuren waren auch eindeutig ... Abrupt richtet er sich auf. Verdammt, er würde ja selbst sagen, dass dies hier das Werk eines Wolfs war, wäre da nicht dieser andere, merkwürdige Abdruck gewesen, den der Dummkopf Titon zertreten hatte – und hätte er die Bestie an jenem Abend nicht mit eigenen Augen gesehen. Pierre rieb sich mit dem Handrücken übers Kinn. *Gesehen*, pah! Er hätte dem Biest die widerliche Schnauze küssen können.

»Ich würde sagen, wir gehen auf Wolfsjagd, was, Chastel?« Titon tätschelte seine Muskete.

Mühsam unterdrückte Pierre ein Seufzen. Titon hatte recht: Wenn nur die geringste Möglichkeit bestand, dass dieser Wolf an Simons Tod schuld war, musste er zur Strecke gebracht werden. Mochte sein Gefühl ihm auch noch so sehr etwas anderes sagen.

Er blickte die Männer an. Titon, Rémol und Gautier war deutlich anzusehen, dass sie unbedingt auf die Jagd gehen wollten. Die Brüder Allineux schienen von dem Gedanken nicht besonders angetan und Darnaux ... Darnaux stand noch immer am gleichen Platz und sah ihn jetzt mit dem seltsam benommenen Entsetzen eines Mannes an, dem man gerade mitgeteilt hatte, dass er zweifelsfrei des Mordes überführt war. Wahrscheinlich weil er ebenso wenig von der Schuld dieses Wolfes überzeugt war wie Pierre selbst.

Anstatt Titon direkt zu antworten, suchte er sich eine etwas schmalere Stelle an dem Bachlauf und sprang auf die andere Seite, wobei er einen großen, moosüberzogenen Stein, der aus dem dahingurgelnden Wasser ragte, als Zwischentritt benutzte. Ziemlich genau gegenüber jener Stelle, die César Gautier ihnen gezeigt hatte, fand er weitere Wolfsspuren, die tiefer in den Wald hineinführten oder – wenn er sie genau betrachtete – eigentlich aus ihm heraus.

Er nickte Titon und den anderen zu. »Der Wolf ist aus dieser Richtung gekommen. Die Fährte ist noch ziemlich gut zu sehen. Ich würde vorschlagen, du, Titon, fängst mit Rémol und Gautier hier mit der Suche an, während die Brüder Allineux Simons Leiche ins Dorf hinunterbringen.«

»Und du und der Pfaffenbengel?«

Pierre wechselte an der gleichen Stelle wie zuvor die Bachseiten. »Monsieur Darnaux und ich werden sehen, ob wir nicht dort weitere Spuren finden können, wo ihr herumgetrampelt seid, und diesen folgen. – Und noch ein Rat, Titon: Wenn ihr den Wolf tatsächlich aufspüren solltet, schieß nur, wenn du dir absolut sicher bist, dass du ihn auch auf den ersten Schuss erledigst. Ansonsten …« Er hob die Hand in einer vagen Geste. »Wenn er tatsächlich so groß ist, wie es scheint, würde selbst ich um mein Leben rennen, wenn eine schlecht gezielte Kugel ihn wütend macht. Und egal, ob ihr oder wir den Wolf aufspüren – und vielleicht, so der Allmächtige will, zur Strecke bringen –, wir treffen uns bei Einbruch der Dunkelheit in Saint-Mézan.«

»Hast du Angst, dass wir in der Nacht mehr Erfolg haben als du und dein Freund bei Tag, Chastel?«

Pierres Lächeln wurde zu etwas, das einem Zähnefletschen nahekam. »Nein, Titon, ich möchte nur euren Frauen nicht erklären müssen, warum ihre Männer nachts auf Wolfsjagd gegangen und dabei dem ›Teufel‹

begegnet sind, statt warm und sicher bei ihnen im Bett zu liegen.«

Titon ließ nur ein verächtliches Schnauben hören, dann nickte er seinem Schwager und César zu, und die drei überquerten den Bach. Einen Moment beobachtete Pierre, wie sie auf der anderen Seite nach den Spuren suchten, um ihnen dann zu folgen, ehe er zu Darnaux trat, ihn beim Arm packte und ein Stück von Simons Leichnam fortzog. Der andere wirkte noch immer wie benommen. »Alles in Ordnung?«

Darnaux löste den Blick langsam von den Männern, die gerade zwischen den Bäumen verschwanden, leckte sich über die Lippen und murmelte dann zögernd. »Ja.«

Pierre hob eine Braue, sagte aber nichts. Stattdessen wartete er, bis die Brüder Allineux sich mit Simons Leiche ins Dorf aufmachten, ehe er Darnaux zunickte: »Dann lassen Sie uns sehen, ob *wir* die Spur nicht finden können.«

Abermals fuhr Darnaux sich mit der Zunge über die Lippen, und dieses Mal hätte Pierre geschworen, dass für den Bruchteil einer Sekunde ein Sturm von Gefühlen, zu denen auch Entsetzen und Angst zählten, über seine Züge huschte, ehe er kurz die Augen schloss und tief Luft holte. Als er Pierre dann wieder ansah und mit dem Kinn zu den Bäumen rechts von ihnen diesseits des Baches wies, waren seine Hände erneut zu Fäusten geballt. »Sollen wir es da entlang versuchen?«

Ein wenig überrascht sah Pierre Darnaux an, ehe er dem anderen folgte.

Es war Darnaux, der die Spuren einige Zeit später fand – und das an einer Stelle, an der Pierre sie niemals vermutet hätte.

Er ertrug diese schwere, dunkle Witterung keinen Augenblick länger!

»Vergessen Sie es!« Mit einem Kopfschütteln machte André einen Schritt rückwärts.

»Was?« Verwirrt drehte Chastel sich zu ihm um.

Er spürte den Schmerz kaum noch, mit dem er sich die Fingernägel schon seit über einer Stunde in die eigenen Handflächen grub. Nicht nur, dass in seinem Magen nacktes Grauen nistete, seit er die mächtigen Wolfsspuren neben der Leiche des jungen Mannes gesehen hatte: Die Witterung der Wölfin brannte unerträglich in seinen Sinnen und ihre Hitze weckte eine Gier in ihm, die er bisher nicht gekannt hatte. Mit jedem weiteren Schritt, jeder weiteren Minute, die er ihr folgte, kochte sein Blut stärker, und er spürte, wie die frustrierte Wut in ihm immer höher brodelte, ohne dass er in der Lage war, sie zu beherrschen – geschweige denn zurückzudrängen. Sie stand kurz davor, sich in rohe Aggression zu verwandeln, die sich unweigerlich gegen jeden richten würde, der ihm dann zu nahe kam. Schon jetzt schien die Welt immer wieder für Sekundenbruchteile vor seinen Augen ihre Farben zu verlieren, und seine Haut brannte, als hätte er sich mit Nesseln eingerieben – und direkt darunter ...

Er presste die Kiefer aufeinander, machte erneut einen Schritt zurück und schüttelte schroff den Kopf. »Es reicht für heute. Wir hören auf. Wir können es morgen noch einmal versuchen, aber im Augenblick kommen wir nicht weiter.« Er konnte Chastel schwerlich sagen, dass er bisher der Witterung der Wölfin gefolgt war und nicht all den anderen halb verwischten Spuren, die er ihm immer wieder als vermeintliche Fährte gezeigt hatte – und dass es genau diese Witterung war, die ihn mit jedem Atemzug mehr an den Rand eines Abgrunds trieb, dem André noch nie zuvor so nahe gewesen war.

Sichtlich verärgert kam Chastel auf ihn zu. »Was soll das? Wir haben mindestens noch eine Stunde Licht und die Spur ist frisch. Jetzt abzubrechen, wäre absoluter Unsinn.«

Um ein Haar hätte André die Zähne gefletscht. »Ich habe hier das Sagen, Chastel!«, fuhr er den anderen knurrend an. »Und ich sage: Es ist genug für heute! – Guten Tag, Monsieur Chastel!« Er machte auf dem Absatz kehrt und marschierte davon, wobei er Chastels gebrüllte Beleidigungen ignorierte. Dass er es zuwege brachte, nicht zu rennen, bis er außer Sicht war, kostete ihn mehr Beherrschung, als er vermutet hatte. Doch kaum war er sicher, dass Chastel ihn nicht länger sehen konnte, stürmte er davon.

Eine ganze Weile achtete er nicht darauf, wohin er seine Füße setzte. Für den Augenblick kannte er nur einen Gedanken: Fort! Er wollte nichts anderes als allein sein.

Als er irgendwann merkte, dass seine Schritte ihn zum Château zurückgeführt hatten, konnte er ein Ächzen kaum unterdrücken. Im Schutz einer alten Bruchsteinmauer blieb er stehen. Seine Haut war schweißbedeckt und glühte. Mit beiden Händen fuhr er sich übers Gesicht und barg es stöhnend in ihnen. Seit er hier angekommen war, hatte er das Gefühl, auf einem Seil zu balancieren, das mit jedem Schritt dünner wurde und unter dem ein endloser Abgrund wartete – und nun schien es, als drohte es beim nächsten Schritt endgültig zu reißen. Er sank auf die Knie, drückte die Stirn gegen das raue Mauerwerk und krallte die Finger hinein. Das durfte nicht geschehen! Niemals! Der Himmel mochte ihm beistehen, was sollte er tun?

»André?«

Er sah abrupt auf, als er Martines Stimme vernahm. Hastig löste er die Hände von der Mauer und stand auf. Er konnte sie auf dem Weg hören, der auf dieser Seite am Château vorbei zur hinteren Tür der Orangerie führte. Im nächsten Augenblick wurde das Knirschen des Kieses zu dem Geräusch von schnellen Schritten im Gras, und Martine erschien am Rand der Hecken, die den kleinen Garten hinter dem Jagdschloss vom Wald trennten. Sie wirkte erhitzt. Ihr Kleid war an den Schultern ein wenig verrutscht. Vor dem satten Blutrot des schimmernden Stoffes stach ihre Haut weiß ab. Noch hatte sie ihn offenbar nicht gesehen. Er wich zwischen die Bäume zurück. Martine verharrte seltsam zögernd, hob den Kopf – und wandte sich zu ihm um.

»André! Da sind Sie ja! Ich habe Sie von meinem Fenster aus gesehen. Warum sind Sie nicht hereingekommen? Was tun Sie hier?« Sie kam auf ihn zu. »Ich erwarte, dass Sie uns heute Abend beim Essen wieder mit Ihrer Gesellschaft beehren.« Ihr Haar floss dunkel, ohne einen Hauch von Puder und vollkommen ungebändigt über ihre Schultern. Mit einer beinahe übermütigen Bewegung schüttelte sie es zurück. Ihr Dekolleté hob und senkte sich bei jedem Atemzug und lenkte seine Aufmerksamkeit für seinen derzeitigen Gemütszustand viel zu sehr auf das, was sich dort verbarg.

Blindlings machte er einen weiteren Schritt zurück. Auf einmal trug der Wind wieder die Witterung der Wölfin mit sich. Sie traf ihn wie ein Schlag in die Magengrube. Er fühlte das Knurren in sich aufsteigen und schluckte es mühsam hinunter. »Wenn Sie gestatten, Martine, wäre ich heute Abend lieber allein.«

Zwischen ihren geschwungenen Brauen erschien eine Falte. »Habe ich gestern etwas getan, um Ihr Missfallen zu erregen, André? – Was auch immer es war, Sie müssen mir verzeihen, ja!«

Sie kam weiter auf ihn zu.

Abermals wich er zurück. Ein Ast brach laut knackend unter seinem Stiefel. Er zuckte zusammen.

Die Falte auf ihrer Stirn vertiefte sich. »Was ist mit Ihnen, André? – Liebe Güte, Sie sind ja schweißgebadet.« Mit drei raschen Schritten war sie an der Mauer vorbei und bei ihm.

André wich weiter vor ihr zurück. »Martine, bitte, lassen Sie mich allein.« Sein Flehen war mehr Stöhnen als verständliche Worte.

Besorgt kam sie noch näher, blieb ganz dicht vor ihm stehen. »André?« Sie legte ihre Hand an seine Wange. »Ist alles in Ordnung?« Wie ein Hauch glitten ihre Fingerspitzen über seine Haut abwärts zu seinem Kinn, seiner Kehle, weiter in seinen offenen Hemdkragen. Er konnte spüren, wie unter ihrer Berührung, ihrem Geruch etwas mit einem deutlichen Schnappen brach. Ein Schritt, und sie war zwischen ihm und den Steinen gefangen. Sie starrte ihn an. Plötzlich kam ihr Atem in kleinen, hastigen Stößen. Er beugte sich vor, sog ihre Witterung ein. Ein Knurren drang aus seiner Kehle. Ohne ihn aus den Augen zu lassen, legte sie den Kopf in den Nacken. Sein Herz pochte in seinen Adern. Sie keuchte auf, als er sie packte und umdrehte, verstummte aber sofort wieder, als er die Hände rechts und links von ihr gegen die Mauer stemmte und sich von hinten an sie drückte. Das Blut brannte in seinen Lenden. Er rieb seine Hüften an ihren. Sog gierig ihren Geruch ein. Sie bewegte sich. Mit einem Knurren senkte er die Zähne in ihre Schulter, zwang sie stillzuhalten. Sie erstarrte. Er hielt sie fest, fuhr mit der Zunge über ihre Haut, schmeckte sie. Sie ließ ihn vollkommen reglos gewähren. Mit jedem Atemzug drang ihre Witterung stärker in seine Sinne. Er stieß härter gegen sie, knurrte zornig, weil er ihre Haut nicht an seiner spüren konnte, rieb sich fester an ihr. Ein Wimmern kam aus ihrer Kehle.

André erstarrte. Nein! Er stolperte so hastig zurück, dass er beinahe gestürzt wäre.

»Oh großer Gott, Martine ... Ich ... bitte ... das ... ich

wollte nicht ... Oh Gott, nein ... Sie müssen ...« Voller Entsetzten und Ekel vor sich selbst schüttelte er den Kopf. »Ich flehe Sie an, Martine, verzeihen Sie mir. Bitte ... Sie müssen ...«

»Nein! Nein, André, nein! Nicht doch ...« Sie packte ihn an den Aufschlägen seines Rocks, zog ihn wieder zu sich her, hauchte federleichte Küsse auf seine Mundwinkel, rieb sich jetzt ihrerseits an ihm. »Nicht doch. Nicht! Es ist gut so! Es soll so sein!«

»Nein! Sie wissen ja nicht ... Sie wissen ja nicht, was Sie da sagen! Es ... ich ... nein!« Mit einem verzweifelten Schrei riss André sich so heftig los, dass Martine taumelte. Er drehte sich um und rannte davon. Es kümmerte ihn nicht, dass ihm Zweige ins Gesicht und gegen die Brust schlugen oder dass sein Rock sich mehr als einmal irgendwo verhakte. Er hetzte vorwärts, bis er keine Luft mehr bekam, sich bei jedem Atemzug ein glühendes Messer in seine Brust bohrte. Seine Beine gaben unter ihm immer öfter nach und er strauchelte wieder und wieder. Irgendwann stolperte er und prallte mit der Schulter gegen einen Baum. Plötzlich ließen ihn seine Kräfte endgültig im Stich. Er klammerte sich keuchend an einem der Äste fest, ehe er am ganzen Körper zitternd zu Boden sank. Großer Gott, was hatte er getan? Was hatte er getan? Martine ... oh Gott, nein! Nein! Er krallte die Finger in sein Haar. Wie hatte das geschehen können? Wie? Noch niemals zuvor hatte er die Kontrolle so vollkommen verloren. Noch nie! Stöhnend schlug er die Hände vors Gesicht.

In einer Mischung aus Enttäuschung und Ärger ging Pierre die letzten Meter zum wusste der Himmel wievielten Mal erneut ab, untersuchte den Boden abermals, ehe er es fluchend aufgab und sich aufrichtete. Er mochte es drehen und wenden, wie er wollte, ändern würde es nichts: Er hatte die Spur der Bestie endgültig verloren. Wieder einmal! Und allmählich begann das Licht zu schwinden.

Dass Darnaux ihn vor einer guten Stunde einfach hatte stehen lassen, obwohl sie zu diesem Zeitpunkt eindeutig auf der Spur der Bestie gewesen waren, verbesserte Pierres Stimmung nicht gerade. Außerdem wurmte es ihn inzwischen, wie offensichtlich Darnaux ihn am Morgen über die Geschehnisse im Gévaudan hatte aushorchen wollen. Wie konnte es sein, dass der andere nichts darüber zu wissen schien? Oder gab er nur vor, nichts davon zu wissen? Immerhin waren die Berichte über die Vorfälle sogar bis über die Grenzen gedrungen; zumindest nach dem, was Pierre gehört hatte. Aber warum sollte Darnaux so etwas tun? Um einem Chastel auch die Morde hier anhängen zu können? Unwillig rieb er sich den Nacken. Er hatte sich diese Fragen in den letzten Stunden wieder und wieder gestellt – und keine befriedigende Antwort gefunden.

Nachdem man ihn, seinen jüngeren Bruder Antoine und Jean, seinen Vater, aus dem Verlies von Saugues entlassen hatte – allein bei der Erinnerung an die qualvolle, erstickende Enge der winzigen Zelle brach ihm der Schweiß aus und er glaubte wie damals, nicht mehr atmen zu können –, war ihm das Angebot des Comte d'Abrâigne, hier als Wildhüter zu arbeiten, wie ein Geschenk des Himmel erschienen. Er hatte nicht lange nachdenken müssen, sondern sein damaliges Amt als Wildhüter Antoine übergeben und war nach Saint-Mézan gegangen. Er hatte das Gévaudan und all die Angst, das Gerede und die Verdächtigungen dort hinter sich gelassen! – Das hatte er zumindest geglaubt.

Mit dem Ärmel wischte er sich den Schweiß von der Stirn. Im Gévaudan hatte er – im Gegensatz zu Antoine und seinem Vater – die »Bestie« nur einmal kurz und aus großer Distanz gesehen. Und das, *was* er gesehen hatte, als eine Täuschung abgetan.

Unwillkürlich schüttelte er den Kopf. *Werwolf*! Dieses Wort von seinem Vater und seinem Bruder zu hören, hatte sein Vertrauen in die Urteilskraft der einzigen Menschen zerstört, die ihm etwas bedeuteten. Nachdem man sie dann auch noch alle drei beschuldigt hatte, etwas mit der »Bestie« zu tun zu haben, hatte er seinem alten Leben den Rücken gekehrt.

Dennoch war er erleichtert gewesen, zu erfahren, dass Lieutenant Antoine de Beauterne die »Bestie« zur Strecke gebracht hatte. Und er hatte nur zu gern geglaubt, dass es sich bei ihr letztendlich doch nur um einen besonders großen und bösartigen Wolf gehandelt hatte.

Die Frage, die sich ihm seit zwei Tagen immer wieder stellte, war: Was hatte Beauterne wirklich getötet? Von seinem Bruder Antoine wusste er, dass das Morden im Gévaudan seit September offenbar tatsächlich aufgehört hatte – nur um hier weiterzugehen? War es vielleicht sogar eine kluge Entscheidung von Darnaux gewesen, den Comte und seine Gäste anzulügen? Möglicherweise war Beauterne ja wahrhaftig davon überzeugt, dass es sich bei der »Bestie« um einen Wolf gehandelt hatte, und ahnte nicht, dass unter Umständen etwas ganz anderes hinter den Morden stand?

Noch einmal ließ er den Blick über die Bäume und das dazwischenliegende Unterholz gleiten. Er würde es nur erfahren, wenn sie dieses Biest zur Strecke brachten. Aber das würde ihm heute nicht mehr gelingen. Verdammte Bestie! Als würde sie töten und sich dann einfach in Nichts auflösen.

Gereizt stieß er den Atem aus. Wenn er ehrlich war, musste er sich eingestehen, dass *Darnaux* sie die ganze Zeit auf der Fährte gehalten hatte – bis er sich mit diesem *»Vergessen Sie es!«* aus dem Staub gemacht hatte. Pierre wechselte die Muskete in die andere Hand. Im Moment blieb ihm nichts anderes übrig, als sich auf den Rückweg nach Saint-Mézan und zu seiner Hütte zu machen.

Es war ihm nicht entgangen, dass Darnaux von dem Moment an, als sie die ersten Spuren der Bestie gefunden hatten, seltsam verkrampft gewesen war und dass diese Anspannung mit jeder Stunde, die sie der Fährte weiter folgten, zugenommen hatte. Bei allen Heiligen, der Mann hatte in der letzten halben Stunde, ehe er regelrecht geflohen war, am ganzen Körper gezittert.

Etwas an Darnaux war unbestreitbar seltsam. Auch wie er gestern nur wegen eines – zugegebenermaßen ziemlich beleidigenden – Scherzes auf Titon losgegangen war. Es war als … ja, was?

Im einen Moment war Darnaux ruhig und freundlich, geradezu sanftmütig, und im nächsten?

Er war über Titon hergefallen wie ein Verrückter. Und hätten sie nicht eingegriffen, wäre es so, wie er sich gebärdet hatte, garantiert nicht bei ein paar Schlägen, ein wenig Blut und vielleicht einer gebrochenen Nase geblieben. Großer Gott, auf den ersten Blick hatte es so ausgesehen, als wollte Darnaux Titon im wahrsten Sinne des Wortes an die Kehle. Und – so unglaublich sich das auch für ihn selbst anhören mochte – er war beinahe bereit, einen Eid darauf zu leisten, dass Darnaux ihn *angeknurrt* hatte. Allein bei dem Gedanken an den Laut, den er eher aus der Kehle eines Tieres als aus der eines Menschen zu hören erwartet hätte, richteten sich die Härchen in seinem Nacken auf. Er stieg über einen Felsen, sprang einen Absatz hinunter und erreichte mit zwei weiteren großen Schritten den von braunem Laub bedeckten Waldboden.

»Chastel! Dem Himmel sei Dank!«

Verblüfft sah er sich nach der Stimme um und entdeckte eine Gruppe von Männern ein Stück entfernt zwischen den Bäumen, die jetzt eilig auf ihn zu kamen. Einige von ihnen kannte er, die anderen hatte er nur ein paar Mal flüchtig gesehen, auf dem Markt von Nêufél oder bei anderen Gelegenheiten, denen er keine Bedeutung beigemessen hatte. Sie stammten aus einem Dorf westlich von Saint-Mézan, das noch zum Besitz des Comte d'Abrâigne gehörte.

»Lanère, was gibt es?«

Schnaufend kam der Mann vor ihm zum Stehen. Über seine Schulter war ein Seil geschlungen. Ebenso wie die anderen hinter ihm war auch er mit einem Knüppel bewaffnet. »Wir brauchen deine Hilfe, Chastel! Ein paar Kinder sind verschwunden: die kleine Berthe, Anatole, Leonide, Isidore und Philippe. Sie sind im ganzen Dorf und auch in der näheren Umgebung nicht zu finden. Wir haben schon alles abgesucht …«

Pierre wurde schlagartig kalt.

André wagte sich erst ins Château zurück, als es bereits dunkel war. In den vergangenen Stunden war er ruhelos durch den Wald gestreift, immer darauf bedacht, niemandem zu begegnen. Nur einmal, kurz vor Sonnenuntergang, hatte er sich in den Stall gestohlen und sich aus der Sattelkammer einen festen Lederriemen besorgt. Allein seine Anwesenheit hatte genügt, um die Pferde unruhig stampfen und wiehern zu lassen. Doch bis einer der Knechte gekommen war, um nach dem Rechten zu sehen, war er schon wieder fort gewesen. Aus der Ferne hatte er beobachtet, wie der Mann seine liebe Not hatte, die Tiere wieder zu beschwichtigen.

Während er leise die Stufen hinauf zu seinem Zimmer ging, lauschte er angespannt auf jedes noch so kleine Geräusch. Der Comte und seine Gäste saßen im Speisezimmer zu Tisch, wie ihm das Klirren von Besteck, Porzellan und Glas verriet. Zuweilen drangen sogar Gesprächsfetzen und Gelächter bis zu ihm. Vermutlich wähnten sie ihn noch auf der Suche nach dem »Wolf«. Bitter verzog er den Mund, während er seine Zimmertür öffnete und sie leise wieder hinter sich schloss. Seine Hände waren schweißnass, als er sorgfältig abschloss, den Griff noch einmal herunterdrückte und sich durch einen kräftigen Ruck davon überzeugte, dass der Riegel auch tatsächlich eingerastet war. Die Tür war aus schwerem, massivem Holz. Sie würde genügen. – Sie würde genügen *müssen*. – Er hatte keine andere Wahl! Zumindest hier nicht!

Er warf den Lederriemen aufs Bett, öffnete die Fenster und sog tief die kühle Nachtluft ein, während er mit ungeduldigen Rucken die Halsbinde endgültig löste. Bereits den ganzen Nachmittag hatte seine Haut gejuckt und gebrannt, während er mit Chastel der Spur der Wölfin gefolgt war, doch inzwischen schien sie in Flammen zu stehen. Schweiß bedeckte seinen Rücken, seine Brust und Arme. War ihm nicht auch schon gestern Abend die Luft viel zu heiß und stickig erschienen? Wie hatte er nach all den Geschehnissen annehmen können, eine solch kleine Dosis würde ausreichen? Hatte er nicht …? – Nein! Er hatte keine Beweise. Auch wenn Chastel und die anderen gesagt hatten, sie hätten in letzter Zeit keine Wölfe in dieser Gegend gesehen. Sie konnten sich irren! Sie *mussten* sich irren! – Aber er würde heute Nacht kein Risiko eingehen.

Entschlossen trat er vom Fenster zurück, zerrte den Rock von seinen Schultern und hängte ihn achtlos über den Sessel. Das Hemd folgte, dann entledigte er sich der

Stiefel und Strümpfe, ging zur Kommode hinüber und zog die Lade auf. Nur die Hosen behielt er an. Sollte sich seine Angst nicht bewahrheiten und er war morgen früh gezwungen, um Hilfe zu rufen, wollte er nicht auch noch nackt gefunden werden. Vorsichtig, als könnte es zerbrechen, wenn er es nur ein wenig zu fest anfasste, holte er das Fläschchen heraus, ging zum Bett hinüber und setzte sich dicht neben einen der gedrechselten, gut armdicken Pfosten ans Fußende. Die Flammen im Kamin warfen Schatten und Licht auf das dunkle Glas, während er es einen Moment zögernd in der Hand drehte. Nachtluft strich über seine schweißbedeckten Schultern, ließ ihn frösteln. Er sah zu den Fenstern – und schüttelte den Kopf. Nein, er würde sie nicht schließen. Wenn er freikäme, würden sie ihn nicht aufhalten. Und die Kälte würde helfen, das Feuer in Schach zu halten.

Mit einer allzu vertrauten Bewegung vergewisserte er sich, dass das Fläschchen sicher verkorkt war, ehe er es neben sich auf das Bett legte und nach dem Riemen griff. Seine Finger bebten, als er das Leder mehrfach eng um sein linkes Handgelenk schlang, es fest anzog und mit einem Knoten fixierte. Dann nahm er das Fläschchen, zog den Korken heraus und zählte die Tropfen der zähen, weißen Flüssigkeit, die auf seine Handfläche fielen. Daran, ein Glas zu verwenden, verschwendete er keinen Gedanken. Allein der Geruch der unverdünnten Essenz bereitete ihm Übelkeit. Er leckte sie von seiner Handfläche. Augenblicklich lähmte der Eisenhut seine

Zunge, machte seinen Schlund taub und schien sich zugleich seinen Rachen hinunterzufressen wie Säure. Das Würgen saß ihm unvermittelt in der Kehle. Er schaffte es gerade noch, den Korken wieder in die Öffnung zu drücken, ehe der erste Krampf seine Eingeweide zerriss. Sekundenlang kämpfte er verzweifelt gegen den Brechreiz an, schluckte wieder hinunter, was in seinen Mund stieg, während er gleichzeitig seine Glieder dazu zwang, ihm zu gehorchen, die Arme um den Bettpfosten legte und sich beeilte, den Lederriemen auch um sein anderes Handgelenk zu zurren, solange es ihm noch möglich war. Schon jetzt war seine Haut mit bitterem Schweiß überzogen, der ihm in winzigen Perlen über Brust und Rücken rann. Er schnürte seine Handgelenke so eng zusammen, wie er nur konnte, und zog das Leder mit den Zähnen straff, bis es in seine Haut schnitt. Ein Zittern, das mit jeder Sekunde stärker wurde, lief über seinen Körper. Um den Knoten zu schlingen und anzuziehen, musste er erneut die Zähne zu Hilfe nehmen. Eine Woge von Schmerz raubte ihm eine Sekunde lang den Atem, dann nahm er die Enden des Riemens abermals zwischen die Zähne und zog sie ein weiteres Mal fest.

Erst als er sicher war, dass er sich ohne fremde Hilfe nicht mehr würde befreien können, schob er sich auf der Suche nach einer halbwegs erträglichen Position vom Bettrand und dem Pfosten fort auf die Matratze, so weit es ihm seine zusammengebundenen Handgelenke erlaubten, und wagte es, sich in einem Gefühl vager Erleichterung darauf auszustrecken, während der Schmerz sich allmählich zur Qual steigerte, als das Gift des Eisenhuts in sein Blut gelangte und mit jedem Herzschlag schlimmer wurde. Seine Haut stand in Flammen. Selbst die Luft schien ihm jetzt zu heiß zum Atmen. Auf der Suche nach Kühle wälzte er sich herum. Das feine Linnen kam ihm schmerzhaft rau vor. Seine Hosen klebten unerträglich eng an seinen Beinen. Ein krampfartiges Zittern schüttelte seine Glieder, spannte seine Muskeln bis zum Zerreißen. Er krümmte sich, presste das Gesicht in die Decken, um sein Stöhnen zu dämpfen. Das, was unter seiner Haut saß, brüllte in Qual. Unbewusst riss er an seinen Fesseln. Nur schwach nahm er den Geschmack von Kupfer wahr und ahnte, dass er sich auf die Zunge gebissen haben musste. Das Leder grub sich tiefer in seine Haut, hielt aber. Glühend fuhr der nächste Krampf durch seine Eingeweide. Mit einem würgenden Keuchen zog er die Beine an den Leib, in dem ohnmächtigen Versuch, den Schmerz irgendwie zu lindern. Etwas landete mit einem dumpfen Laut auf dem Boden. Das Elixier! Über dem Schmerz stieg Panik in ihm auf. Das Blut rauschte in seinen Ohren, hämmerte in seinem Schädel und drohte, ihn zum Bersten zu bringen. Er schaffte es, den Kopf weit genug zu heben, um das Fläschchen durch trübe Schlieren hindurch wohlverkorkt neben dem Bett auf dem Teppich liegen zu sehen. Mit einem Aufatmen ließ er sich zurückfallen. Durst! Er hatte solchen Durst und sein Mund war vollkommen ausgedörrt. Stöhnend vergrub er das Gesicht zwischen den Armen und versuchte sich nur auf seine schweren Atemzüge zu konzentrieren und darauf, möglichst still zu liegen, um keine neuen Krampfanfälle heraufzubeschwören.

Irgendwann – nach einer schieren Ewigkeit, wie ihm schien – ließ die wütende Qual des Eisenhuts in seinen Eingeweiden allmählich nach, wurde endlich zu gnädiger Taubheit, die sich zugleich dumpf und erstickend über seinen Verstand legte, ohne ihm jedoch den Schmerz zu nehmen. Auch wenn die Hitze zu einem kribbelnden Brennen verebbte und ihm das Atmen leichter zu fallen schien: Der Schmerz würde bleiben. Mit einem Seufzen versuchte er eine bequemere Lage zu finden, während er im Dahindämmern unter schweren Lidern hervor die Schatten um sich herum beobachtete. Sein Körper streckte sich auf dem Bett ein wenig mehr aus. Decke und Laken fühlten sich auf seiner Haut noch immer quälend rau an. Ein Gefühl ergebener Erschöpfung machte seine Glieder schwer. Das Feuer im Kamin verwandelte sich nach und nach in ein verzerrtes Wabern, das langsam hinter einem dichten, düsteren Schleier zu verschwimmen schien. Er schloss die Augen. Der Schmerz pochte weiter im Rhythmus seines Herzschlags unter seiner Haut und durch seine Adern. Ihm war heiß und kalt zugleich und ein Teil von ihm wünschte sich, wenigstens das Mondlicht lindernd auf seinem brennenden Körper spüren zu können ... Zeit verlor jede Bedeutung. Die Schatten bewegten sich ... Knacken und Knistern im Kamin ... wanden sich ... Schmerz biss in seine Eingeweide, er keuchte, zog die Beine an, wartete dumpf, dass er wieder nachließ ... Die Schatten krümmten sich jenseits des Feuerscheins ... krümmten sich in der Dunkelheit ... bewegten sich ... wanden sich ... zuckten ... kamen heran ... zuckten ...

Je weiter die Nacht heraufzog, desto unruhiger wurden die Männer bei ihrer Suche nach den Kindern. Die Brüder Allineux waren schon vor über einer Stunde umgekehrt, ebenso die beiden Siberrás, Emile Trenas und Achille Ginard. Doch nun blieb auch Gilles Tannús stehen und schüttelte den Kopf. »Es ist sinnlos, weiterzusuchen, Chastel. Wir sollten zurückgehen, ehe ...« Er verstummte, ließ unbehaglich den Blick über die Dunkelheit zwischen den Bäumen gleiten, die mit jeder Minute undurchdringlicher zu werden schien. »Vielleicht ...« In einer hilflosen Geste hob er die Schultern. »Vielleicht finden wir ja morgen irgendeinen Hinweis, wo sie sein könnten.« Es war ihm anzusehen, wie schwer ihm diese Worte fielen. Laurent und Isidore, die beiden älteren Brüder der kleinen Berthe, nickten, und nach einem letzten Zögern gab auch Philippes Vater ihm niedergeschlagen recht.

Pierre drehte sich halb zu den Hängen um, von denen ihm der Wind kalt ins Gesicht blies. Er war sich sicher, dass sie morgen nur noch die Leichen der Kinder zurückbringen würden, wenn sie jetzt aufgaben. Doch er konnte auch die Beweggründe der Männer verstehen.

Tannús und Lanère hatten jeder noch andere Kinder und eine Frau zu versorgen, und auch Berthes Brüder ersetzten der Familie den Vater. Wer sollte sich um jene kümmern, die von ihnen abhängig waren, wenn sie ein Opfer des »Teufels« wurden?

Er nickte und deutete nach links, wo der Wald dem Rand eines breiten Geröllhangs folgte. »Wenn ihr dort entlanggeht, macht ihr zwar einen Umweg, aber ihr seid vermutlich trotzdem schneller im Dorf, als wenn ihr den Weg durch den Wald zurücknehmt. – Gib mir dein Seil, Lanère.«

Isidore sah ihn verwirrt an. »Heißt das, du willst weitersuchen?« Erschrockenes Gemurmel erhob sich.

»Das ist Wahnsinn, Chastel!« Lanère machte einen Schritt auf ihn zu. »Du hast deine Hunde nicht dabei! Du hast keine Fackel oder Laterne und es ist noch nicht einmal Vollmond! Wie willst du da irgendwelche Spuren finden?« Sichtlich beunruhigt streifte er das Seil über den Kopf und reichte es Pierre.

Der schlang es sich seinerseits über die Schulter und rückte es zurecht. Lanère hatte recht. Und dennoch Er konnte nicht anders. »Lasst das meine Sorge sein. Wenn ich bis morgen früh nicht zurück bin, wisst ihr, wo ihr mit dem Suchen anfangen müsst. Und ihr tätet gut daran, André Darnaux dann zu bitten, euch dabei zu helfen.«

Die Männer starrten ihn an, als habe er den Verstand verloren. Er ließ sie stehen und ging weiter am Waldrand entlang den Hang hinauf.

Grelles Licht durchdrang die Dunkelheit. Er stöhnte, drehte sich weg, presste das Gesicht zwischen seine Arme. Wilde Qual durchfuhr ihn. Ächzend wälzte er sich auf die Seite, versuchte die Beine ein Stück weiter anzuziehen. Die Schatten drängten sich um ihn, neigten sich über ihn, Beauterne griff in sein Haar, zerrte seinen Kopf in die Höhe. Murmeln und Zischen. Neben dem Bett bückte sich Saint-Béran nach etwas, das dort in der Dunkelheit lag. Die Hand gab ihn frei. Fluchen. Glas zerbrach klirrend auf Stein. Einen Moment lang war da beißender Gestank. Er kauerte sich zusammen. Die Schatten wichen in die Dunkelheit zurück, nahmen das Licht mit. Murmelten, zischten, dann folgte Stille. Das Licht blieb, blieb, blieb ... wie die Schatten, der Comte d'Abrâigne, beobachtend, starrend, murmelnd ... kam wieder, mit den Schatten.

Erneut beugten sie sich über ihn, etwas Hartes an seinem Mund, Firron zwängte die Finger zwischen seine Lippen, Bitterkeit rann seine Kehle hinunter. Er hustete, würgte, wand sich wimmernd, als die Taubheit schlagartig Agonie wich. Sie ließen von ihm ab, murmelten, beobachteten. Saint-Bérans Stimme beim Kamin. Schmerz fuhr durch seine Eingeweide, seine Glieder, ließ ihn sich aufbäumen, nahm ihm den Atem. Nur noch ein hohes Pfeifen kam aus seiner Kehle. Mehr Winseln als Stöhnen. Er riss an seinen Fesseln, kämpfte, krümmte sich, wälzte sich auf dem Bett hin und her, versuchte irgendwie der Qual zu entgehen. Worte, die keinen Sinn ergaben, Murmeln. Seine Haut brannte und juckte, verwandelte sich in Feuer. Ein Krampf riss seinen Kopf in den Nacken. Er schrie, warf sich herum. Der Schrei wurde zu einem Heulen, einem Knurren. Ein anderer Schmerz löste die Qual ab, legte sich über ihn wie eine Decke, dunkel, süß. Seine Knochen knackten, verschoben sich, formten sich neu. Die Schatten verloren ihre Dunkelheit. Farben lösten sich auf, veränderten sich. Etwas hielt seine Vorderläufe. Er kämpfte knurrend, wehrte sich zornig, ohne den Schmerz zu beachten, bis das, was ihn hielt, nachgab, er frei war. Die Zähne gefletscht, sprang er von dem Weichen herunter und zu Boden, duckte sich, stellte sich mit gesträubtem Nackenfell den Rüden entgegen, die sich zwischen ihn und die Freiheit geschoben hatten. Er erinnerte sich an Schmerz in seinem Bauch und in seinem Kopf. Seine Pfoten waren noch immer seltsam schwer. Was hatten sie mit ihm gemacht? Oder war *der andere* schuld? Der, der ihn im Dunkeln hielt. Er schüttelte sich, um loszuwerden, was auch immer ihn so schwach machte. Ihm war heiß und er war durstig. Ein verdorbener Geschmack war in seinem Maul. Einer der Rüden tat einen Schritt auf ihn zu. Er duckte sich ein wenig mehr, knurrte grollend. Ein anderer Rüde sagte etwas, der vordere streckte die bleiche Hand nach ihm aus. Er schnappte wütend nach ihm, fuhr belfernd auf sie zu, fletschte die Zähne, trieb sie fort. Wich selbst wieder ein Stück zurück. Seine Beine waren schwach. Er war schwach. So schwach, dass es ihnen gelingen würde, ihn einzufangen, wenn er nicht vorsichtig war. Er legte die Ohren zurück, duckte sich erneut, grollte zornig. Draußen war die bleiche Sichel mit ihrem Licht. Durch die geöffneten Fenster strich kühler, süßer Wind herein, fuhr durch sein Fell. In ihm war wie jede Nacht jene andere, hungrig machende Witterung, der er bisher erfolglos gefolgt war. Er hob die Lefzen noch ein Stück, zeigte ihnen mit dunklem Knurren seine Fänge, drängte sie zurück, fort von den Fenstern. Sie wichen ihm aus, fluchten, als er auf eines davon zusprang. Einer versuchte nach ihm zu greifen. Er schnappte nach ihm, entging ihm nur knapp. Ein Sprung und er war draußen. Taumelnd landete er auf dem Boden, hörte sie hinter sich am Fenster, fuhr herum, grollte ihnen zähnefletschend eine Warnung zu, ehe er sich umdrehte, endgültig in die Schatten zwischen den Bäumen eintauchte und wieder auf die Jagd ging.

Als Pierre eine gute Stunde später zum wiederholten Mal stehen blieb und sich in der Dunkelheit umsah, wünschte er sich mehr denn je, Remi und Barras an seiner Seite zu haben; oder – so verrückt das auch für ihn selbst klang – Darnaux. Er gestand es sich ungern ein, aber die Männer hatten recht gehabt: Seine Augen hatten sich zwar an die Dunkelheit gewöhnt, trotzdem war es ihm so gut wie unmöglich, in diesem Licht eine Spur zu finden. Fröstelnd zog er den Kragen seines Rocks enger zusammen. Zu seiner Linken führte schon seit einer knappen Viertelstunde eine lange Schlucht nahezu senkrecht in die Tiefe. Im schwachen Schein der schmalen Mondsichel war sie nicht mehr als ein schwarzer, gähnender Spalt, der kein Ende zu nehmen schien.

Er war sich ziemlich sicher, dass die Kinder sich auf dieser Seite der Schlucht befanden, aber ob sie noch weiter hinauf oder tiefer in den Wald hineingegangen waren, um Schutz vor dem kalten Wind zu suchen, konnte er beim besten Willen nicht sagen. Ein Stück weiter oben war ein alter Pass, über den man nach Spanien gelangen konnte. Angeblich benutzten Schmuggler und Hugenotten ihn gelegentlich, um die Grenze zu überqueren, aber was sollten die Kinder dort wollen? Er lehnte die Muskete in die Armbeuge, rieb sich die Hände und blies gegen seine klammen Finger, während er die Bäume anstarrte. Das hier war Wahnsinn. Er sollte umkehren, ehe ihm das Schicksal ein zweites Zusammentreffen mit der Bestie verschaffte. – Und was sollte er dann den Eltern der Kinder sagen? Dass er aus Angst einfach aufgegeben hatte? Man hatte ihn schon vieles genannt, aber noch nie einen Feigling. Verbissen stapfte er weiter.

Nach und nach wurde aus dem harten Felsboden loses Geröll, das unter seinen Stiefeln knirschte. Ein paar Brocken kollerten in die Schlucht hinunter. Er verharrte und lauschte mit angehaltenem Atem, ob er den Aufschlag hören würde, und vernahm stattdessen plötzlich ein leises Weinen. Aus reiner Gewohnheit spannte er die beiden Hähne seiner Muskete, während er langsam und mit erhöhter Wachsamkeit auf die Bäume zuging. Das Weinen verstummte, begann wieder. Dann erklang ein zischelndes Wispern. Vorsichtig und noch immer angestrengt lauschend duckte er sich unter einigen tief hängenden Ästen hindurch, schob andere zur Seite und drang Schritt für Schritt tiefer in die Dunkelheit zwischen den Bäumen vor. Schließlich blieb er stehen. Das Weinen war zu einem erstickten Schluchzen geworden. Langsam hob er die Muskete. Er kam sich selbst lächerlich vor, aber in dem kurzen Moment, in dem er in die gelben Augen der Bestie geblickt hatte, hatte er in ihnen eine kalte, grausame Intelligenz gesehen, die ihn vorsichtig und misstrauisch machte.

»Philippe? Isidore? Leonide? Anatole? Berthe? Seid ihr das?«, rief er dann halblaut in den Wald hinein. Sein Mund war trocken. Schlagartig war es absolut still. Abermals hielt Pierre den Atem an und lauschte.

»M-m-monsieur Ch-chastel?«, fragte nach einer schieren Ewigkeit ein zaghaftes Stimmchen rechts von ihm. Konnte das Philippe Lanère sein? Er stieß die Luft aus.

»Ja! Hab keine Angst, Philippe! – Du bist doch Philippe, oder?«

»Ja, M-monsieur«, kam die Antwort genauso zaghaft wie zuvor.

»Sprich weiter, Philippe, damit ich dich besser finde! Sind die anderen bei dir?« Noch immer angespannt, bewegte er sich auf die Stimme zu. Das Weinen hatte wieder eingesetzt.

»Ja, Monsieur«, war Philippes Stimme zu hören, diesmal sehr viel fester und auch lauter. Vorsichtig stieg Pierre über einen umgestürzten Baum. Sie kauerten im Schutz eines Schlehengestrüpps, zusammengedrängt wie Welpen bei einem Unwetter. Er blieb stehen und entspannte behutsam die Hähne seiner Muskete. Vier Augenpaare sahen zu ihm auf. Die kleine Berthe hatte sich in stummem Entsetzen den Daumen in den Mund gesteckt und hielt eine Stoffpuppe umklammert. Sie war es, die geweint hatte. Aus großen Augen starrte sie ihn an. Anatole und Leonide hatten sie in die Mitte genommen und schnieften vernehmlich. Philippe, der Älteste, fuhr sich heftig mit der Hand über die Wangen.

»Eure Eltern machen sich Sorgen.« Pierre schüttelte tadelnd den Kopf. »Was habt ihr euch nur dabei gedacht?« Die Kinder waren durchgefroren, erschöpft und verängstigt, aber, soweit er das erkennen konnte, scheinbar alle unverletzt. – Doch einer fehlte.

»Wo ist Isidore?«, fragte er alarmiert.

»Er hat gesagt, er schlägt mich tot, wenn ich noch eine Ziege verliere«, schniefte Leonide. »Und da bin ich weggelaufen, um die Ziege zu suchen.«

»Und weil wir nicht alleine hinausdürfen, sind wir alle mitgegangen.« Anatole wischte sich mit dem Ärmel die Nase ab. »Aber wir haben die Ziege nicht gefunden.«

»Und dann ist Isidore in die Schlucht gefallen.«

Pierre starrte Philippe entsetzt an.

»Isidore ist nicht tot, Monsieur Chastel.« Der Junge packte ihn am Rock und wollte ihn mit sich ziehen. »Aber wir konnten ihn nicht heraufholen, deshalb haben wir hier gewartet, bis jemand kommt«, sprudelte es aus ihm heraus.

Zögernd befreite sich Pierre aus dem Griff des Jungen. »Ihr kommt mit! Alle!«, befahl er dann und nickte Philippe zu: »Zeig mir, wo Isidore in die Schlucht gestürzt ist.« Der Gedanke, dass der Junge vielleicht schon vor Stunden abgestürzt war und sein einziger Halt über dem Abgrund ein Felsvorsprung oder eine Wurzel gewesen waren, weckte in Pierre die schlimmsten Befürchtungen. Möglicherweise war er schon längst in die Tiefe gestürzt, ohne dass die anderen Kinder etwas davon mitbekommen hatten.

Philippe führte ihn ein kurzes Stück aus dem Wald heraus und an der Schlucht entlang, ehe er auf eine felsige, sehr abschüssige Stelle deutete, hinter der es in die Tiefe ging. »Hier ist es, Monsieur Chastel.«

Von unten war kein Laut zu hören. Vorsichtig machte Pierre einen Schritt auf den Abgrund zu, musste aber sofort wieder stehen bleiben, als lockeres Geröll sich unter seinen Füßen löste und in die Schlucht stürzte. Rasch wich er auf festeres Gestein zurück.

»Ich glaube, der Rand steht ein Stück vor – wie bei einem Milchkrug«, ließ Leonide sich hinter ihm vernehmen, »und Isidore ist darunter. Bestimmt, Monsieur! Wir haben ihn doch weinen gehört.«

Pierre warf einen ungläubigen Blick über die Schulter. Die Kinder nickten einmütig. Nicht wirklich davon überzeugt, dass sie recht haben könnten, fragte er dann aber doch »Isidore?« in die Tiefe.

Nichts. Sollten sich seine Befürchtungen bewahrheiten? Wieder rief er Isidores Namen, diesmal lauter, eindringlicher.

Zu seiner Verblüffung ertönte tatsächlich ein kaum vernehmbares »Ja?«.

»Ich bin es, Pierre Chastel. Bist du verletzt?« Von unten kam ein schwaches: »Mein Fuß tut weh, Monsieur.« Und dann: »»Bitte, Monsieur, mir ist so kalt, können Sie mich von hier wegholen?« Das Zittern in der Stimme des Jungen war nicht zu überhören. Er musste in dem eisigen Nachtwind halb erfroren sein.

»Keine Angst, Isidore, ich komme dich holen«, versprach er, darum bemüht, möglichst aufmunternd zu klingen, während er das Seil von den Schultern nahm und sich nach einer Stelle umsah, an der er es festmachen konnte. »Kannst du mir beschreiben, wie es um dich herum aussieht?« Dass er sich zu dem Kleinen abseilen musste, stand außer Frage, aber er wollte zumindest wissen, was ihn da unten erwartete.

»Hier ist ein Felsvorsprung, aber er ist ziemlich schräg. Und der andere Felsen ragt ein ganzes Stück drüber. Ich kann den Himmel nur sehen, wenn ich an den Rand gehe«, erstattete Isidore gehorsam Bericht. »Monsieur«, plötzlich war seine Stimme sehr hoch und dünn. »Sind die anderen noch da?«

»Ja, sie sind noch hier.« Pierre rollte das Seil locker aus und ging zu einem schlanken Baum, der der Stelle, an der sich der Junge befinden musste, am nächsten war. Vorsichtig lehnte er seine Muskete zwischen zwei Zweigen an den Stamm und schlang anschließend das Seil darum.

»Sie haben gesagt, sie würden dableiben, aber dann sind sie doch weggegangen.« Auf diese Beschuldigung reagierten die anderen Kinder mit betretenem Füßescharren und Pierre musste unwillkürlich lächeln.

»Sie sind nur ein kleines Stück in den Wald hinein,

Isidore. Ich glaube, ihnen war kalt.« Er vergewisserte sich mit einem kräftigen Ruck, dass das Seil hielt, und schritt dann zur Schlucht zurück, wobei er es durch die Hand gleiten ließ, um sicherzugehen, dass nirgendwo Knoten oder Schlingen waren, die sich mit einem unvermuteten Ruck lösen konnten.

»Mir ist auch kalt«, stellte Isidore von unten fest.

»Ich weiß, Kleiner. Ich bin gleich bei dir.« Pierre nahm das restliche Seil und warf es so weit in die Schlucht hinaus, wie er konnte. Einen Augenblick später hörte er das Klatschen, mit dem es gegen die Felsen schlug.

»Ich glaube, ich kann das Seil sehen, Monsieur«, meldete Isidore eifrig.

»Das ist gut, Isidore. Ich komme jetzt zu dir. Aber ich möchte, dass du so nah wie möglich zur Felswand gehst, damit du nicht von herunterfallendem Geröll verletzt wirst. Hast du mich verstanden?«

»Ja, Monsieur.« Pierre hörte ein Scharren und Kratzen, auf das ein »Weiter geht's nicht« folgte.

»Das ist in Ordnung, Isidore. Ich komme jetzt runter. Und ihr ...« Er sah die übrigen Kinder an. »Ihr bleibt genau da, wo ihr seid, sofern ihr von mir keine Tracht Prügel wollt, wenn ich wieder zurück bin, und rührt euch nicht von der Stelle, es sei denn, ich sage irgendeinem von euch ausdrücklich etwas anderes. Ist das klar?«

Ein vielstimmiges, gemurmeltes »Ja, Monsieur« war die Antwort.

Pierre nahm das Seil auf und begann mit dem Abstieg. Unter seinen Füßen löste sich Geröll, und er stemmte die Absätze fest gegen den Felsen, um Halt zu finden. An der Kante musste er umgreifen, ehe er sich in die Tiefe hinablassen konnte. Seine Handflächen brannten. Als er nach unten blickte, befand sich tatsächlich nur ein paar Meter unter ihm ein Vorsprung. Von oben war davon nichts zu sehen gewesen. Vorsichtig seilte er sich noch ein kleines Stück weiter ab, bis das Gestein, gegen das er die Füße stemmte, sich jäh zurückzog und zu einer waagerechten Spalte öffnete.

Sie war um einiges länger als breit und schien zur Felswand hin schräg abzufallen, sodass alles, was von oben auf den Vorsprung auftraf, unweigerlich zu den Felsen hinrutschte und nicht Gefahr lief, über den Rand zu gleiten und doch noch in die Tiefe zu stürzen. Direkt an der Felswand konnte er Isidore als dunklen, zusammengekauerten Schatten ausmachen. Nur das ihm zugewandte Gesicht des Jungen war als heller Fleck zu erkennen.

»Monsieur!« Isidore wollte aufstehen, doch Pierre schüttelte den Kopf.

»Bleib, wo du bist, bis ich unten bin«, befahl er und der Junge drückte sich gehorsam wieder an das Gestein. Pierre widerstand der Versuchung, die verhältnismäßig kurze Distanz zu dem Felsvorsprung schneller zurückzulegen und mit einem kurzen Sprung zu bewältigen. Stattdessen glitt er langsam weiter abwärts, bis er den Felsen erreicht hatte, ließ das Seil aber erst los, als er sicher war, dass er sein Gewicht tragen würde, und duckte sich zu dem Jungen unter den Felsüberhang. Isidore zitterte am ganzen Leib. Rasch zog Pierre seinen Rock aus und legte ihn dem Kind um die Schultern, dann kauerte er sich vor ihm nieder. Soweit er in der Dunkelheit erkennen konnte, hatte der Junge Abschürfungen an den Armen und im Gesicht und vermutlich am ganzen Körper eine Reihe blauer Flecken.

Um sich zu vergewissern, dass sonst alles in Ordnung war, fuhr Pierre mit den Händen über die mageren Glieder, konnte aber nichts fühlen. »Bist du sicher, dass du nicht weiter verletzt bist?«

Der Junge schüttelte den Kopf. »Nur mein Bein tut weh.«

»Du wirst dich auf meinem Rücken festhalten müssen, wenn wir wieder hinaufklettern. Meinst du, du schaffst das?«

Isidore nickte tapfer.

»Sehr gut. Zieh meinen Rock an und dann komm. Wollen wir doch mal sehen, ob ich dich und die anderen nicht vor Tagesanbruch nach Hause schaffen kann.« Pierre streckte ihm die Hand hin und half ihm auf. Die Finger des Jungen waren eiskalt und seine Bewegungen sichtlich steif, als er in Pierres viel zu großen Rock schlüpfte. Die Wärme, die noch im Stoff hing, entlockte ihm ein leises Seufzen.

Bei den wenigen Schritten zum Rand des Vorsprungs konnte Isidore das linke Bein kaum belasten, aber da er zumindest in der Lage war, ganz leicht damit aufzutreten, nahm Pierre an, dass es vermutlich nicht gebrochen war. Und selbst wenn: Ihm den Schuh auszuziehen, hätte dem Kleinen unnötige Schmerzen bereitet, ohne dass Pierre tatsächlich etwas für ihn hätte tun können, und der Fuß wäre nur noch stärker angeschwollen, als er es wahrscheinlich ohnehin schon war.

Er nickte dem Jungen aufmunternd zu, holte das Seil über den Rand den Vorsprungs, knüpfte rasch auf Brust- und etwas über Kopfhöhe Knoten hinein, um auf dem Stück, bei dem er die Füße nicht gegen den Felsen stemmen konnte, besser Halt zu finden und sich leichter nach oben ziehen zu können. Dann nahm er Isidore huckepack und schlang das Seilende zu einer Schlinge, die er um sich und den Jungen legte. Mit dem zusätzlichen Gewicht des Kindes auf dem Rücken machte er sich wieder auf den Weg nach oben.

Zu seiner Erleichterung war Isidore klug genug, sich vollkommen ruhig zu verhalten, und sobald Pierre die Stelle überwunden hatte, an der er keinen Halt an den Felsen hatte finden können, gestaltete sich der Aufstieg bedeutend einfacher – wenn auch nicht weniger anstrengend. Pierres Armmuskeln brannten, als er sich endlich über den Felsrand zog, und er sank keuchend auf Hände und Knie, nachdem sie schließlich auch das letzte, steil zur Schlucht abfallende Stück hinter sich gebracht und wieder weitestgehend ebenen Felsen unter sich hatten. Seine Finger zitterten, als er ungelenk den Knoten löste, der Isidore auf seinem Rücken gehalten hatte, und er musste feststellen, dass er sich die Handflächen aufgeschürft hatte. Behutsam ließ er den Jungen zu Boden gleiten und bedeutete den anderen Kindern mit einem Nicken, dass sie näher kommen durften. Sofort scharten sie sich aufgeregt schnatternd um ihren Freund.

Pierre stand auf. Das Hemd war ihm aus den Hosen gerutscht und klebte ihm schweißnass auf der Haut, sodass er im kalten Nachtwind fröstelte. An der Schulter hatte es einen Riss, von dem er nicht sagen konnte, wie er dorthin gekommen war. Er stopfte es in den Bund zurück und zog dann das Seil aus der Schlucht herauf, löste die Knoten und rollte es wieder auf, während er zu dem Baum zurückging, an dem er es festgemacht hatte. Dort band er es los und holte seine Muskete. Das kalte Metall der beiden Läufe linderte das Brennen seiner Handflächen ein wenig. Er schlang sich das Seil wie zuvor über die Schultern und ging zu den Kindern zurück. Mit großen Augen sahen sie ihm entgegen.

Da Isidore mit seinem verletzten Bein kaum laufen konnte, hob Pierre ihn erneut auf seinen Rücken. Er überlegte kurz, mit den Kindern denselben Weg zu nehmen, den er zuvor den Männern gezeigt hatte – am Waldrand entlang –, entschied sich dann aber dagegen. Die Kinder waren müde, hungrig und durchgefroren und sie hatten kürzere Beine als die Männer. Auch wenn der Weg durch den Wald der schwierigere war, so war er doch der kürzere, und je eher sie im Dorf waren, umso geringer war die Gefahr, der Bestie zu begegnen. Deshalb verwarf er auch den Gedanken, mit den Kindern irgendwo Unterschlupf zu suchen: Blieben sie zu lange an einem Ort, wurden sie erst recht zur leichten Beute.

Gehorsam marschierten sie vor ihm her, nachdem er ihnen den Weg gewiesen hatte, und Pierre kam sich ein wenig wie ein Schäferhund vor, der eine Schar ausgerissener Lämmer zur Herde zurücktrieb. Beinahe hätte er bei diesem Gedanken gelacht. Zum Glück würde Antoine niemals davon erfahren; sein jüngerer Bruder hätte ihn gnadenlos damit aufgezogen.

Philippe und Anatole, die beiden Ältesten, übernahmen es, die kleine Berthe abwechselnd zu tragen. Mit dem Daumen im Mund schlief sie schließlich auf Philippes Rücken erschöpft ein. Leonide bewahrte ihre Stoffpuppe davor, verloren zu gehen, und trug sie hinter ihr und Philippe her.

Der abschüssige Waldboden war für die erschöpften Kinder schwierig zu bewältigen. Immer wieder stolperten sie über in der Dunkelheit verborgene Wurzeln und Äste, knickten auf Steinen um oder traten in Vertiefungen. Doch je weiter sie die Gebirgsausläufer hinter sich ließen, in denen Pierre sie gefunden hatte, umso ebener wurde der Boden und auch die Bäume schienen ein Stück weit auseinanderzurücken. Dass sie vor einiger Zeit in der Ferne die Dorfkirche hatten Mitternacht schlagen hören, hatte die Kinder noch einmal vorangetrieben. Der Gedanke, bald wieder bei ihren Eltern zu sein, hatte sie vorübergehend beflügelt. Pierres Hoffnung, jetzt etwas schneller voranzukommen, erwies sich jedoch als falsch, denn inzwischen waren die Kräfte der Kinder weitestgehend aufgezehrt und sie mussten immer wieder für einige Zeit ausruhen.

Als Philippe zum dritten Mal an der Reihe war, die tief schlafende Berthe zu tragen, mochten sie noch eine halbe Stunde vom Dorf entfernt sein. Pierre half dem Jungen einen kleinen, verhältnismäßig steilen Abhang hinunter und wartete, bis auch die anderen Kinder sicher an ihm vorbei und unten auf der kleinen Lichtung angekommen waren. Gerade war er dabei, Isidore wieder höher auf seinen Rücken zu schieben, da erstarrte er mitten in der Bewegung. Dort unten aus der Dunkelheit zwischen den Bäumen starrten ihn gelbe Augen an. Die Lefzen der Bestie verzogen sich zu etwas, von dem Pierre geschworen hätte, dass es ein höhnisches Grinsen war. Langsam ließ er Isidore zu Boden gleiten und griff nach seiner Muskete. Doch die Bestie war schneller. Die Kinder schrien.

Die Witterung der Hitze hatte ihn weit in den Wald hineingelockt. Doch nun war es jene nach Angst und Blut, die ihn zu der kleinen Lichtung zog. An ihrem Rand blieb er stehen. Sein Nackenfell sträubte sich. Fünf Menschenwelpen und ein erwachsener Rüde drängten sich mit dem Rücken an einen steilen Abhang. Einer der Welpen rührte sich nicht. Der Blutgeruch kam von ihm. Auf der anderen Seite hockte die Wölfin und fixierte ihre Beute. Ihre Hitze stieg ihm in die Nase. In ihm erwachte die Gier nach ihr. Sie knurrte leise. Der Rüde schob sich vor die Welpen und hob einen Stock. Wollte er sich und die Welpen mit diesem lächerlichen Ding verteidigen? Ein Biss würde genügen, um es entzweizureißen. Dummer Rüde. Die Wölfin hatte nur Augen für ihre Beute. Brüllend erhob sie sich auf die Hinterbeine, schlug mit ihren Klauen nach dem Rüden. Der stieß mit dem Stock nach ihr. Sie fegte das Holz aus seinem Griff, fletschte die Zähne. An ihrer Schnauze hing das Blut des Welpen. Er hob die Lefzen und duckte sich. Verbotene Beute! Verbotenes Fleisch! *Hüter! Beschützer!* Die Worte stammten aus der Zeit vor der Dunkelheit. *Nicht von unserer Art. Nicht unser Rudel und doch unser Rudel. Wir schützen das Rudel!* Verboten! Frevel! Knurrend trat er zwischen den Bäumen hervor. Ihre Hitze und die Gier nach ihr waren vergessen. Die Wölfin wirbelte zu ihm herum. Der Rüde stieß ein Ächzen aus, breitete die Arme vor den Welpen aus, drängte sie weiter zurück. Der Geruch nach Angst hing scharf in der Luft. Schritt für Schritt näherte er sich. Geduckt, das Fell gesträubt. Der Rüde gab einen zischenden Laut von sich. Hinter ihm wimmerten die Welpen. Die Wölfin sank auf ihre Vorderbeine zurück, ließ ein Kläffen hören, lud ihn zu dieser Beute ein. Ihre Rute strich hin und her. Sein Knurren wurde tiefer. Er senkte den Kopf ein wenig, fixierte sie mit seinem Blick. Langsam umkreiste er die Lichtung, bis er zwischen ihr und dem Rudel stand. Verwirrt legte die Wölfin die Ohren an. Wieder hob er die Lefzen. Machte einen Schritt auf sie zu. Unwillkürlich wich die Wölfin zurück. Er knurrte grollender, machte drohend einen weiteren Schritt auf sie zu. Hinter ihm war der Rüde verstummt. Nur die Welpen winselten weiter. Dieses Mal wich die Wölfin nicht zurück. Sie duckte sich, erwiderte sein Knurren, fletschte die Zähne. Geifer tropfte aus ihrem Maul. Sie wollte ihre Beute nicht aufgeben. Er öffnete seine Fänge, damit sie begriff, dass er bereit war zu töten. Ohne Vorwarnung fuhr die Wölfin halb aufgerichtet auf ihn los. Er sprang ihr entgegen, schnappte nach ihrer Kehle, verfehlte sie. Die Vorderläufe der Wölfin schlangen sich um ihn, ihre Klauen schlugen sich in seinen Rücken. Er heulte auf. Seine Hinterpfoten scharrten über ihren Bauch und Unterleib, seine Krallen rissen blutige Furchen in ihr Fell. Sie versuchte ihrerseits, seine Kehle zu erreichen. Er zappelte, wand sich in ihrer Umklammerung, seine Pfoten zerfetzten ihre Brust. Der Griff ihrer Vorderläufe lockerte sich. Er versuchte erneut, die Fänge in ihre Kehle zu schlagen, erreichte aber nur ihre Schulter.

Zwischen seinen Kiefern splitterten Knochen. Sie heulte auf. Ihr Blut rann ihm bitter in die Kehle. Die Klauen der Wölfin rissen seine Seite auf. Er jaulte. Der Schmerz zwang ihn dazu, sie freizugeben. Schwer stürzte er zu Boden. Die Wölfin ragte wankend über ihm auf. Er kämpfte sich wieder hoch und sprang sie erneut an. Die Wölfin ließ sich auf alle viere fallen, wollte ihm seitlich ausweichen. Er drehte sich im Sprung, setzte ihr nach, riss sie nieder. Schlug die Fänge in ihre Brust. Wieder heulte sie auf. Ihre Klauen gruben sich in seine Schulter, während sie zugleich versuchte, ihn von sich wegzudrücken. Er biss nur noch fester zu. Sie rollten über den Boden. Die Klauen der Wölfin fuhren in seine Wange, schlitzten sie bis zum Kiefer auf. Er schrie vor Schmerz. Die Wölfin riss sich von ihm los, taumelte von ihm fort, wandte sich um und floh in die Dunkelheit des Waldes. Schwer atmend kam er wieder auf die Beine und blickte ihr nach. Sein Fell war blutgetränkt – von seinem eigenen Blut und dem der Wölfin. Die Wunden, die sie ihm zugefügt hatte, verursachten ihm unerträgliche Schmerzen. Er legte den Kopf in den Nacken und heulte zu dem bleichen Halbrund empor. Hinter ihm erklang ein Zischen. Er sah über seine Schulter. Der Rüde hatte einen anderen, scharf riechenden Stock an die Schulter gesetzt und starrte ihn über dessen glänzende Länge hinweg an. Die Welpen waren verstummt. Der Wolf erwiderte den Blick des Rüden. Hass war darin. Er rührte sich nicht, blinzelte nicht. Die Zeit stand still. Schmerz pochte in seinen Wunden. Auf der Stirn des Rüden erschienen scharfe Linien und seine Augen wurden schmal. Ganz langsam senkte er den Stock, jedoch ohne den Blick auch nur eine Sekunde von seinem zu lösen.

Die Falten auf seiner Stirn wurden tiefer. »Was bist du?«, hörte er ihn murmeln.

Ohne einen Laut wandte der Wolf sich ab und verschwand zwischen den Bäumen, nur um schon nach ein paar Schritten in der undurchdringlichen Schwärze, die zwischen ihnen herrschte, wieder stehen zu bleiben. Reglos beobachtete er, wie der Rüde noch einen Moment lang angestrengt hinter ihm her in die Dunkelheit starrte, ehe er den verletzten Welpen auf seine Vorderläufe nahm und mit den vier anderen hastig die Lichtung verließ, in jene Richtung, in der die Baue der Menschen lagen. Einer der Welpen hatte eine lahme Pfote. Lautlos folgte er ihnen. Seine Schritte wurden unsicherer und er taumelte. Auch wenn er der Wölfin in einem zweiten Kampf nicht mehr viel entgegenzusetzen hätte, würde er ihr den Rüden und die Welpen nicht so einfach überlassen, falls sie es wagen sollte, zurückzukommen. Als irgendwo vor ihnen ein Ruf erklang, blieb der Wolf stehen. Auch der Rüde verharrte und antwortete dem Ruf. Die Welpen klammerten sich an ihn und winselten lauter. Lichter näherten sich, zwischen den Bäumen knackten Zweige unter den Stiefeln der hastig näher kommenden Menschen, Stimmen riefen durcheinander. Mit seltsam trübem Blick verfolgte der Wolf, wie eine Gruppe anderer Rüden den Rüden und die Welpen aufgeregt umringten. Einer riss den verletzten Welpen mit einem Schrei an sich. Ein weiterer zog einen der übrigen Welpen an seine Brust, ehe sie sich im Schein ihrer Lichter eilig wieder in Bewegung setzten. Er sah ihnen nach, bis sie zwischen den Bäumen verschwunden waren, dann wandte er sich schwerfällig ab und schleppte sich wieder tiefer in den Wald hinein. Die Wölfin würde sich nicht mehr an die Menschen heranwagen, wenn es so viele waren. Sein Blut brannte und verwirrte seine Sinne. Die Beine wollten ihn nicht mehr tragen. Dennoch zwang er sich, eine Pfote vor die andere zu setzen – bis die Schmerzen zu Finsternis wurden und ihm die Sinne schwanden.

Andrés Körper schmerzte, als hätte ihm jemand die Knochen aus dem Leib gerissen und dann neu zusammengesetzt – und als sei dieser Jemand mit dem Ergebnis dann doch nicht zufrieden gewesen, sodass er es wieder und wieder getan hatte.

In seinem Mund war ein bitterer Geschmack, den er nicht zuordnen konnte, und er musste ein paar Mal trocken schlucken, ehe sein Speichel wieder zu fließen begann. Von irgendwo über ihm fiel viel zu grelles Licht auf ihn und schmerzte in seinen Augen, obwohl sie immer noch geschlossen waren. Seine Lider und Wimpern waren von irgendeiner getrockneten Flüssigkeit verkrustet. Noch immer seltsam benommen, versuchte er den Kopf zu heben, doch seine Wange klebte an etwas Kaltem und Hartem …

Mit einem Ruck öffnete er die Augen – und erkannte die Steinplatten des Fußbodens unter den Fenstern. Keine Handbreit von seinem Gesicht entfernt befanden sich die Fransen des schweren, türkischen Teppichs. Ein paar Sekunden lang blieb er vollkommen reglos liegen, dann stieß er mit einem gequälten Laut die Luft aus, die er unbewusst die ganze Zeit über angehalten hatte. Sein

Blick suchte und fand die Lederriemen, mit denen er sich am vergangenen Abend selbst ans Bett gefesselt hatte. Sie lagen zerrissen am Boden.

In der absurden Hoffnung, das alles könne vielleicht doch nur ein böser Traum sein, presste er die Lider zusammen – doch als er sie wieder aufschlug, war alles noch immer wie zuvor.

Erst als das Zittern in seinem Inneren nachließ, stemmte er sich schwerfällig auf alle viere – und erstarrte erneut. Nicht nur wegen des scharfen Schmerzes, der in seine Seite, seine Schulter und über seinen Rücken fuhr, sondern wegen des Blutes. Es war überall. Es überzog seine Haut wie roter Lack, selbst auf dem Boden um ihn herum waren rote Schmieren und vereinzelt sogar inzwischen getrocknete Lachen. Er starrte sie an – und versuchte zu akzeptieren, was er nun nicht länger leugnen konnte.

Er hätte die Anzeichen schon zuvor erkennen müssen! Er hätte es wissen müssen, als er am vergangenen Morgen aufgewacht war und sich nicht mehr daran hatte erinnern können, wie er ins Bett gekommen war! Narr, der er war! Vielleicht wäre der Junge dann noch am Leben – und derjenige, mit dessen Blut er sich letzte Nacht besudelt hatte.

So lange war alles gut gegangen und nun ...

Er musste hier weg. Jetzt sofort! Mit jeder Minute wurde die Gefahr größer, dass er für immer die Kontrolle verlor und ein Unschuldiger zu Schaden kam. André lachte bitter auf. Aber das war ja bereits geschehen, nicht wahr? Er hatte diesen Jungen vor zwei Nächten zerfleischt. Er! Der Himmel mochte Erbarmen mit ihm haben. Stöhnend barg er das Gesicht in den Händen. Großer Gott, ein Kind! Er hatte das Leben eines Kindes auf dem Gewissen. Welches Grauen mochte er noch angerichtet haben? Was hatte er in den Nächten getan, nach denen er aufgewacht war, ohne sich an irgendetwas erinnern zu können? Was hatte er heute Nacht getan, dass er so voller Blut war? Es musste enden! Unverzüglich! – Er würde nach Tarbes gehen! Er würde Bischof Noriér bitten … Er würde ihn bitten, ihn … ihn … Mit geschlossenen Augen schüttelte er den Kopf. Nur der Bischof konnte ihn von dieser Qual erlösen. Aber dass er ausgerechnet *ihn* um diesen Dienst bitten musste … den Mann, der für ihn stets mehr Vater als Herr gewesen war. Doch nur dem Bischof konnte er vertrauen. Es würde kein Mord sein. Eher so, als würde man einem tollwütigen Hund den Gnadenschuss geben. Ein Akt des Erbarmens, aber kein Mord!

Er ließ den Kopf in den Nacken fallen, schloss die Augen und atmete ein paar Mal tief durch, ehe er steif aufstand, hinüber zur Kommode tappte und in den Spiegel sah: Wie der Rest seines Körpers war auch sein Gesicht von getrocknetem Blut verklebt. Darunter lief über die ganze Länge seines Kiefers auf der einen Seite eine grellrote Linie. Seine Schulter war auf die gleiche Weise gezeichnet, ebenso die Haut über seinen Rippen, die halbe Seite hinunter, und als er sich umdrehte und seinen Rücken im Spiegel betrachtete, sah er selbst hier die Spuren tiefer Wunden. Sogar in seinen Haaren war geronnenes Blut. Wer auch immer ihm heute Nacht zum Opfer gefallen war, hatte mit aller Kraft um sein Leben gekämpft – auch wenn André sicher war, dass es letztlich ein aussichtsloser Kampf gewesen war.

Ein Gefühl, das Ekel am nächsten kam, machte seine Kehle eng; Ekel vor sich selbst! Plötzlich ertrug er das Blut auf seiner Haut keine Sekunde länger.

Da er gestern Abend die Tür verschlossen hatte, hatte ihm auch niemand am Morgen warmes Wasser bringen können. Also holte er den vom vergangenen Abend noch unberührten Krug vom Tisch und goss seinen Inhalt in die Waschschüssel, während eine hämische Stimme in seinem Kopf wissen wollte, was wohl geschehen wäre, wenn ihn tatsächlich jemand nackt und blutverschmiert unter dem Fenster gefunden hätte. Er tauchte ein Handtuch ins kalte Nass und begann sich fieberhaft das getrocknete Blut abzuwaschen. Binnen Kurzem war das Wasser in der Schüssel rot. Er zitterte in der Kälte, die durch die noch immer offenen Fenster hereindrang. Doch er ignorierte es, schrubbte stattdessen energisch weiter, bis seine Haut brannte und er sicher war, dass auch nicht mehr der kleinste Rest Blut auf ihr oder in seinen Haaren zurückgeblieben war. Ein Blick in den Spiegel zeigte ihm noch immer die Striemen der Verletzungen, aber nur über die rote Linie an seinem Kiefer würde er sich, trotz der Schmerzen, die ihm seine anderen Wunden bereiteten, Gedanken machen müssen, da sie die einzige war, die Hemd und Rock nicht verbergen würden. – Ein bitteres Lächeln erschien auf seinen Lippen. Er hätte nicht geglaubt, dass er Frére Zacharie einmal dankbar sein würde. Der Mönch hatte darauf bestanden, dass André etwas von dem ihm so verhassten Puder mit nach Saint-Mézan nahm. – Aber vermutlich hätte Frére Zacharie sich auch niemals träumen lassen, dass er es für solche Zwecke benutzen würde ... Er nahm Handtuch und Waschschüssel und ging zu den Fenstern hinüber. Dort kniete er sich hin, stellte die Schüssel ab und machte sich daran, die roten Flecken und getrockneten Lachen auf dem Steinboden, so gut es ging, zu beseitigen. Es gelang ihm nicht ganz. Braune Spuren blieben zurück, sosehr er auch scheuerte. Schließlich gab er es auf – nur um festzustellen, dass auch die Blutflecken im Handtuch sich nicht mehr ganz ausspülen ließen. Dennoch wrang er es sorgfältig aus, kippte das Wasser aus dem Fenster, nachdem er sich mit einem raschen Blick vergewissert hatte, dass niemand ihn zufällig beobachtete, und stellte die Waschschüssel auf die Kommode zurück.

Erst jetzt griff er nach seinem Hemd, das noch an derselben Stelle lag, wo er es am vergangenen Abend achtlos hingeworfen hatte, und streifte es sich über den Kopf. In dem weichen Leinen hing ein kaum wahrnehmbarer Geruch nach Schweiß, dem André keine Beachtung schenkte. Er hatte nicht vor, sich heute in Gesellschaft aufzuhalten. Ein kurzer Blick zum Bett offenbarte ihm die Überreste seiner Kniehosen.

Ein Teil des in Fetzen gerissenen Stoffs lag noch darauf, ein anderer Teil war ebenso wie die zerrissenen Lederriemen zu Boden gefallen ... Das Fläschchen! André fluchte innerlich. Verdammt, warum hatte er nicht schon früher daran gedacht. Es war von der Decke gerutscht und auf den Teppich gekollert. Hoffentlich war es nicht ausgelaufen. Gestern Abend war es zwar noch verkorkt gewesen, dennoch schnürte ihm Panik die Brust zusammen. Was sollte er ohne seine Medizin tun? Hastig ging er zum Bett hinüber, sank auf die Knie und ließ suchend Augen und Hände über den Teppich wandern. Nichts! Kalter Schweiß brach ihm aus. Herr im Himmel, er hatte schon mit dieser Essenz die Kontrolle verloren – was würde er dann wohl ohne sie anrichten?

Seine Handflächen wurden immer feuchter, je länger seine erfolglose Suche andauerte. Sosehr ihn sein Gedächtnis auch Nacht für Nacht im Stich lassen mochte: Er war sich sicher, dass er das Fläschchen verkorkt direkt neben dem Bett auf dem Boden gesehen hatte.

Letztendlich war es der bittere Geruch des Eisenhuts, der ihm nach minutenlangem, vergeblichem Suchen den Weg wies, als er in die Nähe des Kamins kam. Das Fläschchen lag darin, in unzählige Scherben zerbrochen.

Einen Moment kniete André davor und starrte die braunen Glassplitter an. Wie kam das Fläschchen – oder seine Reste – hierher? Hatte er es in der Nacht in einem Anfall von Zorn in den Kamin geschleudert, weil die Medizin ohnehin nicht gegen die alles verschlingende Gier ankam, die ihm immer mehr die Kontrolle nahm? Eine andere Erklärung gab es nicht. Unbewusst hob er die Schultern. Und wenn schon – es war gleichgültig. André beugte sich vor und sammelte die Scherben sorgsam auf. Es war nicht nötig, dass sich jemand daran schnitt und so versehentlich mit dem Eisenhut in Berührung kam.

Er würde niemandem sagen, dass er fortging. Der Comte und seine Gäste würden Fragen stellen, die er nicht beantworten konnte. Seine Hand schloss sich um die Splitter ... Damit war es Chastel wieder allein überlassen, die Wölfin zur Strecke zu bringen. Er wünschte dem Mann alles Glück der Welt dafür. Nur vage nahm er den Schmerz wahr, mit dem die Scherben sich in seine Handfläche bohrten. Er zog sie heraus und beobachtete seltsam unbeteiligt, wie das Blut an den Schnittstellen versiegte und sich die kleinen Wunden bereits wieder schlossen, ehe er die Splitter in das unbenutzte Glas fallen ließ. Hier würde einer der Bediensteten sie hoffentlich bemerken, wenn er das Zimmer aufräumte, und fortwerfen. Er leckte sich das Blut von der Handfläche, bevor es endgültig trocknete, und ging wieder zur Kommode, um sich fertig anzuziehen. Mit dem Puder, das Frére Zacharie ihm in Tarbes aufgenötigt hatte, verdeckte er das schlimmste Rot der Strieme an seinem Kiefer, warf noch einen Blick in den Spiegel, um sich ein letztes Mal zu vergewissern, dass er keine anderen verräterischen Spuren an sich trug, und verließ das Zimmer.

Auf dem Korridor zur Treppe herrschte die allmorgendliche Stille, die André bereits vertraut war. Doch als er die Stufen halb hinunter war, klappte in der Halle eine Tür. Schritte erklangen, verhielten aber gleich darauf scheinbar direkt neben der Treppe wieder und Stimmen drangen als unverständliches Flüstern zu ihm herauf; die eine war drängend, die andere von Schluchzen zerrissen. André verharrte zögernd im Schatten des ausgestopften Bären, doch gleich darauf waren erneut Schritte zu hören, dann schlug wieder eine Tür – sehr viel lauter diesmal –, und eine der Mägde kam die Stufen herauf. Als sie ihn bemerkte, blieb sie stehen und knickste.

»Guten Morgen, Monsieur.«

»Mademoiselle.« André erwiderte ihren Gruß mit einem Nicken und einer angedeuteten Verbeugung, ehe er beiseite trat und sie vorbeiließ. Sie hatte den nächsten Treppenabsatz schon fast erreicht, als er ihr hinterherrief.

»Warte!«

Mit einem neuerlichen Knicks drehte sie sich zu ihm um. »Monsieur?«

»Was ist denn geschehen?« Er deutete in die Halle hinunter.

Die junge Frau blickte in die Richtung, in die seine Hand wies, und schluckte. »Edmond, Sabines Verlobter, er …« Sie krallte die Finger in ihre Schürze. »Sie haben ihn heute Morgen gefunden. Seine Leiche war genauso zugerichtet wie all die anderen. … Sie sagen … sie sagen, es sei der ›Teufel‹ gewesen.« Mit einer fahrigen Bewegung glättete sie ihre Schütze wieder. »Und sie haben gesagt, dass er heute Nacht sogar noch einmal zugeschlagen hat. Er soll Pierre«, sie stockte verlegen, »Monsieur Chastel und die Kinder angegriffen haben, die er in den Bergen gefunden hat.«

»Welche Kinder?«

»Die, die er in den Bergen gefunden hat. Sie waren weggelaufen ...«

»Ist ihm etwas geschehen?« André fuhr sich mit der Zunge über die Lippen. »Oder den Kindern?«

»Ob ihm etwas geschehen ist, weiß ich nicht, Monsieur.« Bedauernd schüttelte sie den Kopf. »Aber eines der Kinder soll schwer verletzt worden sein.«

Im ersten Moment konnte André ihre Antwort nur mit einem Nicken quittieren. »Sag Sabine, dass es mir leidtut«, brachte er nach einem harten Schlucken schließlich heraus.

»Vielen Dank.« Sie knickste abermals. »Ich werde es ihr ausrichten. Sie sind sehr freundlich, Monsieur.«

André sah ihr nach, während sie die letzten Stufen hinaufeilte und im Korridor verschwand. Er hatte gefragt, oder? Nun musste er auch mit der Antwort leben. Der saure Geschmack in seinem Mund wollte nicht vergehen, während er die Treppe hinunterstieg. Wie jeden Morgen war die Halle still und verlassen. Er begegnete niemandem, als er das Château verließ und den Weg Richtung Saint-Mézan einschlug – und niemand sah, wie er ihn einige Zeit später wieder verließ und Richtung Tarbes zwischen den Bäumen verschwand.

Müde rieb Pierre sich den Nacken. Er hatte den hastig gestopften Strohsack in der Küche von Philippes Eltern in der vergangenen Nacht zwar dankbar angenommen – ebenso wie den Becher angewärmten Wein, Brot und Käse –, aber er hatte in den wenigen Stunden bis zum Morgen keine Ruhe gefunden und sich, kaum dass die Sonne den Horizont heller zu färben begann, auf den Weg zu seiner Hütte gemacht. Obwohl alles schon in graues Zwielicht getaucht war, hatte er sich immer wieder dabei ertappt, wie er den Blick angespannt und wachsam über die Schatten wandern ließ, die an manchen Stellen noch immer zwischen den Bäumen nisteten.

Das Biest war in der Nacht so plötzlich da gewesen, dass er kaum Zeit gehabt hatte, zu reagieren. Geradezu höhnisch hatte es seine entsetzlichen Fänge in das Kind geschlagen, das das Pech hatte, ihm am nächsten zu sein – Anatole. Er hatte beide Läufe seiner Muskete auf es abgefeuert und es damit zumindest so lange außer Gefecht gesetzt, dass er den schwer verletzten Jungen aus seinen Klauen befreien konnte. Doch wie in der Nacht zuvor war es gleich darauf wieder aufgestanden, als sei nichts geschehen. Und wie zuvor hatte es Pierre die Muskete aus der Hand gerissen, sodass er in seiner Verzweiflung zu einem abgebrochenen Ast gegriffen hatte. – Und dann war dieser Wolf zwischen den Bäumen aufgetaucht …

In dem Augenblick, als das riesige, dunkelbraune Tier ganz langsam die Lichtung umrundete, hatte er die Seelen der Kinder und seine eigene der Gnade des

Herrn anbefohlen. – Doch der Wolf hatte sich knurrend vor ihn und die Kinder gestellt – und war auf das andere Biest losgegangen.

Es war nicht die grausame Intelligenz der Bestie gewesen, die er in den Tiefen der gelb glitzernden Wolfsaugen zu sehen geglaubt hatte, als das Tier schließlich blutend vor ihm gestanden und seinen Blick für eine halbe Ewigkeit reglos erwidert hatte, sondern die scharfe, kalte Intelligenz eines Raubtieres, das auf seltsame Art sehr viel mehr zu sein schien.

Etwas hatte ihn davon abgehalten, dem Wolf die eine Kugel in den Schädel zu jagen, mit der er seine Muskete in der kurzen Zeit in fliegender Hast hatte nachladen können. Er konnte nicht sagen, was. Der Umstand, dass der Wolf ihm und den Kindern das Leben gerettet hatte? Vielleicht. Aber da war auch noch etwas anderes gewesen. – Und dann war der Wolf trotz seiner Verletzungen ebenso lautlos verschwunden, wie er zuvor aufgetaucht war, und hatte Pierre mit dem Gefühl zurückgelassen, dass er nun eine Schuld zu begleichen hatte. Ein unsinniger Gedanke, da der Wolf wahrscheinlich derselbe war, dessen Spuren sie gestern neben der Leiche des jungen Simon gefunden hatten. Dass Titon und die anderen seine Fährte irgendwann verloren hatten und am Abend unverrichteter Dinge nach Saint-Mézan zurückgekehrt waren, erstaunte Pierre nicht. Er musste wohl tatsächlich ein Einzelgänger sein, den sein Rudel verstoßen hatte und der sich diese Wälder zu seinem neuen Revier auserkoren hatte. Die Bestie war ein Eindringling gewesen, gegen den er es in der vergangenen Nacht einfach nur verteidigt hatte. Dass er nicht auch noch ihn und die Kinder angefallen hatte, lag vermutlich einzig daran, dass sie ihn so übel zugerichtet hatte. – Und genau darauf hatte er gesetzt. Nachdem er am Morgen in seiner Hütte kurz nach Remi gesehen, den Hund gefüttert und hinausgelassen hatte, hatte er sich auf die Suche gemacht: Sowohl der Wolf als auch die Bestie waren verletzt gewesen und mussten demzufolge Spuren hinterlassen haben.

Tatsächlich hatte er von beiden Blut gefunden, doch er war zuerst der Fährte der Bestie gefolgt. Auch wenn Einzelgänger seiner Erfahrung nach meist gefährlich und unberechenbar waren, würde er sich mit dem Wolf erst befassen, wenn er *sie* zur Strecke gebracht hatte.

Eine ganze Weile hatte er der Blutspur nahezu mühelos folgen können. Wie es schien, hatten sich die Wunden, die der Wolf ihr gerissen hatte, nicht so schnell wieder geschlossen wie die Schusswunden, die er und Darnaux ihr an jenem Abend beigebracht hatten. Doch dann war die Fährte immer schwächer geworden, und Pierre wollte nicht riskieren, sie aus falschem Stolz noch einmal zu verlieren. Darnaux hatte sich am Vortag als ausgezeichneter Fährtenleser erwiesen – ehe er so überstürzt davongelaufen war. Daher war er zum Jagdschloss gegangen, um ihn um Unterstützung zu bitten. – Nur um feststellen zu müssen, dass Darnaux das Château schon vor über einer Stunde verlassen hatte. Zumindest hatte er auf diesem Wege erfahren, dass die Bestie in der letzten Nacht nicht nur ihn und die Kinder angegriffen hatte – was sich hier bereits herumgesprochen hatte –, sondern obendrein auch noch Edmond Arrérs, den Verlobten von Sabine. Wohin Darnaux gegangen war, wusste niemand. Man hatte ihn sogar bei Pierre vermutet.

Pierre hatte die Zähne zusammengebissen und sich auf die Suche nach Darnaux gemacht. Im Stillen verfluchte er den anderen für die verlorene Zeit.

Die Stiefelabdrücke entdeckte er durch puren Zufall. Sie hatten sich in den Matsch am Wegrand eindrückt und ließen darauf schließen, dass hier ein einzelner Mann vor nicht allzu langer Zeit beschlossen hatte, querfeldein zu gehen. Der Gedanke, dass Darnaux sich seinerseits auf Spurensuche begeben hatte – wenn auch in der völlig falschen Richtung –, versöhnte Pierre ein wenig. Dennoch brauchte er noch beinahe eine halbe Stunde, bis er ihn endlich eingeholt hatte.

Die Hände in die Taschen seines Rocks vergraben, den Kopf gesenkt und die Schultern hochgezogen, als würde er gegen einen nur für ihn spürbaren Sturm ankämpfen, stapfte Darnaux ein Stück vor ihm im Schatten der Bäume dahin.

»Wo wollen Sie denn hin? Das ist die falsche Richtung, wenn Sie mich suchen.«

»Chastel?« Überrascht drehte Darnaux sich zu ihm um – etwas zu hastig für Pierres Geschmack –, und zuckte kurz zusammen, als bereite ihm die jähe Bewegung Schmerzen. Er musterte ihn kurz, als erwarte er schlechte Nachrichten. Dann setzte er zum Sprechen an: »Ich wollte …«, doch Pierre unterbrach ihn.

»Falls Sie sich wegen Ihres Auftritts gestern entschuldigen wollen: Lassen wir das. Für Geschwätz ist jetzt keine Zeit. – Ich habe die Spur der Bestie gefunden und will Sie dabeihaben, wenn ich ihr weiter folge. Die Fährte wird schwächer und vier Augen sehen mehr als zwei. – Wo haben Sie nur Ihre Muskete gelassen, Sie Narr?« Ärgerlich schüttelte er den Kopf. »Ich habe schon genug Zeit mit der Suche nach Ihnen vergeudet, wir können nicht noch mehr verschwenden, um sie zu holen. Na los, kommen Sie schon!«

Darnaux starrte ihn an, drehte sich halb in die Richtung, die er eingeschlagen hatte, wandte sich dann wieder Pierre zu und leckte sich die Lippen.

»Ich kann nicht …«

»… was?«, unterbrach Pierre ihn scharf. »Mitkommen und mir helfen, dieses Biest zur Strecke zu bringen? Warum nicht? Was soll das? – Ich hätte gestern Ihre Hilfe bei der Suche nach den Kindern gut gebrauchen können. Von dem, was danach geschehen ist, wollen wir erst gar nicht reden. Und wo waren Sie?« Drohend macht er einen Schritt auf Darnaux zu. »Sie werden mir helfen, dieses Ungeheuer aufzuspüren und zu seinem Schöpfer zu schicken – wo auch immer der sitzen mag –, und wenn ich Sie mit*schleifen* muss, Darnaux! Darauf haben Sie mein Wort!«

Einen Moment lang stand Darnaux vollkommen reglos da und sah ihn unverwandt an. Etwas seltsam Gehetztes schien in seinen Augen zu liegen. Abermals blickte er in die Richtung, in die er zuvor unterwegs gewesen war. Schließlich nickte er ergeben. »Wo ist diese Spur, die Sie gefunden haben?«

Mit einer knappen Geste deutete Pierre nach links. »Kommen Sie. Hier entlang können wir ein Stück abkürzen.« Er setzte sich in Bewegung, ohne sich noch einmal nach Darnaux umzusehen.

»Was ist gestern geschehen?« Darnaux' Stimme klang rau, ja geradezu heiser, als er zu ihm aufschloss.

Pierre gönnte ihm nur einen kurzen Blick aus dem Augenwinkel. »Nachdem Sie *fortgelaufen* waren« – der andere zuckte bei dem Wort zusammen, als hätte Pierre ihn geschlagen – »haben einige Männer aus dem Dorf mich auf dem Rückweg mit der Nachricht abgefangen, dass ein paar Kinder verschwunden sind. Bis zum Einbruch der Dunkelheit haben sie mir geholfen zu suchen, dann bin ich allein weiter. Und als ich die Kinder gefunden hatte, sind wir auf dem Heimweg der Bestie begegnet.« Er duckte sich unter einem Ast hindurch. »Eines der Kinder wurde schwer verletzt.«

»Und die anderen? Und Sie?«

»Wir sind mit dem Schrecken davongekommen.«

Darnaux seufzte erleichtert.

Pierre blieb stehen und maß ihn mit einem kalten Blick. »Ich hatte Hilfe! – Und nicht von Ihnen!« Er hatte den Männern aus dem Dorf nichts von dem Wolf erzählt. Er würde auch Darnaux nichts davon erzählen. Schroff wandte er sich ab und marschierte weiter. Darnaux folgte ihm schweigend in einigem Abstand und versuchte nicht noch einmal, zu ihm aufzuschließen.

Erst an der Stelle, an der er zuvor die Fährte der Bestie verlassen hatte, hielt Pierre an. Nur zögernd gesellte sich Darnaux zu ihm und besah sich ebenfalls die Spur. Er strich mit den Fingerspitzen über das getrocknete Blut, das an ein paar Blättern hängen geblieben war, riss eines ab, roch daran, ging schließlich, die Augen aufmerksam auf den Boden gerichtet, ein Stück weit in jene Richtung, in der, wie Pierre annahm, das Biest verschwunden war. Als er schließlich zu ihm zurückkehrte, erschien er Pierre ebenso angespannt wie am Tag zuvor.

»Und?«

»Sie ist dorthin gelaufen. Und die Spur wird tatsächlich schwächer.« Darnaux rieb sich das Kinn. »Sie müssen sie ganz schön zugerichtet haben, wenn sie so lange geblutet hat.«

Pierres einzige Antwort war ein Heben der Augenbraue. Dieses Mal ließ er Darnaux den Vortritt – und musste sich eingestehen, dass er die Hälfte der Spuren, auf die Darnaux ihn in der nächsten Zeit immer wieder hinwies, wahrscheinlich gar nicht gesehen hätte. Und wie in den Tagen zuvor erstaunte es ihn, mit welcher Selbstverständlichkeit – und vor allem Eleganz – der Mann sich selbst durch dichtes Gestrüpp zwängte oder eine steile Geröllhalde hinaufkletterte. Sogar im Unterholz bewegte sich Darnaux geradezu lautlos. Dennoch entging es Pierre nicht, dass er ein ums andere Mal zusammenzuckte, als hätte er Schmerzen.

Je weiter sie der Spur folgten, umso unwegsamer wurde das Gelände. Dichtes Gestrüpp wucherte zwischen den Bäumen, und wieder und wieder taten sich jäh Spalten in dem meist nur noch mit einer dünnen Erdschicht überzogenen Felsen auf, die Regen, die Jahrhunderte und das Schmelzwasser aus den höher gelegenen Bergen in jedem Frühjahr und Sommer hineingegraben hatten. Oder sie standen unvermittelt vor steil nach oben oder unten führenden Geröllhängen. Es war Darnaux, der an solchen Stellen meist wortlos vorausging, um sicherzustellen, dass sie der Bestie noch immer auf der Spur waren – und der Pierre dann ebenso schweigend half, die schwierigsten Abschnitte zu überwinden. Die ganze Zeit über hatten sie nicht mehr als ein Dutzend Worte miteinander gewechselt. Meist waren es nur kurze Warnungen wie »Achtung!« oder »Vorsicht hier!« gewesen. Nach wie vor wirkte Darnaux angespannt – wenn auch bei Weitem nicht so sehr wie am Tag zuvor.

Inzwischen musste Pierre sich eingestehen, dass er sich auf unbekanntem Terrain befand. Als der Comte d'Abrâigne ihm die Jagdgrenzen erklärt und freundlicherweise zu einem großen Teil auch gezeigt hatte, hatte er dieses Gebiet mit keinem Wort erwähnt. Und auch bei seiner Suche nach dem Versteck der Bestie war er noch nie so weit vorgedrungen. Ein unverzeihlicher Fehler! Aber der Umstand, dass sie niemals in diesem Teil der Domäne des Comte gemordet hatte ... Hätte ihn nicht genau das misstrauisch machen müssen?

»Ich glaube, dort könnte sie sein«, sagte Darnaux vor

ihm unvermittelt und blieb am Rand eines weiteren tief ausgewaschenen, trockenen Bachbetts stehen. In der Stille klang seine Stimme ungewöhnlich laut und hart. Auch das war etwas, was Pierre während der vergangenen Stunden aufgefallen war: Je weiter sie kamen, umso gespenstischer wurde die Stille. Auch wenn gelegentlich der Wind rauschte, so hörte man doch kein Tier im Unterholz rascheln. Nicht einmal Vogelstimmen waren zu vernehmen.

Pierre trat neben Darnaux und blickte in die Richtung, in die er eben erneut nickte. Ein Stück weiter gabelte sich das Bachbett. Eine schmale Rinne führte zwischen Felsen und Bäumen weiter in die schneebedeckten Berge hinauf, die andere endete vor einer von Ästen und Gestrüpp halb verborgenen Öffnung in einem überwucherten Hang.

»Was ist das?«

Darnaux zuckte die Schultern, führte die Bewegung aber nicht zu Ende, sondern ließ sie stattdessen sehr viel langsamer wieder sinken. »Die Spur führt hierher und es wäre ein ideales Versteck.«

»Aber ziemlich unzugänglich.«

Kopfschüttelnd wies Darnaux in das Bachbett, dessen Rand dicht vor seinen Füßen abfiel. »Auf dieser Seite ist die Felsböschung nicht so steil wie auf der anderen. Für die Bestie dürfte es leicht sein, da hinunterzukommen. – Und für uns auch.« Ehe Pierre ihn daran hindern konnte, schwang er sich über die Kante und war mit zwei Griffen und einem geschmeidigen Satz auf den Kies knapp zwei Meter unter ihnen gesprungen. Dann forderte er ihn auf, ihm die Muskete zuzuwerfen und nachzukommen. Pierre vergewisserte sich, dass die Hähne entspannt und die Waffe gesichert war, und warf sie Darnaux zu. Sein Abstieg fiel um einiges uneleganter aus. Unten angelangt, nahm er seine Muskete wieder an sich, und dieses Mal lud und spannte er sie, damit sie schussbereit war, sollte er sie früher brauchen als erwartet.

Wachsam gingen sie die letzten Meter auf die dunkel gähnende Öffnung zu. Der Kies knirschte in Pierres Ohren viel zu laut unter ihren Stiefeln. Gestrüpp und Äste hingen tief über dem kaum mannshohen Eingang. An einigen der noch nicht abgefallenen Blätter klebte Blut.

Einen Moment spähte Pierre schaudernd in die Höhle hinein, dann kämpfte er seine Angst nieder und hob den Vorhang aus Zweigen und Ranken zur Seite.

Darnaux hielt ihn am Arm zurück. »Wollen Sie wirklich da rein?«

»Natürlich! Die Bestie ist verletzt.« Mit einem Ruck machte Pierre sich los.

»Eben deshalb. Ein verletztes Tier ist gefährlicher als ein unverletztes. Das gilt auch für *sie.*«

»Woher wollen Sie das wissen, Darnaux? – Sie hat in der vergangenen Nacht zuerst Edmond getötet und einige Zeit später mich und die Kinder angegriffen. Das heißt, sie hat zweimal zugeschlagen. Zweimal! Was ist morgen Nacht? Wird es dann drei Tote geben? Nein, ich gehe jetzt da hinein und bringe diese Bestie zur Strecke. – Und abgesehen davon: Wer garantiert mir, dass sie ihren Bau nicht aufgibt, wenn sie unsere Anwesenheit hier wittert, und fort ist, bis wir mit mehr Männern und Gewehren zurück sind?«

Entschieden schüttelte er den Kopf und schob sich an Darnaux vorbei in die dunkle Öffnung. Schon nach wenigen Schritten waren seine Hände klamm. Vielleicht wäre er zurück ins Sonnenlicht gestürmt, wäre Darnaux nicht mit einem resigniert klingenden »Ich komme mit!« an ihm vorbeigeschritten. Er überholte Pierre und ging tiefer in den Tunnel hinein. Pierre blieb nichts anderes übrig, als ihm zu folgen.

Sie wurden von Kälte und trockener, staubiger Luft empfangen – und von Schwärze. Vorsichtig strich Pierre mit den Fingerspitzen über das raue Gestein neben sich. Seine Hand zitterte. Er ballte sie zur Faust, ehe Darnaux es am Ende noch bemerkte, und zog sie zurück. Decken, Wände, Böden, alles war aus massivem Felsen. War der Tunnel im Laufe der Jahrhunderte ebenso von Schmelzwasser ausgewaschen worden wie das Bachbett, in das er mündete? Dafür fühlte sich der Stein nicht glatt genug an. Was würde geschehen, wenn alles über ihnen zusammenbrach? Pierre presste die Faust auf seinen Oberschenkel und bemühte sich, ruhig zu atmen.

Vor ihm war Darnaux stehen geblieben. Er war in der Dunkelheit nur mehr als undeutlicher Schatten zu erahnen.

»Kerzen!«, hörte Pierre ihn überrascht murmeln.

»Was?« Seine Stimme bebte und er verfluchte sich dafür.

Der andere schien zu zögern, trat dann aber an die Wand zu ihrer Rechten und nahm etwas von ... wovon? Einem Felsvorsprung oder einer Nische in der Wand?

»Hier sind Kerzen.« Noch immer schwang Überraschung in seinen Worten mit. »Haben Sie ...«

»Ja! Natürlich!« Hastig fummelte Pierre Feuerstein, Stahl und die Zunderbüchse aus seiner Tasche, doch als er Funken schlagen wollte, nahm Darnaux ihm alles wortlos aus der Hand und gab ihm stattdessen zwei glatte, kühle Kerzen aus Wachs. Pierre unterdrückte einen Protest. Ein paar Augenblicke später erhellten tatsächlich zwei magere gelbe Flämmchen die Schwärze um sie herum und er stieß ein leises Seufzen aus. Noch immer schweigend reichte Darnaux ihm sein Eigentum zurück, hielt im Gegenzug die Kerzen, während Pierre alles wieder in seinem Beutel verschwinden ließ, und gab ihm schließlich eine davon. Ein knappes Nicken und er ging tiefer in den Tunnel hinein. Pierre folgte ihm in dem flackernden, unsteten Licht, das Schatten auf die wie behauen wirkenden Wände warf und das jeden Augenblick in einem überraschenden Luftzug verlöschen konnte. Er warf einen raschen Blick zum Eingang zurück. Das Sonnenlicht war nur noch als schwacher Schimmer auszumachen. Schweiß rann zwischen seinen Schulterblättern hinab und sein Magen zog sich zusammen. Angespannt folgte er Darnaux. Als er das nächste Mal einen Blick zurückwarf, war der Eingang nicht mehr zu sehen und hinter ihm schloss sich die Dunkelheit zu einer undurchdringlichen Mauer. Er würde hier niemals wieder herauskommen. Seine Hand zitterte und die Kerze warf wild tanzende Schatten an die Wände. Die Luft wurde ihm knapp. Darnaux drehte sich fragend zu ihm um. Er zwang sich weiter und nach einem kaum merklichen Zögern ging auch der andere tiefer in den Tunnel hinein.

Ohne etwas zu sagen, folgte Pierre ihm. Mit jedem Schritt schlug sein Herz heftiger in seiner Brust und das Blut rauschte lauter in seinen Ohren. Das schwache Flackern der beiden Kerzenflammen reichte nicht aus, um den Tunnel weit genug zu erhellen. Er rang nach Luft. Wände und Decken drängten sich immer enger um ihn zusammen. Einen Moment lang schien sich alles um ihn zu drehen. Ein Schritt weiter, und alles würde über ihm zusammenbrechen. Ein Schritt weiter, und er würde niemals wieder hier herauskommen. Ein Schritt weiter, ... und er würde ersticken ...

»Ich kann nicht weiter«, keuchte er und taumelte gegen die Wand.

Darnaux wandte sich abermals zu ihm um und musterte ihn sekundenlang. Schließlich nickte er. »Bleiben Sie hier oder gehen Sie zurück?«

»... zurück ...« Pierres Brust hob und senkte sich wie ein Blasebalg und trotzdem hatte er kaum genug Luft zum Reden. Wie oft hatten sein Vater und Antoine ihn im Verließ von Saugues bewusstlos geschlagen, weil er die Dunkelheit und die Enge nicht mehr ertragen hatte?

Erneut nickte Darnaux vollkommen gelassen. »Gut, dann warten Sie draußen auf mich.«

Pierre riss den Kopf hoch. »Sie wollen doch nicht allein …«

»Doch.«

Mühsam schluckte er. Seine Hände gehorchte ihm nicht mehr und das Blut donnerte in seinen Ohren. »Dann … nehmen Sie …« Zitternd hielt er dem anderen seine Muskete entgegen.

»Ich denke, es ist besser, Sie nehmen sie mit hinaus. Sorgen Sie dafür, dass, was auch immer diesen Tunnel vielleicht durch diesen Eingang verlassen will, nicht lebend hier herauskommt.«

Eine schiere Ewigkeit starrte er Darnaux an, dann stieß er sich von der Wand ab und taumelte auf unsicheren Beinen hastig den Weg zurück, den sie gerade erst gekommen waren. Wenn der andere sich umbringen lassen wollte, war das seine Entscheidung, oder? Seine Schritte wurden immer schneller, doch er wagte nicht zu laufen: Die Gefahr, dass die Kerze erlosch, war zu groß. Kaum waren der Eingang und damit das Sonnenlicht mehr als ein schwacher Schimmer in der Ferne, ließ er sie jedoch fallen und stürzte auf die Öffnung zu. Die Zweige und das Gestrüpp peitschten ihm ins Gesicht, doch er nahm es nicht einmal wahr. Blindlings stolperte er noch einige Schritte weiter, ehe er keuchend auf dem Kies in die Knie sank und an nichts anderes denken konnte als zu atmen. Ein – aus – immer wieder, bis sein Herzschlag sich allmählich beruhigte. Schließlich klärte auch sein Verstand sich wieder, und er verfluchte sich selbst und seine unbarmherzige Angst vor der Enge und der Dunkelheit, die ihn gezwungen hatte, Darnaux in diesem Tunnel allein zu lassen – und ihn daran hinderte, noch einmal einen Fuß hineinzusetzen.

Im schwachen Licht seiner Kerze lauschte André einen Moment auf Chastels Schritte, die sich hastig entfernten. Je tiefer sie in den Stollen hineingegangen waren, umso stärker hatte er seine Angst gewittert. Und das, obwohl der Geruch der Wölfin schwer in der Luft hing. Wände und Boden, alles trug ihre Marken – sowohl frische als auch ältere. Sie musste auf jedem ihrer Streifzüge hier entlanggekommen sein. Es erstaunte ihn selbst, dass er das Böse, das gestern viel zu dicht unter seiner Haut gewesen war, heute trotzdem so gut – ja beinahe leicht – unter Kontrolle halten konnte.

Angespannt hob er die Kerze ein wenig höher und strich mit einer Hand an der kühlen, harten Tunnelwand entlang, während er dem Stollen tiefer in den Berg hinein folgte. Dass er im Bau der Wölfin enden würde, daran zweifelte André nicht – auch wenn er nicht wusste, was er tun sollte, wenn sie tatsächlich dort war.

Die Luft schmeckte nach uraltem Gestein und den Mineralien, die es als gelegentlich schwach im Kerzenschein aufschimmernde Adern durchzogen. Bis auf seine Schritte und leisen Atemzüge war es vollkommen still. Nicht einmal das leise, stetige Tropfen von Wasser war zu hören. Immer öfter glaubte er, an den rauen Wänden die Spuren von Hammer und Meißel zu erkennen oder unter den Fingerspitzen zu spüren. Und an allem hing die Witterung der Wölfin.

Irgendwann wich der nur grob behauene Fels stärker geglättetem Gestein und schließlich versperrte eine schwere Tür den Gang. An den dunklen, massiven Bohlen klebte Blut und das Holz wies tiefe Kratzspuren auf. Zu seinem Erstaunen war sie nur angelehnt und schwang unter dem Druck seiner Hand leicht und nahezu lautlos auf.

Eine seltsame Unruhe überkam ihn, als er sah, was sich dahinter befand: ein weiterer Gang. Ebenso hoch und breit wie der, dem er bisher gefolgt war, doch hier waren die Wände endgültig geglättet, größere Kerben und Löcher sogar mit Putz zugeschmiert, und auf der einen Seite befanden sich eiserne Kerzenhalter mit Kerzen. Darüber war ein dünner Draht angebracht, der durch einige an der Wand befestigte Ösen lief und in einem Loch in der Decke verschwand. Steinplatten bedeckten den Boden. Vorsichtig schob er die Tür hinter sich wieder zu, um sich nicht durch den Luftzug zu verraten – auf dieser Seite war sie mit schweren eisernen Bändern und Riegeln versehen und auch hier hatten die Klauen der Wölfin tiefe Kratzer hinterlassen. Angestrengt blickte er erneut den Gang hinunter. Dass dieser zu einem bewohnten Haus gehörte, hatten ihm seine Sinne bereits verraten, als er die Tür geöffnet hatte. Wie viele Gebäude mit einem solchen Keller mochte es in dieser Gegend wohl geben? André fuhr sich mit der Zunge über die Lippen. Im ersten Augenblick wollte ihm nur eines einfallen – aber das konnte unmöglich sein.

Wachsam und angestrengt auf jedes Geräusch lauschend, setzte er sich nach einem letzten Zögern leise und vorsichtig in Bewegung. Sein Mund war trocken. Immer wieder hob er die Kerze, um in ihrem schwachen Licht ein wenig weiter sehen zu können. Dies alles hier ließ nur einen Schluss zu: Irgendjemand wusste um die Existenz der Wölfin und ihr Geheimnis. Nur wer? Und viel wichtiger: Wusste dieser jemand auch, dass sie tötete? Gab es auch nur den Hauch einer Chance, dass er es *nicht* wusste? – Wohl kaum.

Nur ein kurzes Stück hinter der ersten entdeckte er eine weitere Tür aus dunklen, massiven Bohlen. Sie war mit schweren Riegeln gesichert, ein wirkliches Schloss aber fehlte. Die Witterung der Wölfin hing an dem Holz und auch hier hatten ihre Klauen unübersehbare Spuren hinterlassen.

Er zögerte, blickte unschlüssig den Gang entlang, und versuchte jenseits des Kerzenscheins noch etwas auszumachen. Schließlich folgte er ihm angespannt einige Schritte weiter – und konnte in den Schatten an seinem Ende Stufen erkennen, die nach oben führten. Ein seltsames Gefühl setzte sich in seinem Nacken fest, das sich nicht wieder abschütteln ließ. War es möglich, dass er sich tatsächlich im Keller des Jagdschlosses des Comte d'Abrâigne befand? Wenn ihn seine Sinne nicht genarrt hatten, hatte der Stollen, dem Chastel und er gefolgt waren, Richtung Saint-Mézan geführt – und damit auch in

Richtung des Châteaus. Unwillkürlich schüttelte er den Kopf. Aber das ergab keinen Sinn. Wenn der Comte etwas mit der Wölfin zu schaffen hatte, warum sollte er mit Lieutenant de Beauterne ausgerechnet den Mann unter seinem Dach beherbergen, der nach Chastels Aussage vor nicht allzu langer Zeit eine solche Kreatur im Gévaudan getötet hatte? Und warum sollte er Bischof Noriér dann bitten, ihn, André, hierherzuschicken, damit er half, den »Teufel« – also die Wölfin – zur Strecke zu bringen?

André sah sich noch einmal nach der zweiten Tür um. Auch wenn er befürchtete, zu wissen, was ihn am Ende der Treppe erwartete, so war er hier unten – zumindest für den Augenblick – ungestört. Vielleicht konnte er ja einige Antworten auf seine Fragen finden? Abermals blickte er zu den Stufen hin, lauschte, ob von oben irgendwelche Geräusche zu hören waren. Aber da war nichts.

Nach einem letzten Zögern kehrte er zu der schweren Bohlentür zurück. Die Riegel glitten mühelos beiseite und er drückte sie wachsam auf. Stille empfing ihn. Die Luft dahinter roch scharf nach verschiedenen Essenzen, Kräutern und ... altem Blut! Lauschend warf er noch einmal einen raschen Blick über die Schulter, dann stieß er die Tür weiter auf. Drei Stufen führten in einen dunklen Raum hinab. Erneut sah er den Gang entlang, dann schob er sich durch den Spalt und hob die Kerze höher. Auch hier nahm er die Witterung der Wölfin wahr, doch sie wurde überdeckt von alldem anderen, was in seiner Kehle brannte und seinen Geruchssinn lähmte. Der Lichtschein glitt über bis unter die Decke reichende Bücherregale, in denen alte, ledergebundene Folianten ebenso standen wie schmale Kladden, die offenbar lose Pergamentbögen enthielten, die um einiges älter sein mochten.

Langsam stieg André die Stufen hinab. Die eine Wand des Raumes war mit schwerem Stoff verhängt. Ein massiver Holztisch zeichnete sich im Schein der Kerzenflamme ab. Die dunkle, polierte Platte war unter einem Sammelsurium aus Phiolen, Tiegeln, Fläschchen und allen möglichen anderen Gerätschaften kaum noch zu sehen. Verwirrt runzelte André die Stirn. Was war das hier? Ein Laboratorium? Betätigte der Comte sich heimlich als Alchimist? Sein Blick glitt über die Buchrücken. Auf einigen waren die Titel eingeprägt, bei manchen sogar in Gold, doch bei den meisten waren die Buchstaben so schlecht zu erkennen, dass André sie gerade eben noch als Lateinisch oder Griechisch entziffern konnte. Wieder andere waren in einer Sprache, die er zwar nicht kannte, aber für Arabisch hielt. Nur ein paar wenige waren gut zu lesen.

De la Lycanthropie, Transformation et Extase des Sorciers

Unwillkürlich hielt er den Atem an, schaute zum nächsten.

Discours de la Lycantropie ou de la Transmutation des Hommes en Loups

André schluckte hart, sah zu dem Titel daneben.

Dialogue de la Lycanthropie ou Transformation d'Hommes en Loups, vulgairement dits Loups-Garous ...

Seine Finger stockten auf dem Wort. Schlagartig war sein Mund wie ausgedörrt. Er las den Titel nicht zu Ende. Das konnte nicht sein! Nur mit Mühe widerstand er dem Drang, das Buch herauszuziehen, zwang sich stattdessen dazu, von dem Regal zurückzutreten und sich dem Tisch zuzuwenden. Hier war der Geruch nach altem Blut am stärksten. An der einen Seite lag ein aufgeschlagener Foliant. Als André die Kerze darüber hielt, wurde ihm übel. Die schwarzen Zeichenstriche hoben sich deutlich von dem vom Alter vergilbten Pergament ab: ein Menschwolf in den verschiedenen Stadien seiner Verwandlung; daneben im Detail der mächtige Schädel, gefangen zwischen Mensch und Wolf. Fassungslos fuhr er mit den Fingern die Konturen nach. Nein! Das konnte nicht sein! Sollte der Comte tatsächlich ...

»Was Sie hier sehen, ist das Ergebnis jahrzehntelangen mühsamen Zusammentragens und Forschens!«

Die Worte erklangen unvermittelt von der Tür her. André hob ruckartig den Kopf und Wachs tropfte auf den Folianten. D'Abraigne schnalzte tadelnd mit der Zunge. »Vorsicht! Das Buch ist das einzige noch existierende seiner Art und somit unbezahlbar – wie so ziemlich alles hier unten.« Hinter ihm standen Beauterne und Saint-Béran.

Einen Augenblick lang starrte André zu den Männern hin, dann trat er mit einer scheinbar überraschten

Geste vom Tisch zurück und rang sich ein spöttisches Lachen ab. »Ihr wollt doch nicht ernsthaft behaupten, dass Ihr an solche Kreaturen glaubt, mes Seigneurs?«

»Wollen Sie diese Scharade tatsächlich mit uns spielen, André?« Bedächtig kam d'Abrâigne, gefolgt von dem Marquis, die Stufen herunter. Beauterne blieb an der Tür stehen.

»Welche Scharade sollte ich mit Euch spielen, Monsieur le Comte?« André trat einen weiteren Schritt zurück. »Ich weiß nicht, wovon Ihr sprecht.«

Mit einem feinen Lächeln neigte d'Abrâigne den Kopf. »Tatsächlich nicht? – Nun, dann erlauben Sie mir, Ihnen zu sagen, was *ich* weiß, André.« Er legte die Hand auf die Zeichnung des Folianten. »Sie sind wie dieses Geschöpf.«

»Das ist ... nicht wahr!« Sein Protest klang selbst in Andrés eigenen Ohren schwach.

Von Beauterne kam ein Schnauben.

»Aahh ... ich bitte Sie, André. – Sie wurden in den vergangenen Tagen von Firron, Monsieur de Beauterne, dem Marquis de Saint-Béran und mir beobachtet, wenn Sie kurz vor Sonnenaufgang von Ihren nächtlichen Streifzügen zurückkehrten: ein stattlicher, zimtbrauner Wolf; mindestens zweimal so groß wie ein gewöhnlicher Vertreter der Gattung *canis lupus*; muskulös, aber gleichzeitig schlank; mit äußerst geschmeidigen Bewegungen. Der Sprung vom Boden hinauf zu Ihrem Zimmerfenster hat mich jedes Mal beeindruckt. So elegant, so mühelos. Ich muss sagen, eine geradezu majestätische Erscheinung.« Sein Blick wanderte zu der Zeichnung und kehrte dann zu André zurück. »Aber Sie haben recht: Sie sind viel mehr als eine halbmenschliche Bestie wie diese hier.« Wie in Gedanken strich er über die Seite, ohne André dabei aus den Augen zu lassen. »In einigen dieser Abhandlungen heißt es, dass die Ersten ihrer Art auf den sagenhaften König Lykaon zurückgehen, der es wagte, den Göttervater Zeus auf die Probe zu stellen, indem er ihm bei einem Gastmahl Menschenfleisch vorsetzte und zur Strafe für diesen Frevel zu einem Dasein als Wolf verflucht wurde. In einigen anderen wird behauptet, dass jene, die sich selbst in unserer heutigen Zeit *Loup-Garou* nennen, schon lange vor Lykaon und dieser lächerlichen kleinen Legende existierten. – Wir reden hier von Geschöpfen, die als Mensch *und* Wolf geboren wurden.« Er schlug den Folianten mit einem Knall zu. »So wie Sie, André!«

André zwang sich weiterzuatmen. Sein ganzes Leben lang hatte er versucht herauszufinden, ob es noch andere wie ihn gab, hatte er darauf gehofft, jemanden zu treffen, der mit dem gleichen Fluch geboren war wie er, und nun ...

Nun hinterließen d'Abrâignes Worte einen fauligen Geschmack in seinem Mund. Einen Moment lang blickte er die Männer einen nach dem anderen an. »Was wollt Ihr von mir?«, verlangte er schließlich zu wissen. Es erstaunte ihn selbst, wie fest seine Stimme klang.

»Kein Leugnen mehr?« Der Comte sah sich kurz zu Saint-Béran und Beauterne um, ehe er seine Aufmerksamkeit wieder André zuwandte. »Wie erfreulich. – Was wir von Ihnen wollen, André, ist sehr einfach: Wir wollen Ihr Blut!«

André brauchte einen Augenblick, um zu begreifen, was d'Abrâigne da gerade gesagt hatte. »Mein … Blut?«, wiederholte er dann ungläubig.

»Ja, Ihr Blut. – Oh, nicht so, wie Sie denken, nicht alles auf einmal.« Er schüttelte lachend den Kopf. »Ihr Blut, André – nun, das von Ihrer Art im Allgemeinen – ist ein äußerst starkes Elixier. Denken Sie nur an die Geschwindigkeit, mit der selbst schwere Wunden bei Ihresgleichen heilen.« Bedauern glitt über seine Züge. »Ihre Fähigkeit des Gestaltwandels werden wir nie ergründen können. Auch nicht das Mysterium Ihrer ungewöhnlichen Stärke und Ausdauer. Aber wäre es nicht wunderbar, wenn wir Ihrem Blut zumindest das Geheimnis Ihrer erstaunlichen Selbstheilungskräfte entreißen könnten? – Es ist vielleicht der Schlüssel zu einer Medizin, die selbst gegen die tödlichsten Krankheiten zu helfen vermag. Vielleicht sogar jene Art entsetzliche Krankheit, die mir meinen Sohn auf so grausame Weise genommen hat.«

André sah d'Abrâigne einen Moment einfach nur an, ehe er den Blick langsam über die Folianten an den Wänden wandern ließ, über den Tisch mit seinen Gerätschaften und schließlich zurück zum Comte. »Was habt Ihr mit der Bestie zu tun, die die Menschen im Gévaudan in Angst und Schrecken versetzt hat? Sollte sie Euch auch bei Euren Forschungen helfen?

Immerhin war es ja Monsieur de Beauterne, der sie erschossen hat«, fragte er dann. Eine Sekunde lang war es still.

D'Abrâigne breitete ergeben die Hände aus. »Sie haben recht, wir tragen die Schuld an dem Grauen im Gévaudan. Aber Sie müssen uns glauben, André: Was geschehen ist, lag niemals in unserer Absicht. Wir erkannten nicht, dass der Werwolf, der eingewilligt hatte, uns bei unseren Forschungen zu helfen, eine böse und verkommene Kreatur war. Und als wir dahinterkamen, war es bereits zu spät. Der Wahnsinn muss schon lange unbemerkt an seinem Geist gefressen haben. Wir konnten nichts mehr tun. Deshalb musste Beauterne ihn auch erschießen.«

»Und was ist mit der Bestie, die jetzt hier ihr Unwesen treibt? Ihr habt sie doch hierher gebracht, warum nehmt Ihr nicht ihr Blut?«

»Ihr Blut ist minderwertig. Es ist für unsere ... Zwecke viel zu schwach, da sie nicht so geboren wurde wie Sie, André, und der andere. Er hat sie geschaffen – wir wissen nicht wie – und vor uns versteckt. Wir ahnten nicht, dass es sie gab, bis das Töten auch hier begann. Wir vermuten, dass sie uns aus dem Gévaudan hierher gefolgt ist, um sich für den Tod ihres Gefährten zu rächen. Ich gestehe, André, nachdem es Beauterne – und auch dem jungen Chastel – bisher nicht gelungen ist, das Weibchen zu stellen, hatten wir auch in dieser Beziehung auf Ihre Unterstützung gehofft.«

Abermals musterte André die Männer, während er

das aufkeimende Unbehagen zu ignorieren versuchte, das ihm die Kehle zuschnürte. »Und was geschieht, wenn ich mich weigere, Euch bei Euren Forschungen zu unterstützen? Wenn ich nach Tarbes zurückkehre, sobald ich Monsieur de Beauterne geholfen habe, die Wölfin aufzuspüren?«

D'Abrâigne wechselte einen kurzen Blick mit Saint-Béran und Beauterne, ehe er in mildem Erstaunen den Kopf schüttelte.

»Was wollen Sie in Tarbes, André? Was hat es Ihnen zu bieten? Ein junger Mann wie Sie, eingesperrt im Haushalt eines Bischofs und innerhalb der Mauern einer Stadt mit all ihren Zwängen und guten Sitten und Regeln gefangen ... Ist es tatsächlich das, was Sie wollen? Wollen Sie Ihr wahres Wesen für immer unterdrücken? Welch ein erbärmliches Dasein wäre das? Eine solche Gabe ...«

»Der Wolf ist keine Gabe, er ist ein Fluch!« Die Worte kamen heftiger über Andrés Lippen, als er beabsichtigt hatte.

Unwillig schnalzte der Comte mit der Zunge. »Hat Noriér Ihnen das eingepaukt? Was für ein bigotter Dummkopf! Wahrscheinlich hat er Sie auch Stunde um Stunde auf den Knien liegen und um Ihr Seelenheil beten lassen, um zu verhindern, dass der Wolf in Ihnen so stark wird, wie es seine Natur ist. Wollen Sie das wirklich für den Rest Ihres Lebens hinnehmen?« D'Abrâigne machte einen Schritt auf ihn zu, streckte ihm die Hand entgegen. »Die Menschen fürchten, was sie nicht verstehen. Das bedeutet aber nicht, dass es tatsächlich des ›Teufels‹ ist. Sie und ich, wir wissen das, André! Nicht wahr? Hier in den Pyrenäen könnten Sie sein, was Sie *wirklich* sind, junger Freund. Keine engen Mauern, keine Menschen, die hysterisch kreischend Ihren Tod fordern, wenn Sie ihnen in Ihrer Wolfsgestalt gegenüberstehen – oder, schlimmer noch, von Hexerei schreien. Hier hätten Sie Hunderte Morgen Wald zur Verfügung, Platz zum Laufen, soviel Sie sich nur wünschen. Und Wild zum Jagen. Hier könnten Sie frei sein, André, viel freier, als es in Tarbes jemals möglich wäre.« Ein Lächeln glitt über sein Gesicht, und er blickte kurz zu Saint-Béran, ehe er wieder André ansah. »Und Martine mag Sie, mein Lieber. Sehr sogar! – Bleiben Sie, André! Bleiben Sie hier in meinem Château in Saint-Mézan. Seien Sie mein Gast und genießen Sie die Annehmlichkeiten, die wir Ihnen bieten – zusammen mit Martines Gesellschaft.«

André sah von einem zum anderen. »Ich kann nicht einfach ...«

Ein Seufzen des Comte unterbrach ihn. »Ich fürchte, Sie missverstehen uns, André. Wir können Ihnen die Rückkehr nach Tarbes auf keinen Fall erlauben.«

»Was?« Unwillkürlich trat André einen Schritt zurück. »Aber ...«

»Als ich Ihnen zuvor von jenem anderen Loup-Garou und seinem Wahnsinn berichtet habe, haben Sie, wie ich fürchte, die Tragweite meiner Worte nicht ganz begriffen. Er mag böse gewesen sein – womit er sich ganz eindeutig von Ihnen unterscheidet –, aber, André: Der Wahnsinn ist ein Damoklesschwert, das auch über Ihrem Kopf schwebt.«

»Das kann nicht sein!« In Andrés Stimme schwang Unglauben mit.

»Doch, mein lieber junger Freund, doch; sosehr ich es auch bedaure. Dieses Schicksal kann auch Sie ereilen. – Wollen Sie tatsächlich riskieren, dass Sie vielleicht zu einer Gefahr für die Bewohner von Tarbes – oder irgendeiner anderen Stadt – werden? Hier in der Gegend von Saint-Mézan gibt es nicht besonders viele Menschen. Zudem ... nun, zudem sind uns inzwischen ja leider die ersten Anzeichen beginnenden Wahnsinns bei Ihresgleichen bekannt, sodass wir rechtzeitig entsprechende Maßnahmen ergreifen können. – Und vielleicht finden wir bei unseren Forschungen auch eine Möglichkeit, dieses Schicksal von Ihnen abzuwenden ...« D'Abrâigne hob die Schultern. »Sosehr wir es bedauern, André, aber Sie haben nur die Wahl, freiwillig – mit allen Annehmlichkeiten eines hochgeschätzten Gastes – hier zu bleiben und sich auf Ihr Ehrenwort hin innerhalb gewisser Grenzen frei bewegen zu können, oder gegen Ihren Willen unser Gast zu sein. Womit Sie uns natürlich zwingen würden, Ihnen eine weniger komfortable Unterkunft zuzuweisen, um uns Ihrer zu versichern.«

André wich noch weiter zurück. »Sie wissen, was ich bin. Sie können mich nicht einsperren.«

Etwas in den Zügen des Comte veränderte sich. Wie

bedauernd schüttelte er den Kopf. »Niemand will Sie *einsperren*, André. Aber wir können doch auch nicht zulassen, dass Sie für sich und andere zu einer Gefahr werden.« D'Abrâigne seufzte. »Wussten Sie, dass jenseits von Frankreichs Grenzen erst vor einigen Jahren eine Hexe hingerichtet wurde? Eine Frau – zugegeben. Aber es ist noch gar nicht lange her, dass man Männer, die man beschuldigte, sich in Wölfe zu verwandeln, ebenfalls als Hexenmeister verbrannte. Ein solch grausames Schicksal möchten wir Ihnen ersparen, André ...«

André ballte die Fäuste. »Ihr könnt mich nicht einfach gegen meinen Willen hier festhalten. Bischof Noriér weiß, wo ich bin, er wird nicht dulden ...«

»Ich bedaure, es Ihnen auf diese Weise sagen zu müssen, junger Freund, aber Bischof Noriér hat Sie in unsere – nun sagen wir – Obhut überstellt.«

»Er hat ...? – Nein! Das ist eine Lüge, Monsieur. Ich glaube Euch nicht!«

Ein mitleidiges Lächeln umspielte d'Abrâignes Lippen. Er zuckte die Schultern, während er unter dem Folianten eine Kladde hervorholte und ein Schriftstück herauszog. »Überzeugen Sie sich selbst.«

Andrés Finger waren kalt, als er dem Comte das Papier nach einem kurzen Zögern aus der Hand nahm. Er hätte die Schrift unter Tausenden erkannt. Noch einmal sah er d'Abrâigne an, der ihn ebenso zufrieden beobachtete wie Saint-Béran und Beauterne, ehe er zu lesen begann:

Tarbes, im Oktober 1765

Verehrter Freund,

zusammen mit diesem Schreiben übersende ich Ihnen besagten jungen Mann, mit Namen André Darnaux. Ich übergebe ihn in Eure Obhut. Verfahren Sie mit ihm, wie Sie es für richtig erachten und es nötig ist, um ihn zur Zusammenarbeit zu bewegen.

Ich verbleibe Ihr ergebenster Freund,
Gilbert Noriér
Bischof von Tarbes

Wie betäubt ließ André das Schreiben sinken. Bischof Noriér, der Mann, der für ihn so etwas wie ein Ziehvater gewesen war, der ihm alles beigebracht und dem er bedingungslos vertraut hatte, hatte ihn und sein Geheimnis an diese Männer verraten. Bitterkeit stieg in ihm hoch. Mehr noch: Der Bischof hatte ihn übergeben, wie man ein Tier an einen anderen Besitzer weitergab. Ein qualvoller Laut, halb Wimmern, halb Winseln, löste sich von seinen Lippen. Alles in ihm begehrte in hilflosem Zorn dagegen auf, sich einfach in die Pläne zu fügen, die andere mit ihm hatten. Es brauchte eine Weile, bis er sich sicher war, dass seine Stimme ihm gehorchen würde.

»Ihr habt recht, Messieurs«, nickte er endlich. »Die Wahl, vor die Ihr mich stellt, überzeugt mich. Ich bleibe. Und ich werde mein Möglichstes tun, um Euch zu unterstützen. Freiwillig.« Er glaubte, an diesem letzten Wort zu ersticken.

Der Blick, den der Comte d'Abrâigne Saint-Béran und Beauterne zuwarf, sagte deutlich, dass er mit nichts anderem gerechnet hatte. Beauterne sah André an und pfiff, als riefe er einen Hund. Nur mühsam unterdrückte André das Verlangen, ihm die Kehle herauszureißen.

»Was geschieht jetzt?« Gehorsam gab er den Brief zurück, als d'Abrâigne die Hand danach ausstreckte.

»Oh, nicht viel, junger Freund. Wir werden Sie von Zeit zu Zeit hier herunterzitieren, wo wir Sie zur Ader lassen werden. Wenn wir Sie nicht benötigen, können Sie frei über Ihre Zeit verfügen, sofern Sie einen von uns über Ihr Kommen und Gehen in Kenntnis setzen.« Der Comte legte das Schreiben des Bischofs wieder in die Kladde und schob sie an ihren Platz.

»Das habt Ihr schon einmal getan – mich zur Ader gelassen, meine ich. In der ersten Nacht, die ich hier war. Deshalb war das Blut auf dem Teppich, nicht wahr?«

D'Abrâigne seufzte theatralisch. »Wir mussten doch herausfinden, ob Sie für unsere Zwecke geeignet sind. Wobei ich sagen muss, dass Sie trotz des Opiums ein wenig unwillig waren. Firron war gar nicht erbaut darüber, dass Sie ihn in den Arm gebissen haben.« Sein Lächeln hätte auf das Gemälde eines verklärten Heiligen gepasst. »Auf Laudanum sprechen Sie bedeutend besser an, wie wir inzwischen wissen. Aber solche Maßnahmen werden nun ja nicht mehr nötig sein, nicht wahr?«

»Nein.« Langsam schüttelte André den Kopf. »Solche

Maßnahmen werden nicht mehr nötig sein. – Darf ich dann gehen?«

»Aber natürlich. Sollte Ihnen nach alldem nach ein wenig Gesellschaft sein: Soweit ich weiß, ist Martine im Garten hinter der Orangerie und versucht sich wieder einmal in der Malerei. Der Geruch nach Ölfarbe sollte Ihnen den Weg weisen.« Er lächelte. »Das Mädchen steht zu Ihrer uneingeschränkten Verfügung.«

André stockte der Atem. »Was ... meint Ihr damit?«

Saint-Béran neigte den Kopf. »Was der Comte gesagt hat. Martine ist zu Ihrem Vergnügen hier. Verfügen Sie über sie, wie es Ihnen beliebt.«

Einen Moment lang starrte er den Marquis an. Mit einem Mal war ihm übel. Erst als d'Abrâigne sich räusperte, war er in der Lage, den Blick von Saint-Béran loszureißen.

»Werden Sie uns heute beim Abendessen wieder die Ehre geben?« Ganz der gütige Gastgeber betrachtete der Comte ihn fragend.

André nickte, verneigte sich wortlos und ging. Es fiel ihm schwer, nicht zu rennen. Einen Moment dachte er an Chastel, der wahrscheinlich noch immer bei dem Stollen im Wald ausharrte und ihm inzwischen vermutlich die Pest an den Hals wünschte. Aber im Augenblick war etwas – jemand – anderer wichtiger: Martine!

Er fand sie tatsächlich im hinteren Garten, wo sie stirnrunzelnd zwischen einer Scheußlichkeit auf einer Staffelei, die für André nur aus verschmierten Farben zu bestehen schien, und einem ausladenden Baum, dessen Blätter sich schon von Grün zu Gelb und Braun färbten, hin und her blickte. Der Gestank nach Ölfarbe überdeckte jeden anderen Geruch.

»Martine!« Bei seinem Ruf drehte sie sich um und ein Lächeln zeigte sich auf ihren Lippen.

»André, wie schön! Was gibt es?« Achtlos legte sie den Pinsel zur Seite, wischte sich die Hände an einem Tuch sauber, erhob sich von ihrem Hocker und kam ihm entgegen. Eine farbverschmierte Schürze aus grobem Leinen schützte ihr Kleid. Ohne auf Schicklichkeit zu achten, legte er ihr einen Arm um die Schulter und zog sie dicht an sich heran, sobald sie nahe genug war. Fast rechnete er damit, dass sie vor ihm zurückweichen würde. Doch sie sah mit einem atemlosen Lachen zu ihm auf, als hätte er ihr gestern nicht um ein Haar Gewalt angetan. »Was ist das denn? Hast du dir etwa vom Marquis die Erlaubnis geholt, mir den Hof zu machen?«

André zwang sich zu einem gequälten Lächeln. »Nein, aber ich muss mit Ihnen reden ... Und ich wollte ... das, was ... gestern geschehen ist ... ich wollte ... ich ...«

»Nicht doch!« Ihr Kopfschütteln brachte ihn zum Schweigen. »Es ist schließlich gar nichts passiert, André. Zumindest nichts, was ich nicht auch gewollt hätte. Mach dir keine Gedanken. Ich bin dir nicht böse oder darüber empört.« Sie lachte leise. »Sei ganz unbesorgt!« Erleichtert schloss er für einen kurzen Moment die Augen. Ihre Hand fuhr ganz leicht über seinen Arm. »Und hör endlich mit diesem albernen ›Sie‹ auf. Sag ›du‹ und ›Martine‹.«

Er sah sie wieder an. Die Art, wie sie ihn anlächelte, hätte jedem anderen Mann die Knie weich werden lassen, aber er wusste, was er war – und wenn Martine es wüsste, würde sie bei seiner Berührung Ekel empfinden. Oder nicht einmal seine bloße Anwesenheit ertragen.

»War das alles, was du mir sagen wolltest?«

»Nein. Da ist noch etwas. – Lass ... uns zu dem Baum hinübergehen. Und ganz egal, was ich dir sage, du musst lächeln! Bitte!«

Kurz huschte ein Schatten über ihre Stirn, dann kehrte ihre Heiterkeit zurück. »Was ist denn? Du klingst so ernst.«

»Ich möchte, dass du mit mir fortgehst! Jetzt gleich! Niemand darf etwas davon erfahren.« Er wusste nicht, wie er es ihr anders sagen sollte. Er konnte ihr ja nicht einmal den Grund dafür nennen.

»Du willst mit mir davonlaufen?« Martine kicherte. »Oh, André, ich finde diesen Einfall ja herrlich romantisch, aber glaubst du nicht, das wäre ein wenig übertrieben? Ich bin mir ziemlich sicher, dass der Marquis ...«

»Das hat nichts mit Romantik zu tun«, unterbrach er sie barscher, als er eigentlich wollte. »Wir müssen fort von hier. Alle beide! – Bitte, frag mich nicht nach dem Grund. Ich kann es dir nicht erklären. Zumindest im Moment nicht. – Vertrau mir einfach.«

Beunruhigt drehte sie sich in seinem Arm um. »André ... du machst mir Angst. Was ist denn bloß geschehen, dass du so plötzlich fortwillst?« Sie hob die Hand zu seinem Gesicht, doch er entzog sich ihr.

»Bitte, frag nicht! Ich kann es dir nicht sagen. Vertrau mir. Bitte! Du musst mit mir kommen! Jetzt gleich!«

»Jetzt gleich …?« Martines Blick huschte kurz zum Château, dessen Fenster in der tief stehenden Sonne leuchteten, dann musterte sie ihn eindringlich. »Das ist nicht nur ein Davonlaufen, das ist eine Flucht, nicht wahr? Was ist denn geschehen? Wo willst du denn hin? – Ich verstehe das alles nicht …« Hilflos schüttelte sie den Kopf.

»Bitte, Martine, ich weiß noch nicht, wohin wir gehen werden. Ich kann dir im Augenblick nicht sagen, was geschehen ist, aber du musst mit mir kommen. Du bist hier in Gefahr!« Drängend fasste er sie bei den Armen. »Bitte, Martine, vertrau mir einfach.«

Abermals schaute sie zum Schloss hinüber. Nach einem kurzen Zögern nickte sie überraschend. »Gut, ich komme mit. Aber lass mich etwas anziehen, das weniger hinderlich und auffällig ist als dieses Kleid.«

»Nein, wenn …«

»Bitte, André. Ich werde mich beeilen. Und ich verspreche, dass niemand mich sehen wird. Außerdem … Wir werden Geld brauchen. Ich habe noch ein wenig Schmuck in meiner Kommode. Lass mich den holen.«

Unschlüssig blickte André sie an, dann gab er sie frei. »Gut! Aber niemand darf dich sehen. Vor allem nicht d'Abrâigne, Saint-Béran, Beauterne oder Firron. Verstanden?«

Mit einem Nicken trat Martine zurück. »Sie werden uns mit den Hunden verfolgen, André.«

»Ich kümmere mich um die Hunde. Zieh dich um und komm dann, so schnell du kannst, zu den Ställen.«

Abermals nickte sie, drehte sich um und schritt scheinbar gelassen zum Schloss zurück. André sah ihr nach, bis sie hinter der Orangerie verschwunden war, dann ging er zu den Hundezwingern hinüber.

Die hochbeinigen Jagdhunde des Comte begrüßten ihn wie immer zähnefletschend. Vor allem die Leithündin gab ihm mehr als deutlich zu verstehen, was sie gerne mit ihm machen würde, sollte sie jemals ohne ihren Herrn auf der gleichen Seite der Gitterstäbe auf ihn treffen. André beachtete sie nicht, sondern nahm die beiden Schlüssel – einer war für den Zwinger der Rüden, der andere für den der Hündinnen – vom Haken an der Stallwand. Das Knurren der Tiere wurde noch tiefer, als er ausprobierte, welcher Schlüssel in welches Schloss gehörte – und sie schließlich ins jeweils falsche steckte.

Nach einem raschen Blick über die Schulter drehte er den ersten Schlüssel im Schloss und trat dann hart gegen den Schaft. Das Metall brach mit einem deutlichen Knacken und der Schlüsselbart blieb verkeilt im Schloss stecken. Den jetzt nutzlosen Griff warf André in den Kräutergarten ein paar Meter weiter. Als er dasselbe auch mit dem zweiten Schlüssel tun wollte und gerade einen halben Schritt zurücktrat, um auch hier den Schaft abzubrechen, erstarrte er. Eine nur allzu vertraute Witterung hing plötzlich in der Luft.

»Wir dachten, Sie wollten freiwillig bei uns bleiben, André.« Saint-Bérans Stimme ließ ihn herumfahren. Diesmal war neben d'Abrâigne und Beauterne auch Firron mit von der Partie. Der Marquis stand knapp zwei Meter hinter André, Martine neben sich. Ihr Arm war auf den Rücken gedreht. Sie starrte aus großen, erschrockenen Augen zu ihm herüber. Saint-Béran hielt ihr den Lauf einer Pistole zwischen die Rippen.

»Es tut mir leid, André«, schluchzte sie. Ein heftiger Ruck an ihrem Arm brachte sie zum Verstummen.

»Lasst sie in Ruhe!«, verlangte André heftig und machte einen Schritt auf die Männer zu. Die Mündung der Pistole schwenkte in seine Richtung.

»Langsam, Bestie! Gewöhnliche Bleikugeln mögen Sie nicht zu fürchten haben, aber wir verwenden Kugeln aus Silber und Arsen. Äußerst schmerzhaft für eine Kreatur wie Sie, wie wir inzwischen wissen. Und wenn man sie Ihnen nicht innerhalb einer gewissen Frist aus dem Fleisch schneidet, auch durchaus tödlich.« Er hob eine Braue, während er die Waffe wieder in Martines Seite drückte. »Aber ob eine Kugel aus Blei ist oder aus Silber, ist für *sie* einerlei.«

»Was wollt Ihr?« Es fiel André schwer, die Worte zwischen seinen zusammengebissenen Zähnen hervorzupressen.

»Nichts anderes als vorhin besprochen, André.« Neben Saint-Béran zuckte d'Abrâigne die Schultern. »Wobei wir ja inzwischen feststellen mussten, dass wir wohl doch nicht mit Ihrer freiwilligen Unterstützung rechnen können. Sicher verstehen Sie, dass wir Ihnen nach ... nun ... nach Ihrem Betrugsversuch ein anderes Quartier zuweisen müssen.«

»Ich lasse mich nicht einsperren!« Das Knurren in seiner Stimme überraschte ihn selbst.

»Tatsächlich?«, erkundigte sich Saint-Béran freundlich. »Wie bedauerlich, dass dann wohl mein Mündel die Konsequenzen für Ihren Starrsinn zu tragen hat.«

Von Martine kam ein hohes Wimmern.

André machte einen weiteren Schritt auf sie zu, doch er hielt inne, als auch Beauterne und Firron Pistolen hervorzogen. »Ich will Euer Wort, dass Ihr sie gehen lasst, wenn ich tue, was Ihr verlangt«, forderte er scharf.

»Nun, sie kann tun, was ihr beliebt, sobald wir sicher sind, dass Sie nicht noch einmal versuchen, davonzulaufen.« D'Abrâignes Nicken hatte etwas Väterliches.

»Ich werde keinen Fluchtversuch mehr unternehmen. Ich gebe Euch mein Ehrenwort.«

»Das Ehrenwort einer Missgeburt?«, höhnte Firron und schüttelte den Kopf. »Ich hoffe, Sie verstehen, dass wir darauf nicht allzu viel geben können – vor allem, da Sie uns ja bereits hinreichend bewiesen haben, was davon zu halten ist. Also bitte, junger Freund, hinunter in den Keller, wo Sie, soweit mir berichtet wurde, vor Kurzem eine kleine Unterhaltung mit den anderen Herren geführt haben.«

André rührte sich nicht. »Ich verlange Euer Ehrenwort, dass Ihr Martine nichts tun werdet und sie gehen kann, wohin sie will, sobald ich … ich getan habe, was Sie wollen.«

Saint-Béran wechselte einen Blick mit d'Abrâigne und Firron, dann nickte er spöttisch. »Wie der Bestie belieben. Martine kann tun, was sie will, und gehen, wohin sie will, sobald Sie in sicherem Gewahrsam sind. Sie haben mein Wort als Ehrenmann. – Und jetzt vorwärts! In den Keller! Sollten Sie aufsässig sein, wird Martine dafür bezahlen.«

Langsam holte André Luft, ehe er ergeben nickte und dem Baron de Firron folgte, der nach einer spöttischen Verbeugung vorausging.

»Es tut mir leid«, sagte er leise, als er bei Martine war. Noch ehe sie antworten konnte, schob sich Beauterne zwischen sie und versetzte André einen Stoß. Er unterdrückte ein Knurren, aber sein Zähnefletschen war Beauterne nicht entgangen, wie dessen spöttisches Grinsen ihm bewies. Abrupt drehte er sich um und folgte Firron.

Die beiden Bediensteten, denen sie auf dem Weg in den Keller hinunter begegneten, verneigten sich höflich, schienen sich jedoch nicht über die seltsame Prozession zu wundern. Wahrscheinlich lag es daran, dass Saint-Béran und Beauterne, der André gemeinsam mit dem Comte in die Mitte genommen hatte, ihre Waffen vor ihnen verbargen und der Baron de Firron vollkommen gelassen vor ihnen herschritt, während Martine am Arm des Marquis den Abschluss bildete. André hatte kurz mit dem Gedanken gespielt, die Diener um Hilfe zu bitten, ihn jedoch gleich wieder verworfen. Sie würden ihm kein Wort glauben, und selbst wenn, würden sie sich wohl kaum gegen ihren Dienstherrn stellen.

In eisigem Schweigen erreichten sie schließlich das Laboratorium und André folgte Firron ein wenig verwundert die Stufen hinab. Doch er stockte mitten im Schritt, als der Baron schwungvoll den schweren Stoff beiseite zog, der bisher die eine Seite des Raums verborgen hatte. Im Licht der Lampen, die d'Abrâigne und Beauterne mit heruntergebracht hatten, glänzten Gitterstäbe von einer Seite der Mauer zur anderen. André biss die Zähne zusammen und wandte sich halb zu Martine und Saint-Béran um.

Wie zur Antwort drückte der Marquis die Pistole fester zwischen Martines Rippen. Sie wimmerte. Hinter André klirrte es, dann schabte Metall auf Metall. Als er sich wieder umdrehte, stand Firron neben der geöffneten Gittertür. Etwas in ihm heulte in hilfloser Wut auf. Am liebsten hätte er sich auf Beauterne gestürzt, der knapp hinter ihm stand, und ihm die Kehle herausgerissen, oder Firron gegen das Gitter geschmettert und ihm mit seinen Klauen die Eingeweide zerfetzt. Oder sich einfach nur umgedreht und ein letztes Mal versucht zu entkommen – stattdessen blickte er noch einmal zu Martine zurück, ehe er das Grauen in seinem Inneren niederrang, einen Fuß vor den anderen setzte und durch die Tür trat.

Unter seinen Stiefeln knisterte Stroh. Mehr gab es auf dieser Seite der Gitterstäbe nicht. Beauterne war ihm gefolgt und versetzte ihm jetzt einen harten Stoß zwischen die Schulterblätter, der ihn gegen die gegenüberliegende Wand schleuderte. Mit einem wilden Zähnefletschen fuhr André zu Beauterne herum, erstarrte aber noch in der Bewegung, als Martine schrill aufschrie.

»Kusch, Bestie!« Beauterne lachte und bückte sich nach etwas, das neben der Tür gelegen hatte: Ketten!

»Das ist nicht nötig: Ich habe gesagt, dass ich tun werde, was Ihr von mir verlangt.« André presste sich gegen die Wand.

D'Abrâigne schüttelte bedauernd den Kopf. »Ich hoffe, Sie haben Verständnis dafür, dass wir uns dessen nicht mehr sicher sein können, sobald Ihre Sorge um Martine nicht mehr für Ihre Fügsamkeit sorgt, André. Ziehen Sie Ihre Stiefel aus und wehren Sie sich nicht gegen Monsieur de Beauterne.«

Eine Sekunde lang war André wie gelähmt. Sein Gaumen war trocken, als es ihm endlich gelang, sich zu bücken und zu tun, was man von ihm verlangte. Beauterne zog spöttisch eine Braue hoch, als er den Dolch in dem einen Schaft bemerkte, ehe er Andrés Stiefel achtlos aus dem Käfig warf und auf ihn zukam.

Jenseits des Gitters räusperte sich der Comte, während er bedächtig etwas aus einer Phiole in einen Becher träufeln ließ. »Vermutlich werden die Ketten schmerzhaft für Sie sein, André, aber leider mussten wir sie aus mit Arsen versetztem Silber fertigen lassen, da gewöhnliches Eisen auf Dauer wohl kaum in der Lage wäre, etwas wie Sie zu bändigen. Eine bedauerliche Vorsichtsmaßnahme, aber – wie Sie uns selbst bewiesen haben – durchaus angebracht. Die Gitterstäbe bestehen übrigens aus dem gleichen Material.«

Mit einem harten Schlucken starrte André zu Martine hin. Beauterne packte seinen Arm und ließ das erste Handeisen um sein Gelenk schnappen. Der Schlüssel schabte im Schloss. Winzige Dornen auf der Innenseite des Bandeisens drückten sich durch Andrés Haut. Es kostete ihn alles, was von seiner Selbstbeherrschung übrig geblieben war, um die Hand nicht vor Schmerz zurückzuziehen. Ungerührt schloss Beauterne auch das zweite Eisen, bückte sich, um auch Andrés Knöchel in Fesseln zu legen, und verließ den Käfig.

André rang um jeden Atemzug. Silber und Arsen brannten an seinen Händen und Füßen.

»Ich habe getan, was Ihr wolltet! Lasst Martine gehen«, verlangte er erneut. Sein Wunsch, zu schreien, schien übermächtig.

»Sobald Sie so gütig waren, dies hier zu trinken.« D'Abrâigne kam auf ihn zu, hielt ihm den Becher hin.

»Was ist das?«

»Nur eine Abart der Medizin, die Sie bisher freiwillig geschluckt haben, wenn der Wolf in Ihnen zu stark wurde und auszubrechen drohte. Ich habe mir erlaubt, ein wenig Laudanum hinzuzufügen.« Er blickte auf den Becher und zuckte die Schultern. »Ich bin sicher, mit der Zeit werden wir die exakte Dosis herausfinden, die ausreicht, um Sie fügsam zu halten.«

Andrés Ketten klirrten, als er d'Abrâigne den Becher aus der Hand nahm. Kurz presste er die Lippen zusammen, dann kippte er den Inhalt auf einen Zug hinunter. Die heftige Bewegung riss an seinen Handfesseln und grub die Dornen tiefer in seine Haut. D'Abrâigne nahm ihm den Becher wortlos wieder ab und verließ den Käfig. Sorgfältig verschloss Firron die Gittertür, ehe er den Schlüssel an den Comte weiterreichte. Die bittere Flüssigkeit hatte seinen Magen noch nicht erreicht, als André den Eisenhut schmeckte. Eisenhut! Wolfsbann! Schmerz schoss ihm durch die Eingeweide. Keuchend schlang er die Arme um seinen Leib, brach in die Knie und krümmte sich. Eine wirkungsvollere Methode, zu verhindern, dass der Wolf in ihm hervorbrach, gab es nicht. Mühsam hob er den Kopf und starrte Saint-Béran an.

»Ihr habt mir Euer Ehrenwort gegeben!«, presste er zwischen keuchenden Atemzügen hervor. »Haltet es!«

Der Marquis lachte, ließ Martine los, hob die Hände in einer spöttisch abwehrenden Geste und trat zurück.

»Geh, Martine! Geh! Verschwinde von hier, solange sie bereit sind, sich an ihr Wort zu halten.« André krümmte sich unter einem neuerlichen Krampf. Als er wieder aufsah, kauerte Martine vor den Gitterstäben. Sie neigte den Kopf und musterte ihn, als studiere sie eines ihrer misslungenen Gemälde.

»Geh endlich!«, herrschte er sie atemlos an. Er konnte bereits spüren, wie das Laudanum langsam in seine Sinne kroch.

»Warum sollte ich?« Sie beugte sich ein Stück weiter vor. »Sie geben mir alles, was ich haben will. Warum sollte ich fortgehen?«

»Was ...?« Er starrte sie an. »Hast du denn nicht begriffen ...« Seine Stimme versagte.

»Schau mich an.« Mit beiden Händen strich sie über das Mieder ihres Kleides, während sie aufstand. »Ich habe wunderschöne Kleider, Schmuck, köstliches Essen, soviel ich will.« Sie streifte sich den weichen Stoff von den Schultern, befreite ihre Arme, schob ihn tiefer, bis er sich um ihre Taille bauschte. Sie trug kein Korsett darunter. »Nie wieder hungern. Und sie erfüllen mir jeden Wunsch. Die Schmerzen ... nun, alles hat seinen Preis.« Ihre Augen glänzten. »Niemand wird es je wieder wagen, mich gegen meinen Willen anzufassen. Oder mich zu schlagen. – Es war ein guter Handel!«

»Ein ... Was?« Fassungslos sah er zu, wie sie das Kleid immer tiefer schob, ohne sich darum zu kümmern, dass die Männer sie beobachteten.

»Armer, dummer André! So stolz. So edel. So gut. – Und so schwach.« Sie lachte und schüttelte ihr Haar zurück. Auf ihrer Brust und ihrem Bauch waren rote Linien zu sehen, die bereits verblassten. Achtlos trat sie das Kleid endgültig beiseite. »Schau mich an!« Mit einer geschmeidigen Bewegung reckte sie die Arme über den Kopf – und wimmerte vor Schmerz, als es begann.

Ihre Knochen knackten und verschoben sich; sie stürzte zu Boden, krümmte sich, schrie, wand sich, als ihr Körper sich weiter verformte. Flecken braunen Fells erschienen auf ihrer Haut. Ihr Gesicht verzerrte sich vor Qual, wurde zu einer länglichen Wolfsschnauze mit mörderischen Fängen, über der Augen wie Schwefel glühten. Krallen brachen aus ihren Händen hervor, an denen die Finger sich zu Klauen bogen. Muskeln und Sehnen zeichneten sich unter dem rauen, kurzen Fell ab, das ihren Körper jetzt vollständig bedeckte. Sie krümmte sich weiter zusammen, schrie wieder, doch diesmal wurde der Laut zu einem Heulen, das abrupt abbrach. Einen Moment lang war es bis auf ihre grollenden Atemzüge vollkommen still. Dann hob sie langsam den entsetzlichen Schädel. Ihre Lefzen kräuselten sich, während ihre glitzernden Augen sich auf André richteten. Sie ließen ihn auch dann nicht los, als sie sich schüttelte und schließlich gemächlich auf ihre krummen Hinterläufe stellte.

André starrte das Wesen vor sich benommen an. »Nein!«, murmelte er fassungslos, immer wieder, bis er mit einem Schrei aufsprang und auf sie zustürzte. Seine Ketten ließen ihn stolpern und er prallte gegen das Gitter, umklammerte es mit beiden Händen. Die Wölfin duckte sich knurrend, legte die Ohren an und fletschte ihre fürchterlichen Fänge.

André konnte den Blick nicht von ihr wenden. »Großer Gott, nein.« Sie kam auf ihn zu, knurrte ihn an. Die gelben Augen starrten ihn höhnisch und zugleich verächtlich an. Er blinzelte gegen den Nebel aus Laudanum an, der sich immer dichter um ihn schloss. »Was habt Ihr getan?«

»Wir?« Saint-Béran schüttelte lachend den Kopf. »Gar nichts! Es war der andere Loup-Garou, der sie uns brachte. Ein dürres, halb verhungertes Ding aus der

Gosse, das nur zu gern bereit war, sein erbärmliches Leben hinter sich zu lassen. Sie wusste, was aus ihr werden würde, und war mit allem einverstanden. Nicht war, Martine?«

Die Rute der Wölfin strich zustimmend hin und her.

»Aber ... wenn Ihr sie habt, was wollt Ihr dann von mir? Warum das alles? Warum, verdammt?« Er konnte die Augen nicht von der Wölfin lassen, die keinen Meter jenseits des Gitters stand und seinen Blick in stummem Spott erwiderte. Seine Sinne hatten ihm von der ersten Sekunde an gesagt, *was* sie war, doch er hatte den Wolf in sich zu lange im Dunkeln gefangen gehalten und verleugnet. Er hatte nicht begriffen, dass er seinen Sinnen hätte trauen können. – Was für ein elender Narr er doch gewesen war! Der Himmel mochte Erbarmen mit ihm haben.

D'Abrâigne zuckte die Schultern. »Wie ich Ihnen schon sagte: Ihr Blut ist minderwertig, für unsere Zwecke zu schwach und ungeeignet. Das Blut eines geborenen Werwolfs, eines echten Loup-Garou jedoch ... nun ... ganz im Vertrauen – es ist ebenso ungeeignet, weil es für Menschen absolut tödlich ist; gleichgültig, wie sehr man es auch verdünnt. Aber schon bald werden wir wissen, ob das Blut eines Bastards aus einem Loup-Garou und einer Kreatur wie Martine für unsere Zwecke geeigneter ist. Seien Sie versichert, André, dass es Ihnen auch weiterhin an nichts fehlen wird, obwohl Sie uns zu diesen unerfreulichen Maßnahmen gezwungen haben«, erklärte er liebenswürdig, während er eine der Lampen vom Tisch nahm und zur Tür schritt. Beauterne warf André ein letztes Grinsen zu und ging ihm dann nach. Geschmeidig ließ die Wölfin sich auf alle viere nieder, übersprang die Stufen mit einem langen Satz und verschwand im Gang. Der Marquis und Firron folgten ihr. Das Licht nahmen sie mit. Keiner sah zurück.

»Nein …« Sein hilfloser Protest verhallte unbeachtet.

Draußen wurden schwere Riegel zugeschoben. Einen Augenblick stand André reglos in der Dunkelheit – dann warf er sich gegen das Gitter, riss daran und schrie, bis nur noch ein Heulen aus seiner Kehle kam. Irgendwann erlöste das Laudanum seinen Verstand.

Er erinnerte sich daran, dass er aß und trank, wenn die Stimmen es ihm befahlen. Er erinnerte sich daran, dass Martine zu ihm kam, dass sie ihn berührte, dass er versuchte, sie von sich zu stoßen – und dass sein Körper ihn unter ihr verriet. Wieder und wieder und wieder und wieder. Seltsam fern und unwirklich war alles nur, jenseits des zähen, bitteren Nebels, der die Zeit stahl, ihm Tag und Nacht nahm und seine Welt geworden war. Eine Welt, in der ihn das Mondlicht nicht fand, auch wenn er den Vollmond in seinem Blut kommen und gehen spürte. Alles war wie ein grauer, dumpfer Traum, in dem selbst die Qual seiner Fesseln und der Schmerz, mit dem Silber und Arsen ihn langsam vergifteten, nicht die seinen waren. – Und die ganze Zeit über strich der Wolf ruhelos an den Rändern seines Selbsts entlang, bot ihm seine Macht und Stärke an, ohne dass André ihn durch das Gift des Wolfsbanns hindurch hätte erreichen können, sosehr er es auch wollte. Er weinte vor Wut und Hilflosigkeit. Der Wolf hob seine Stimme und teilte sein Leid.

»Ich dachte, Ihr wolltet mehr als nur *ein* Kind von ihm. So tötet ihr ihn. – Und ich bezweifle, dass man in Paris darüber besonders erbaut wäre.« Worte im Nebel. Der Wolf knurrte hasserfüllt. Verräter! Sie erweckten andere Worte zum Leben. Worte aus der Zeit vor der Dunkelheit. So lange vergessen. *Verschont mein Kind! Erbarmen, Gilbert. Lasst meinen Sohn am Leben! Er hat doch nichts getan. Santa Maria, Heilige Mutter Gottes, Erbarmen! Andrea ...*

»Wenn Ihr uns nicht all die Jahre über getäuscht hättet, Noriér, wäre das hier überhaupt nicht nötig.«

»Und was hättet Ihr getan, wenn Ihr von ihm gewusst hättet, Saint-Béran?«

»Ihn die Demut und den Respekt gelehrt, die eine solche Bestie ihrem Herrn entgegenzubringen hat.«

»Er ist keine Bestie!«

»Ach nein? Was dann?«

»Er ist ebenso ein Geschöpf Gottes wie Ihr und ich, Firron.«

Gelächter. »Vor sechzehn Jahren habt Ihr anders gesprochen. Was Euer *Geschöpf Gottes* wohl sagen würde, wenn er wüsste, wer seinen Vater betrogen und seine Familie verraten hat, Noriér?«

Andrés Verstand begriff nicht, was die Worte bedeuteten. Doch der Wolf knurrte vor Wut.

Das Klirren von Schlüsseln drang durch den Nebel. Das Schaben von Metall auf Metall, ein Schnappen, einmal, zweimal, dreimal, viermal. Eine Hand berührte Andrés Stirn. Der Wolf duckte sich grollend. Ein Rascheln neben ihm. Das Rasseln von Ketten.

»Ihr braucht die hier nicht. Das Gitter genügt, um ihn gefangen zu halten – in dem Zustand, in dem er ist. Es sei denn, Ihr wollt Seiner Gnaden tatsächlich erklären, warum seine Pläne erneut gescheitert sind. Und das, obwohl Euer Loup-Garou diesmal nicht verrückt geworden ist.« Das Klacken von Metall. Wieder klirrten Schlüssel. Ketten rasselten auf Stein – weiter fort diesmal. Dazwischen murmelten Stimmen. Schritte wurden laut, entfernten sich und verklangen. Eine Tür fiel schwer und dumpf ins Schloss. Riegel scharrten. Dann herrschte Stille. Nur allmählich begriff André, dass das Gift von Silber und Arsen nicht länger seine Handgelenke und Knöchel zerfraß. Er kauerte sich zusammen. Der Wolf leckte seine Wunden.

Da war nur das schwache Licht einer Kerze, aber selbst das schmerzte in Andrés Augen, als er irgendwann die verklebten Lider hob. Sein Kopf war schwer und ein dumpfes Ziehen saß darin. Noch immer hing der Gestank von Opium an seinem Gaumen, und auch auf der Zunge glaubte er noch bitteres Laudanum zu schmecken. Nur ganz allmählich klärte sich sein Blick. Der Wolf hob den Kopf. André zwang seine Glieder, sich zu bewegen. Langsam, vorsichtig. Er erwartete jede Sekunde, erneut den Biss von Silber und Arsen an seinen Gelenken zu spüren und das Rasseln seiner Ketten zu hören. Seine verkrampften Muskeln protestierten, fügten sich nur widerstrebend seinem Willen. Doch der Schmerz und das Klirren blieben aus. Nirgendwo scharrte ein Stuhl über die Steinplatten jenseits des Gitters oder erklangen Schritte. Niemand öffnete die Tür zu seinem Gefängnis, um ihm erneut Laudanum und Eisenhut in den Schlund zu zwingen. Um ihn herum war nichts als Stille, in der nur gelegentlich das Wachs leise zischte, wenn die Kerzenflamme es berührte. Er war allein. Einen Moment lang schloss er die Augen, schluckte den fauligen Geschmack in seinem Mund hinunter, der ebenso von den Drogen wie von seiner Verzweiflung stammte. Der Wolf drängte sich an seine Seele. In seinen Gedanken barg André das Gesicht kurz im zimtfarbenen Fell, ehe er die Augen wieder öffnete und seine Sinne dazu zwang, ihm zu gehorchen. Das Stroh, auf dem er lag, war trocken und leidlich sauber. Jemand hatte eine raue Decke über ihn gebreitet. Darunter war er nackt. Irgendwo in den Tiefen des Laudanum- und Opiumnebels war die Erinnerung an Martine, die ihm in ihrer Menschwolf-Gestalt mit ihren Klauen das vom Leib fetzte, was von seinen Kleidern übrig geblieben war, und danach … Er glaubte, ihr raues Fell und ihre Zunge noch immer auf seiner Haut zu spüren. Der Wolf stieß einen Laut aus, der Winseln und Knurren zugleich war. André stöhnte und wälzte sich mühsam auf die Seite. Die schweren Vorhänge, mit denen sie das Laboratorium abteilten und vor ihm verbergen konnten, was sie jenseits seines Käfigs taten, waren nur auf einer Seite zurückgebunden. Er erinnerte sich vage daran, dass sie ihn immer wieder zur Ader gelassen hatten und er ihnen in dumpfer Gleichgültigkeit dabei zugesehen hatte, wie sie mit seinem Blut experimentierten, wenn sie ihm ein wenig Licht gönnten. Im Schein der Kerze wirkten die Gitterstäbe fast schwarz, doch man konnte erkennen, dass scharfe Spitzen wie die Dornen einer Rose aus ihnen hervorstanden – wie sie auch an den Innenseiten seiner Fesseln angebracht gewesen waren. Er hatte sie qualvoll zu spüren bekommen, damals, als der Comte und die anderen ihn hier unten allein gelassen hatten und er ein verzweifeltes letztes Mal zu entkommen versucht hatte, ehe das Gift und die Drogen ihn um den Verstand brachten. Keine Armlänge von ihm entfernt stand eine Schüssel mit Wasser. Daneben lag ein Stück rohes Fleisch. Der Wolf winselte vor Hunger. Andrés Magen zog sich schmerzhaft zusammen. Er versuchte sich aufzusetzen. Kalter Schweiß brach ihm aus und um ihn herum begann sich alles zu drehen. Die Finger ins Stroh gekrallt, lag er mit geschlossenen Augen still, bis der Boden unter ihm sich wieder beruhigt hatte. Dann versuchte er es erneut. Langsamer diesmal. Es gelang ihm kaum, sich auf die Ellbogen zu stemmen, um sich das kurze Stück zu dem Futter schleppen zu können. In seinem Magen rumorte es. Misstrauisch schnupperte er an dem Fleisch, verließ sich ganz auf die feinen Sinne des Wolfs. Das Blut daran war getrocknet, aber es roch nicht nach Laudanum oder Opium – oder, noch schlimmer, nach Wolfsbann –, sondern nur nach Ziege. Er beugte sich über die Schüssel und tauchte vorsichtig die Zunge ins Wasser. Es war abgestanden und Strohstaub trieb darauf, aber auch hier konnte er weder Drogen noch Gift schmecken. Der Durst siegte über den Hunger, und gierig leckte er das Wasser auf, ehe er die Zähne in das rohe Fleisch schlug, Fetzen herausriss und sie beinahe ohne zu kauen hinunterschlang. Er war noch dabei, die klebrigen Blutreste von seinen Fingern zu saugen, als ihm jäh zu Bewusstsein kam, was Hunger, Schmerz und Drogen aus ihm gemacht hatten. Scham durchflutete ihn. Mit einem gequälten Laut barg er das Gesicht in den rotverschmierten Händen und versuchte, das Zittern zu beherrschen, das ihn plötzlich überlief. Er war kein Tier, keine Bestie! Er war ein Mensch! Ein Mensch! Der Wolf knurrte. André konnte seinen Zorn in sich spüren. Er stieß den Wolf zurück, kroch durch das Stroh wieder zu der Decke, schlang sie sich um die Schultern, kauerte sich zusammen und presste die Stirn auf die angezogenen Knie. Das Zittern wollte nicht weichen. Ein verzweifelter Schrei stieg unaufhaltsam seine Kehle hinauf. Er drückte die Faust vor den Mund, um ihn zu ersticken, um d'Abrâigne und die anderen nicht auf sich aufmerksam zu machen, um ihnen nicht zu verraten, dass er wach war und sein Verstand sich allmählich aus der Drogenbenommenheit befreite. Aber wozu? Er hatte keine Chance, zu entkommen. Sie hatten regelmäßig auf der anderen Seite des Gitters gestanden, um nach dem Rechten zu sehen, daran erinnerte er sich jetzt; d'Abrâigne, Saint-Berán und die anderen – auch Bischof Noriér. Der Mann, den er beinahe wie einen Vater geliebt hatte, dem er vertraut hatte – und der ihn sein ganzes Leben getäuscht hatte ... *Was Euer* Geschöpf Gottes *wohl sagen würde, wenn er wüsste, wer seinen Vater betrogen und seine Familie verraten hat, Noriér?* ... Der Mann, der seine Eltern ermordet hatte. All die Jahre hatten seine Albträume keinen Sinn ergeben. – Nun taten sie es. André grub die Zähne in seine Faust, schmeckte Blut. Seine hilflose Wut mischte sich mit dem Hass des Wolfs. Dieses Mal ließ er es geschehen. Seine Hand sank herab. Der Wolf setzte sich auf. André tat es ihm nach.

Er würde nicht erlauben, dass sie ihn benutzten! Es musste eine Möglichkeit geben, ihre Pläne zu durchkreuzen. Er musste fliehen! Irgendwie!

Dass die Drogen ihn aus ihren Klauen entließen, konnte keine Absicht sein – aber sie würden diesen Fehler nicht noch einmal begehen. Es würde nur diese eine Gelegenheit geben. Aber wie? Wie? André presste die Hände gegen die Schläfen und versuchte seinen trägen Verstand zum Arbeiten zu zwingen.

Irgendwann merkte er, dass er blind in die Flamme der Kerze starrte, die auf dem Tisch langsam herunterbrannte. Ihr Licht spiegelte sich in dem Glas der Phiolen, Destillierkolben und Fläschchen, schimmerte in den Flüssigkeiten darin, glänzte auf dem Porzellan von Tiegeln und Mörsern, huschte über die vergilbten Seiten der alten Folianten, die aufgeschlagen auf dem Tisch lagen. André holte langsam Atem. Ein bitteres Lächeln glitt über sein Gesicht. Ja, es würde nur diese eine Gelegenheit geben. Und danach wäre alles vernichtet, was ihnen bei ihrem unheiligen Tun half.

Seine Muskeln protestierten, als er sich steif vom Boden hochstemmte. Erneut brach ihm der Schweiß aus. Er taumelte, stolperte über die Decke, die von seinen nackten Schultern gerutscht war, und prallte gegen die

Wand. Mit einem Laut der Verzweiflung und hilfloser Wut ob seiner Schwäche schlug er die Faust gegen den rauen Stein, während er wieder zu Boden glitt.

Knurrend bot der Wolf ihm seine Stärke an. Und nach einem letzten Zögern akzeptierte André das Angebot. Es musste getan sein, ehe seine Peiniger erneut herunterkamen, um nach ihm zu sehen.

Langsam schob er sich in die Höhe. Auch diesmal stand sofort kalter Schweiß auf seiner Haut. Doch der Schwindel kam nur für einen kurzen Augenblick, um sofort wieder nachzulassen. André löste sich langsam von der Mauer, tappte zu der Wasserschale hinüber und bückte sich danach. Mit der anderen Hand musste er sich abstützen, um sein Gleichgewicht nicht zu verlieren. Die Schale war aus Ton. André klaubte die Decke vom Boden auf, legte das Gefäß hinein, schlang den rauen Stoff darum, kehrte zur Mauer zurück und schmetterte die Schale mit aller Kraft dagegen. Er spürte, wie sie mit einem gedämpften Krachen zerbrach. Einen Moment lang lauschte er mit angehaltenem Atem, doch als auch nach einigen Sekunden keine hastig näher kommenden Schritte zu hören waren, stieß er die Luft wieder aus. Angespannt kauerte er sich nieder und schlug die Decke auseinander. Vor ihm lagen unzählige Tonscherben. Leider waren nur sechs davon groß genug, um ihm von Nutzen zu sein. Mit ihnen in der Hand trat er an die Gitterstäbe heran, vorsichtig darauf bedacht, sie nicht zu berühren. Die Kerze auf dem Tisch war etwa zur Hälfte heruntergebrannt. In ihrem Licht konnte er die Zeichnungen in einem der aufgeschlagenen Folianten erkennen: ein Menschwolf, aufrecht auf den Hinterbeinen stehend, die Arme zur Seite hin ausgestreckt wie in einer grotesken Kopie des vitruvianischen Menschen von da Vinci; der Schädel, nicht mehr ganz Mensch und noch nicht Wolf, noch einmal vergrößert daneben; dazu die Klauen mit ihren fürchterlichen Krallen, alles mit Zeilen um Zeilen von Annotationen versehen.

André holte noch einmal tief Luft und wog eine der Scherben in der Hand. Ihm blieb kein anderer Ausweg. – Und mit viel Glück gab es die meisten dieser verfluchten Schriften kein zweites Mal. Weiter als bis zum Ellbogen konnte er den Arm nicht durch das Gitter schieben, ohne die Stäbe zu berühren. Die Schrunden, die ihm die Dornen der Handeisen gerissen hatten, hoben sich rot und von eitrigem Schorf durchsetzt von seiner schmutzigen Haut ab. Das Gift von Silber und Arsen hatte sich in sie hineingefressen und verhinderte, dass sie sich wie jede andere seiner Wunden um so vieles schneller schlossen als bei einem normalen Menschen.

Bedächtig zielte er auf die Kerze. Sein Arm streifte das Gitter. Das mit Arsen versetzte Silber riss seine Haut auf und er zuckte unwillkürlich zusammen – die Scherbe prallte harmlos gegen die Tischkante und fiel zu Boden. André stieß ein enttäuschtes Zischen aus. Ein dünner Faden Blut rann über seinen Arm. Äußerst behutsam zog er ihn zurück und ergriff die nächste Tonscherbe. Dieses Mal hielt er den Atem an, als er zielte. Wieder hinterließen die Dornen tiefe Kratzer in seiner Haut, und obwohl er inzwischen auf den Schmerz vorbereitet war, landete das Wurfgeschoss eine knappe Spanne von der Kerze entfernt auf einem der Folianten. Er griff nach der nächsten Scherbe, zielte sorgfältig ... wieder ging der Wurf fehl. Der Fluch, den er ausstieß, klang eher wie ein Flehen. In seinen Schläfen pochte es. Der Schwindel war zurückgekehrt. Er schloss einen Moment lang die Augen und ballte die Fäuste. Die Tonscherben gruben sich in seine Handfläche. Auf diese Weise würde er die Kerze niemals treffen. Er hatte keine andere Wahl! Entschlossen nahm er die nächste Scherbe in die Hand, grub die Zähne in die Unterlippe, zwängte seinen Arm mit Gewalt bis zur Schulter durch die Stäbe und presste sich an das Gitter. Die winzigen Dornen stachen in seine Haut. Seine ganze linke Seite schien in Flammen zu stehen. Er kniff die Augen zusammen, zielte und warf erneut. Diesmal streifte die Scherbe die Kerze. Die Flamme flackerte wild, als die Kerze wankte – André hielt die Luft an –, aber nicht kippte. Mit einem Laut, der selbst in seinen Ohren wie ein Schluchzen klang, ließ er den Arm sinken. Seine Hand zitterte. Seine Knie drohten jede Sekunde unter ihm nachzugeben. Silber und Arsen zehrten seine Kraft erbarmungslos auf. Sein ganzer Körper krampfte sich zusammen. Vor seinen Augen begann alles zu verschwimmen. Nur noch zwei Scherben! Nur noch zwei Chancen! Er schloss die Augen, versuchte gegen den

Schmerz anzuatmen – und spürte durch seine Qualen hindurch den Wolf. Dieses Mal gab es kein Zögern. Er öffnete sich ihm. Sofort wurde seine Sicht seltsam unscharf, während er das Flackern der Kerze umso deutlicher wahrnahm. Die Farben um ihn herum verblassten, wurden zu einem fahlen Gelb, zu Nuancen von Blau und Violett und zu unzähligen Schattierungen von Grau. Der Raum schien an Tiefe zu verlieren, das Halbdunkel wurde heller. Jetzt konnte er auch erkennen, was sich in den Winkeln verbarg.

Erneut drückte er sich fester an die Gitterstäbe. Vor Schmerz wurde ihm übel. Seine Hand krampfte sich um die Tonscherbe, löste sich kribbelnd wieder. Die Finger fühlten sich seltsam taub an. André biss die Zähne zusammen, zielte auf das Wachs unterhalb der flackernden Flamme und warf. Die Scherbe prallte mit mehr Wucht gegen die Kerze, als er beabsichtigt hatte. Sie löste sich aus dem eisernen Halter, fiel auf den Tisch und rollte ein Stück zur Seite, ehe sie liegenblieb. Ein paar Sekunden lang flackerte sie, drohte auszugehen – abermals hielt André den Atem an – und brannte weiter! Hastig löste er sich von den Gitterstäben, ohne die kleine Flamme aus den Augen zu lassen. Sie zuckte, züngelte über die Ränder einiger Pergamentbögen, das Papier färbte sich schwarz, glomm mit einem dünnen Rauchfaden vor sich hin ... bis endlich eine zweite Flamme emporschlug und sich allmählich weiterfraß.

Unruhig ging Andrés Blick zur Tür auf der anderen

Seite des Laboratoriums, dann wieder zurück zu den Flammen. Es dauerte zu lange! Sie breiteten sich zu langsam aus! D'Abrâigne und die anderen würden ihn nicht ewig sich selbst überlassen. Sein Blick fiel auf die gläsernen Fläschchen und Phiolen, glitt zu der letzten Scherbe in seiner Hand. Erneut schob er den Arm durch das Gitter und presste sich gegen die Stäbe. Der Schmerz ließ ihn aufkeuchen. Er warf. Glas zerbarst. Er glaubte zu sehen, wie sich eine dunkle Lache über den Tisch ausbreitete, und im nächsten Moment sprangen Flammen in die Höhe. Feuer leckte über den Folianten, griff nach einem zweiten und dritten, setzte sie ebenfalls in Brand. Ein vierter schwelte bereits. Die Zeichnung des Menschwolfs wurde schwarz, das Blatt kräuselte sich, Flammen züngelten empor. Glimmende Papierfetzen stoben in die Höhe, tanzten Richtung Decke.

Mehrere Phiolen zersplitterten hintereinander, Flammen leckten über den Tisch, fielen auf den Teppich, steckten ihn in Brand, griffen gierig nach den kostbaren Büchern auf der anderen Seite des Raumes, schlugen an ihnen empor, loderten fauchend noch weiter auf und wurden zu einer wabernden Wand aus Hitze und Rauch. Die nächsten Fläschchen zerbarsten. Glassplitter und ihr Inhalt spritzten in alle Richtungen. André duckte sich unwillkürlich. Eine Flüssigkeit rann über die Tischkante, tropfte zu Boden. Die Flammen folgten ihr, breiteten sich als brennender See aus, suchten sich ihren Weg in den Fugen zwischen den Steinplatten, fraßen sich an den schweren Vorhängen empor, verwandelten sie in feurige Säulen. Funken knisterten und tanzten. In dem Stroh zu Andrés Füßen schwelte Glut. Er warf die Decke halb darüber. Gleich darauf züngelten auch aus ihr Flammen hervor und er wich bis zur Wand zurück. Der Wolf winselte vor Entsetzen, jeder einzelne seiner Instinkte schrie nach Flucht. Einer der Vorhänge fiel zu Boden. Das Feuer lohte noch höher auf, verwandelte das Gewölbe in ein Wabern aus Rot und Schwarz. Das Atmen fiel André immer schwerer. Der Rauch brannte in seiner Kehle und seiner Brust, immer wieder musste er husten. Die heiße Luft versengte seine Lungen. Schweiß rann ihm aus sämtlichen Poren. Krachend brach der Tisch zusammen. Jeder Atemzug wurde zur Qual, bis ihm nur noch ein pfeifendes Japsen zwischen Hustanfällen möglich war. Seine Augen tränten in der glühenden Luft und in dem beißenden Qualm. André glitt an der Wand entlang zu Boden. Um ihn herum war nichts außer Feuer, Hitze und Rauch. Nichts, gar nichts würde die Flammen jetzt noch aufhalten! Trübe Dunkelheit legte sich mit jedem Augenblick mehr über seine Sinne.

Und dann brüllte das Feuer auf! Von irgendwoher fuhr ein Luftzug durch die Hitze und gab den Flammen neue Nahrung. Kraftlos und benommen hob er den Kopf.

Ohne es zu merken, war er in die hinterste Ecke seines Gefängnisses gekrochen. Männerstimmen schrien durcheinander.

»Verdammte Bestie ...«

»... alles in Brand gesteckt ...«

»... die Arbeit von Jahren ...«

».... kommen nicht an ihn heran ...«

»... alles umsonst ...«

Durch das Toben des Feuers hindurch glaubte er, d'Abrâignes Stimme zu erkennen. André lehnte den Kopf gegen die Wand in seinem Rücken. Ein Lachen voll düsterer Genugtuung kam über seine rissigen Lippen und auch der Wolf hob den Kopf und heulte seinen trügerischen Triumph gegen die Decke. Der Laut mischte sich mit Andrés Gelächter, bis auch das Lachen zu einem Heulen wurde – dem Heulen eines Wolfs, das aus der Kehle eines Mannes kam. Loup-Garou!

Einen Moment lang war nur das Knistern und Knacken und Fauchen der Flammen zu hören. Dann erklang erneut d'Abrâignes verhasste Stimme »Elende Brut … verrückt geworden … büßen … lass es nicht zu …«

Jenseits der Gitter bewegten sich Schatten durch das Feuer. Flüche erklangen, Worte wie »… Decken …« und »… Wasser …«. Plötzlich war da dunkles Wirbeln. Die Schatten schlugen auf die Flammen ein. Es zischte, als Wasser auf Feuer traf.

Nein! André kam taumelnd auf die Füße. *Nein!* Er atmete nur Hitze. Ein Hustenanfall ließ ihn nach Luft schnappen. Um ein Haar wäre er wieder an der Wand entlang zu Boden gerutscht. Selbst die Mauersteine waren jetzt heiß. Seine Augen tränten. Ohnmächtig musste er zusehen, wie seine Peiniger eine Schneise in die Mauer aus Flammen schlugen, die ihn von ihnen trennte. Er knurrte vor Wut und Hass. Beauterne zerrte an dem Riegel seines Gefängnisses, zog die Hand aber sofort wieder mit einem Schrei zurück. Saint-Béran brüllte ihm etwas zu und Beauterne streifte das Wams ab und schlang sich den Stoff um die Hand. Stöhnend schwang die in der Hitze verzogene Tür seiner Zelle auf. Beauterne blieb auf der anderen Seite des brennenden Strohs stehen, die Hand halb gegen die Flammen erhoben. André wich, so weit es ihm möglich war, zurück. Das Feuer leckte nach seinen Beinen. Er duckte sich, starrte den Mann mit brennenden Augen an. Noch immer kam ein tiefes Knurren aus seiner Kehle. Der Rauch ließ jeden Atemzug zur Qual werden. Plötzlich stand d'Abrâigne neben Beauterne. Eine Decke wirbelte durch die Luft, traf mit einem feuchten Klatschen auf die Flammen. Beauterne zog eine Pistole unter seinem Gürtel hervor. Er trat über das brennende Stroh hinweg, ehe die Flammen wieder höher aufloderten. André duckte sich weiter, sein Knurren wurde lauter. Beauterne lachte. Mit gefletschten Zähnen sprang André ihn an, riss ihn zu Boden, schnappte nach seiner Kehle. Sie rollten ins Feuer. Beauterne kämpfte unter ihm. Etwas Nasses legte sich von hinten über Andrés Gesicht, machte ihn blind, verschloss ihm Mund und Nase, erstickte ihn. Er stieß ein wildes Heulen aus, bäumte sich auf, schlug nach dem Angreifer, von dem er nicht wusste, wo er sich eigentlich befand. Schmerz explodierte in seinem Schädel, als er einen Schlag auf den Kopf erhielt. Sein Heulen wurde zu einem Stöhnen. Klebrige Wärme breitete sich in seinem Nacken aus. Halb benommen kippte er zur Seite. Jemand packte ihn, zerrte ihn in die Höhe und schleifte ihn vorwärts. Brennendes Stroh versengte seine Knie. Was ihn eben noch erstickt hatte, war verschwunden. Feucht und schwer hing ihm eine nasse Decke über Kopf und Schultern.

»In die Gänge mit ihm. Legt ihm die Ketten wieder an und gebt ihm diesmal mehr Laudanum.« Über das Knistern und Knacken der Flammen hinweg drang die Stimme zu ihm. Sie war durch den Stoff so gedämpft, dass Andrés benommener Verstand sie kaum als die d'Abrâignes erkannte.

»Nein!« Nur ein würgendes Röcheln kam aus seiner Kehle. Er würde nie wieder eine solche Chance bekommen. Niemals wieder. Mit seinem ganzen Gewicht warf André sich zur Seite, der größten Hitze entgegen, prallte gegen einen Körper und riss ihn mit sich. Beauterne gab einen Schrei, halb überrascht, halb ärgerlich, von sich, der zu einem gepeinigten Kreischen wurde. André versuchte die Decke abzuschütteln und stolperte in die Richtung, in der er die Tür vermutete. Hände packten ihn, zerrten ihn zurück, versuchten ihn niederzuzwingen. Er rammte jemandem den Ellbogen in den Leib, riss sich los und taumelte, blind vor Rauch und Hitze, weiter. Etwas traf ihn mit entsetzlicher Wucht am Rücken. Seine Beine brachen unter ihm weg, schlagartig ohne jedes Gefühl. Er stürzte vornüber, prallte gegen eines der Regale und wurde von einem Sturzbach aus brennenden Folianten und Brettern begraben. Entsetzliche Qual schlug ihre Klauen in ihn, entwich seiner Kehle in einem hohen Schrei – der zu einem Jaulen wurde, als ein süßer Schmerz die Qual ablöste. Ein Schmerz, an den sich bisher nur der Wolf erinnerte. Er spürte, wie Knochen knackten und sich verschoben. Die Welt verlor noch mehr ihre Farben. Rot und Grün hörten auf für ihn zu existieren. Es stank nach verbranntem Fell, als die Flammen nicht mehr länger Haut versengten. Er stemmte sich auf die Pfoten, Bretter krachten zu Boden. Eine Hand wollte ihn packen. Mit mörderischen Fängen schnappte er nach ihr. Jemand schrie auf. Stimmen fluchten. Knapp hinter ihm brach ein weiteres der Regale zusammen. Funken stoben, die Flammen schlugen höher, leckten nach seiner Rute. Kühle Luft drang durch Rauch und Hitze hindurch in seine Nase. Die offene Tür! Er schüttelte die letzten glimmenden Reste der Folianten ab und setzte darauf zu. Nur noch ein Mensch war zwischen ihm und der Freiheit. Seine Witterung war schmerzhaft vertraut. *Verräter!*

»Halten Sie ihn auf, Noriér!«

Er fletschte die Zähne, duckte sich zum Sprung. Bischof Noriér sah ihn reglos an – und trat dann zur Seite. Lauf!, schien sein kaum sichtbares Nicken zu sagen. Einen Augenblick lang war da nur Verwirrung, doch dann sprang er an Bischof Noriér vorbei und lief in den Gang hinaus. Der Steinboden unter seinen Pfoten war kalt. Die Tür zu den Gängen und damit durch den Stollen hinaus in die Wälder war geschlossen, die Riegel vorgeschoben. Dieser Weg in die Freiheit war versperrt – blieb nur noch einer. Hinter sich hörte er die Schreie der Männer und ihre Schritte, als sie ihn verfolgten. Der Rauch trug plötzlich den Geruch von Blut mit sich. Er hetzte den Gang entlang und die Treppe an seinem Ende empor. Eine Tür war nur angelehnt. Dahinter drängten sich Menschen. Er konnte ihre Angst riechen. Er stieß den Spalt mit seinen Schultern weiter auf, zwängte sich hindurch. Eine Frau entdeckte ihn, kreischte schrill auf. Wildes Gerenne, die

Menschen fielen in ihrem Versuch, von ihm wegzukommen, beinahe übereinander.

Von der schweren Eingangstür her drang der Duft von Bäumen und Erde zu ihm. Er winselte leise, verstummte aber, als er plötzlich die andere Witterung wahrnahm – halb verborgen unter dem süßen Gestank von verrotteten Blumen. Langsam wandte er den Kopf. Vergessen waren die Männer, die ihn wieder einfangen wollten. Die Wölfin stand in ihrer Menschengestalt auf der Treppe. Ihre Augen waren aufgerissen. *Martine!* Sie starrte ihn an. Er machte einen Schritt auf sie zu. Sie stieß ein Wimmern aus. Der Geruch ihrer Hitze war vergangen, aber da war etwas anderes. Er hob die Schnauze und sog erneut die Luft ein. Ein Zittern durchrann ihn und er zog die Lefzen zurück. Sie trug einen Welpen! Seinen Welpen! Wut und Hass raubten ihm fast den Verstand. Er brüllte. Die Tür, die zu den Kellern führte, wurde aufgestoßen. Martine schrie. Saint-Béran schob sich zwischen ihn und die Wölfin, als er zum Sprung ansetzte. Ein Schuss krachte. Etwas grub sich in seine Schulter, riss ihn halb herum. Er heulte vor Schmerz und Wut. Der Comte d'Abrâigne ließ gerade seine Pistole sinken, während Beauterne die seine spannte, flüchtig zielte und feuerte. Die Kugel streifte ihn nur, dennoch fühlte es sich an, als hätte man glühendes Blei in die Wunde gegossen. Er duckte sich knurrend. Eine dritte Kugel schlug knapp neben ihm ins Treppengeländer ein. Saint-Béran nahm sich mehr Zeit zum Zielen. Zu seiner Rechten tauchte einer der Bediensteten auf. Er packte den hünenhaften Mann am Arm und biss zu. Knochen splitterten und Blut troff von seinen Lefzen. Der Mann schrie und prallte mit weit aufgerissenen Augen gegen

Saint-Béran. Der stieß Flüche aus. Abermals ertönte ein Schuss. Auch diese Kugel schlug in seine Schulter. Er taumelte rückwärts. Ein Vorderlauf gab unter ihm nach. Beinahe wäre er gestürzt. Sie schützten die Wölfin und den Welpen. Wenn sie ihn wieder einfingen ... *Nein!* Nur knapp entging er dem zweiten Bediensteten, warf sich zur Seite, war mit drei mächtigen Sätzen an ihnen vorbei und setzte durch das Fenster. Glas splitterte, ein paar Scherben gruben sich in seine Haut. Die Schnitte schlossen sich, noch ehe er den Boden berührte. Schnee dämpfte seinen harten Aufprall, dennoch blieb er einen Moment benommen liegen, ehe er aufsprang und in den Wald flüchtete. Hinter ihm brüllte der Marquis nach den Hunden. Die Kugeln aus Arsen und Silber brannten in seinem Fleisch.

Die Welt hatte sich in einen trüben, dunklen Ort verwandelt. Er war im Körper des Wolfs gefangen. Warum das so war, wusste er nicht. Sein Vorderlauf knickte bei jedem Schritt unter ihm ein. Seine Schulter schien in Flammen zu stehen und fühlte sich gleichzeitig taub an. Der tiefe Schnee machte das Vorankommen doppelt mühsam. Auf einer kleinen Lichtung blieb er stehen. Der Wind trug die Witterung seiner Jäger mit sich und das ferne Kläffen ihrer Hunde. Unter einem umgestürzten Baum hatte sich über einer Kuhle eine Eisschicht gebildet. Mit den Krallen des verletzten Beines brach er sie auf, um an das Wasser darunter heranzukommen, dann senkte er den Kopf und trank gierig. Wie lange hatten die Männer ihn gefangen gehalten? Wie lange war er schon auf der Flucht? Das eine hatte der Drogenrausch ausgelöscht, das andere war in einem Nebel aus Schmerz versunken. Es war ohne Bedeutung, denn über kurz oder lang würden sie seine Spur wieder aufnehmen. Dass es in der vergangenen Nacht geschneit hatte, verschaffte ihm nur ein klein wenig Aufschub. Er legte die Ohren zurück und schloss die Augen. Wasser troff von seinen Lefzen. Wohin sollte er jetzt gehen? Es gab keinen Ort mehr für ihn, an dem er hätte Zuflucht finden können. Ein kaum hörbares Geräusch ließ ihn den Kopf emporreißen. Qual grub sich in seine Schulter, schüttelte seinen ganzen Körper. Unwillkürlich entfuhr ihm ein Schmerzenslaut. Sie hatten ihn aufgespürt, und er hatte sie nicht einmal gewittert, da sie sich ihm gegen den Wind näherten.

Er wollte sich umdrehen und zwischen den nur wenige Meter entfernten Schatten unter den Bäumen auf der anderen Seite der Lichtung verschwinden, doch alles, was er zuwege brachte, waren einige ungeschickte, taumelnde Schritte. Dann versagten ihm seine Beine den Dienst und er stürzte in den Schnee. Kälte drang durch sein Fell. Schwerfällig versuchte er noch, sich wieder in die Höhe zu stemmen, als ein Mann über den Baumstamm stieg – und jäh stehen blieb. Sie starrten einander an. Die Witterung war ihm nur allzu vertraut: Pierre!

Einen Moment lang stand seinem menschlichen Gegenüber der Schock ins Gesicht geschrieben, doch dann schüttelte er ihn ab und kam auf ihn zu. Er duckte sich, grollte warnend.

Sofort hielt Pierre wieder inne, hob unter leisem Murmeln beschwichtigend die Hände. In der einen hielt er seine Muskete. Er schüttelte den Kopf, ohne ihn auch nur eine Sekunde aus den Augen zu lassen, und machte vorsichtig erneut einen

Schritt auf ihn zu. »Großer Gott, du siehst genauso aus, wie er dich beschrieben hat. – Bischof Noriér …«

Bei dem Namen fletschte er knurrend die Zähne.

Abrupt verstummte Pierre. »Verdammt! – Du verstehst mich also wirklich?«

Mit verzweifelter Kraft grub er die Krallen in den Schnee und kämpfte sich auf die Beine – nur um gleich wieder zusammenzubrechen. Diesmal blieb er keuchend liegen.

Unvermittelt war Pierre neben ihm. Er hörte ihn etwas Unverständliches brummen. Die Muskete landete nur knapp vor seiner Schnauze im Gras. Ein paar wollene Handschuhe fielen daneben. Dann zog Pierre sein Waidmesser aus dem Gürtel und beugte sich über ihn. Ergeben schloss er die Augen. Mit einem Messer würde es schnell vorbei sein. Er würde sich nicht wehren.

Dennoch bäumte er sich mit einem Jaulen auf, als die Klinge sich in seine Schulter bohrte.

»Still!« Fluchend packte Pierre ihn am Halsfell und drückte ihn nieder. Ein kleines, rot überzogenes Ding war in den Schnee gefallen. Es stank nach Silber und Arsen. Er starrte es an, wandte den Kopf zu Pierre, soweit es dessen Griff erlaubte.

Dieser rutschte ein Stück näher heran und beugte sich erneut über ihn. »Ich weiß, was du bist. Noriér hat mich geschickt, um dir zu helfen. Helfen! Verstehst du?« Seine Hand gab ihn frei und strich behutsam durch sein Fell, auf der Suche nach der nächsten Kugel. »Ganz ruhig, ich will dir nichts tun! Aber er hat gesagt, die Kugeln müssen aus dir raus, da mit Arsen gemischtes Silber tödlich für dich ist.«

Benommen und ungläubig ließ er den Kopf wieder sinken. Pierres Finger tasteten weiter, fanden die zweite Eintrittswunde. Abermals grub sich die Messerspitze in sein Fleisch. Seine Pfoten zuckten auf dem schneebedeckten Waldboden. Pierre murmelte beruhigend. Seine Stimme klang rau. Er versuchte, sich auf sie zu konzentrieren. Ein hohes Winseln entschlüpfte ihm, als die Messerspitze sich tiefer in sein Fleisch wühlte. Er hörte sich selbst aufjaulen. Aus der Ferne antwortete Hundegebell. Pierre fluchte lästerlich. Wieder war da der Gestank nach Silber und Arsen. Dann überrollte ihn jener andere Schmerz wie eine warme, dunkle Woge, Agonie und Ekstase zugleich. Knochen knackten und verschoben sich. Vor seinen Augen wurden Schatten wieder zu Farben. An seiner Haut klebte Blut. André zog die Beine an den Leib. Die Verwandlung hatte seine Wunden nicht wie sonst heilen lassen. Das Gift von Silber und Arsen verhinderte es. Er zitterte erbärmlich.

Pierres Fluch war zu einem Keuchen geworden. »Heilige … Wenn ich es nicht gesehen hätte, würde ich es nicht glauben.« Er beugte sich über ihn. »Der Wolf auf der Lichtung … Das warst du, oder? Du hast das Biest davongejagt, als es mir und den Kindern ans Leder wollte, nicht wahr?« André blinzelte benommen zu Pierre empor. Es fiel ihm verwirrend schwer, den Worten zu folgen. Die Kälte kroch unbarmherzig in seine Glieder und machte sie taub. Noch immer ungläubig schüttelte Pierre den Kopf. »Sie haben behauptet, du wärst überraschend nach Tarbes zurückgerufen worden. Und ich Narr habe ihnen tatsächlich geglaubt … zumindest, bis Bischof Noriér vor vier Tagen hier auftauchte.«

Das Kläffen der Hunde erklang erneut, lauter diesmal, und ließ Pierre kurz aufsehen, ehe sein Blick zu André zurückkehrte. »Kannst du aufstehen? Wir müssen hier weg, ehe d'Abrâigne und seine Freunde auftauchen!« Die Hand, die er nach Andrés Schulter ausstreckte, stockte mitten in der Luft, als der vor ihm zurückzuckte und die Zähne fletschte. In das Gebell der Hunde mischten sich Stimmen. Pierre sah ihn aus schmalen Augen an und sagte dann entschlossen: »Komm! Hoch mit dir!«

Diesmal ließ sich André vom Boden emporziehen. Alles um ihn herum schien zu verschwimmen. Seine Beine drohten unter ihm nachzugeben. Pierre hob hastig seine Muskete auf und vergewisserte sich mit einem raschen Blick, dass sie geladen war. Dann packte er André am Arm und schob ihn fast grob vorwärts.

Stolpernd und taumelnd fügte er sich. Mehr als einmal wäre er um ein Haar gestürzt, hätte Pierre ihn nicht im letzten Moment gehalten. Zuweilen musste er André mehr vor sich herstoßen, als dass der aus freiem Willen vorwärtswankte. Vor Kälte konnte er kaum noch die Hände spüren, von seinen Füßen, die bis über die Knöchel im Schnee versanken, ganz zu schweigen. Er war sich nur vage bewusst, dass es Richtung Waldrand ging. Das Kläffen der Hunde war schriller geworden. Jemand rief etwas Unverständliches. Er glaubte, Beauternes Stimme zu erkennen. Es ging einen Hang hinauf. André stürzte keuchend, schrammte sich Handflächen und Knie am Geröll auf, das unter der Schneedecke verborgen war. Sein Herz hämmerte. Krachend bahnten sich die Hunde hinter ihnen einen Weg durch das Dickicht. Pierre zerrte ihn auf die Füße und versetzte ihm erneut einen Stoß. Er stolperte weiter.

Dann traten sie zwischen den Bäumen hervor. Verwirrt blickte André auf eine Schlucht, die ein paar Meter vor ihm in die Tiefe führte. Ihre Kante war hinter einem steil abfallenden Hang nicht zu sehen.

»Schnell! Zum Rand!«, befahl Pierre atemlos.

Er gehorchte noch immer wie benommen – bis hinter ihm ein Spannhahn zurückgezogen wurde und mit einem Klicken einrastete. Taumelnd fuhr André herum. Pierre stand ein paar Schritte von ihm entfernt und erwiderte seinen Blick über den Lauf seiner Muskete hinweg. In diesem Moment tauchte Beauterne zwischen den Bäumen auf. Er legte seine Waffe an. Ein Schuss ertönte. In Andrés Brust breitete sich ein Schmerz aus, der ihn an den Rand der Agonie brachte. Nahezu gleichzeitig mit Beauternes Schuss krachte ein zweiter. Etwas traf André am Kopf, schleuderte ihn zu Boden und ließ ihn in eine qualdurchflutete Finsternis stürzen. Das Letzte, was er sah, ehe das Nichts sich unter ihm auftat, war die dünne Rauchsäule, die von Pierres Muskete aufstieg.

Der Geruch nach Weihrauch war in der dämmrigen kleinen Kapelle, vier Stunden südwestlich von Tarbes, kaum noch wahrzunehmen. Im Abendlicht schimmernde Eisspiegel verrieten, wo in den vergangenen Tagen Schnee durch das halb verfallene Dach gedrungen war. Obwohl es schon Jahre her sein musste, dass hier zum letzten Mal eine Messe zelebriert worden war, nahm André aus reiner Gewohnheit den Dreispitz ab. Schmerz durchfuhr die linke Seite seines Oberkörpers. Das Gift von Beauternes Silberkugel saß noch immer in seiner Lunge, machte ihn selbst bei kleinsten Anstrengungen kurzatmig wie einen alten Mann und ließ ihn immer wieder in qualvollen Hustenattacken Blut spucken. Ein vages Brennen zwischen den Rippen war zu seinem ständigen Begleiter geworden.

Er erinnerte sich nicht daran, was geschehen war, nachdem Pierres Kugel ihn in den Kopf getroffen und über den Rand der Schlucht gerissen hatte. Da war nur das Gefühl, zu ersticken, während er verzweifelt nach Luft rang und zugleich mit jedem Atemzug das Feuer in seiner Brust unerträglicher wurde. Jedes Geräusch schnitt wie ein glühender Faden aus Pein quer durch seinen Kopf. Die Zeit hatte jenseits der Schmerzen aufgehört zu existieren.

Hinter André schloss Pierre die Kapellentür gerade wieder mit einem scharfen Kratzen. Die Muskete hielt er selbst hier locker in der Hand.

Pierre hatte ihn verraten – das hatte André zumindest angenommen, als er in dem Haus eines Arztes zu sich gekommen war. Eines Arztes, der selbst zu viel zu verbergen hatte, als dass er es gewagt hätte, irgendjemandem von Andrés Anwesenheit unter seinem Dach zu erzählen. Pierre hatte ihn gezwungen, André die mit Arsen durchsetzte Silberkugel Beauternes aus der Brust zu holen, ehe sie ihn endgültig umbrachte und aus einer Täuschung doch noch Wahrheit wurde. Denn die Kugel in Andrés Kopf war Teil eines Planes gewesen, den Bischof Noriér zusammen mit Pierre ersonnen hatte – und in den er André an jenem Tag nicht mehr hatte einweihen können, ehe die Hunde des Comte d'Abrâigne sie aufgespürt hatten: Da Noriér davon überzeugt war, dass man André für den Rest seines Lebens jagen würde, sollte Pierre ihn vor den Augen d'Abrâignes oder eines seiner Verbündeten »erschießen«. Nach dem, was Pierre von Noriér erfahren hatte, würde eine gewöhnliche Bleikugel im Kopf André aufgrund seiner Natur zwar nicht töten, aber so wirkungsvoll ausschalten, dass er wie tot zusammenbrechen würde. Auch wenn es äußerst qualvoll sein würde, bis sie herausgeheilt wäre. Der verborgene Absatz unter dem Rand der Schlucht war die einzige Möglichkeit gewesen, Andrés Leben zu retten und gleichzeitig den Eindruck zu erwecken, sein »Leichnam« sei in der unzugänglichen Tiefe verschwunden, und ihn damit dem Zugriff d'Abrâignes und der anderen zu entziehen. Dass Beauterne ebenfalls auf André schießen – und ihn treffen – würde, war nicht Teil des Plans gewesen.

Pierre hatte André noch in der gleichen Nacht allein von

dem schneebedeckten Absatz geborgen, ihn heimlich aus der Gegend von Saint-Mézan fort und in das Haus jenes Arztes geschafft. Hier war er schließlich nach fast einer Woche wieder zu sich gekommen. Von ihm wusste André auch, dass Bischof Noriér – der Mann, der ihn aufgezogen, verraten und ihm durch einen einzigen Schritt zur Seite die Chance zur Flucht gegeben hatte – tot war. Ermordet von d'Abrâigne und seinen Spießgesellen. Eine Tat, die man ihm, André Darnaux, anlastete. Noch vor wenigen Wochen hätte er diese Lüge vermutlich ebenso geglaubt wie die, dass er Nacht für Nacht in Saint-Mézan gemordet hatte. Doch seit jenem Moment in dem brennenden Laboratorium, als er mit dem Wolf eins geworden war, teilte er auch dessen Erinnerungen und wusste, dass er – außer Ziegen, Schafen oder dem einen oder anderen Wild – noch nie getötet hatte. Aber sollte er Saint-Béran, d'Abrâigne oder einem der anderen jemals wieder gegenüberstehen – der Himmel mochte ihm vergeben –, dann *würde* er töten.

Neben ihm lehnte Pierre die Muskete in die Armbeuge und zog die Handschuhe aus. Sie tauschten einen kurzen Blick. André tastete in der Tasche seines Rocks nach dem kleinen Schlüssel, den Pierre ihm gegeben hatte, während er zum Altar hinaufstieg und an den Tabernakel trat. Pierre folgte ihm schweigend. Der Schlüssel war Teil einer Nachricht Noriérs gewesen, nach der André hier, im Tabernakel der alten Kapelle, die Wahrheit erfahren würde. – Eine Nachricht, die in André den Verdacht geweckt hatte, dass Noriér nicht damit gerechnet hatte, lebend aus Saint-Mézan zurückzukehren. Doch warum? Hatte der Mann, der ihn d'Abrâigne und den anderen regelrecht ausgeliefert hatte, geplant, sich gegen die Männer zu stellen, mit denen er offenbar seit längerer Zeit zusammengearbeitet hatte? Weshalb hätte er das ausgerechnet jetzt tun sollen? Pierres Erklärung dafür war einfach gewesen: André war Noriér nicht gleichgültig – und dem Bischof gefiel nicht, was mit ihm geschah.

Das Türchen des Tabernakels war von Feuchtigkeit und Kälte verzogen, und André musste heftig daran rucken, um es zu öffnen. Die Bewegung verstärkte das Brennen in seiner Brust, und er krümmte sich hustend zusammen und musste nach Luft schnappen, ehe er ein kleines Sandelholzkästchen daraus hervorholen konnte. Er erkannte es wieder: Es hatte früher auf dem Sekretär im bischöflichen Arbeitszimmer in Tarbes gestanden. Siegelwachs, in das der Abdruck von Noriérs Bischofsring eingeprägt war, verschloss den filigranen Riegel des Zierbeschlags. Mit dem Fingernagel erbrach André es und hob den Deckel. Das Kästchen enthielt einen kleinen Samtbeutel und einen Brief. Er warf Pierre einen Blick zu, dann faltete er den Pergamentbogen auseinander. Die Schrift war unverkennbar die Noriérs.

Mein lieber Junge,

dass du diese Zeilen liest, bedeutet, dass ich vermutlich nicht mehr länger unter den Lebenden weile. Wenn das Schlimmste eingetreten ist, dann weißt du inzwischen, dass ich es war, der deinen Vater an Pierre-Claude Comte d'Abrâigne, Baptiste Baron de Firron und den Marquis de Saint-Béran verraten hat.

Wenn nicht … Nun, dann sollst du jetzt die Wahrheit erfahren:

Ich trage die Schuld am Tod deiner Familie. Du bist kein namenloser Bastard, den ich nur um der Güte Gottes willen in meinem Haus aufgenommen habe.

Dein wahrer Name ist Andrea Bartolomeo di Ruanetto di Lucane. Dein Vater war Lorenzo Giorgio di Ruanetto di Lucane. Deine Mutter stammt aus der Familie Corardi. Ihr Vorname war Beatrice und ich habe in meinem ganzen Leben keine liebenswertere, sanftmütigere und zugleich mutigere Frau gekannt als sie.

Du hattest drei ältere Brüder: Claudio, Rocco und Salvatore, sowie eine Schwester: Mariella. Sie alle sind tot. Und auch du bist nur am Leben, weil deine Mutter mich um dein Leben anflehte.

Du musst wissen, dass ich von dem Augenblick an, als dein Vater sie mir vorstellte, in sie verliebt war und ihn um sie beneidete. Daran änderte auch der Umstand nichts, dass ich zu diesem Zeitpunkt bereits meine Gelübde abgelegt hatte. Und vielleicht war auch meine Eifersucht mit ein Grund, warum ich mich gegen deinen Vater kehrte. Doch als ich sie damals ster-

bend in eurem Palazzo fand, du verletzt, halb unter ihr verborgen, aber immer noch am Leben, und sie mich im Namen der Heiligen Jungfrau um Erbarmen für ihr jüngstes Kind, dich, anflehte, wurde mir plötzlich klar, welches Unrecht ich begangen hatte. Ich nahm dich in mein Haus und gab dich als den Bastard einer unbedeutenden, entfernten Verwandten von mir aus, in der Hoffnung, dich und dein Geheimnis auf diese Weise vor d'Abrâigne und seiner üblen »Gesellschaft« verbergen zu können. Es ist mir nicht gelungen.

Ich bitte dich nicht um Vergebung, denn ich weiß, dass man eine solche Schuld nicht vergeben kann. Ich bitte dich nur darum, mich nicht zu sehr zu hassen. Alles, was ich zu meiner Verteidigung vorbringen kann, ist, dass ich damals jung und dumm war, verblendet und in dem Hexenwahn gefangen, den meine Oberhirten predigten. Damals glaubte ich ihnen und war empfänglich für den Hass, den sie gegen jene Schurten, die »anders« waren. Heute weiß ich, dass jene, die von manchen »Bestien« genannt werden, oft mehr von Ehre wissen als die meisten Menschen. Du und Lorenzo, dein Vater, haben es mich gelehrt.

Dein Vater war ein äußerst nobler und gelehrter Mann. Auch unter seinesgleichen war er – soweit ich weiß - hoch geachtet. (Ja, André, es gibt mehr, die, wie du, mit jener Gabe geboren sind.) Ich lernte ihn in Rom kennen. Es war nicht schwer, sein Vertrauen zu gewinnen, da ein unstillbarer Hunger nach verborgenem Wissen uns beiden zu eigen war, und von einem, den er »Freund« nannte, hätte er niemals Verrat erwartet. Und doch war ich es, der sich gegen ihn kehrte, als ich von seinem Geheimnis erfuhr. Ein Geheimnis, das er offenbarte, als er mir das Leben rettete. Ich bereue es jeden Tag, dass ich es ihm nicht besser vergolten habe.

Was ich aber noch mehr bedaure, ist, dass ich dich gezwungen habe, gegen das zu kämpfen, was in dir ist - und dir damit einen Teil deiner Selbst genommen habe. Doch meine Angst, dein Geheimnis - und damit auch der Umstand, dass ich d'Abrâigne und die anderen hintergangen hatte - könnte durch einen unglücklichen Zufall oder auch nur Unachtsamkeit ans Licht kommen, war zu groß. Vor allem, da d'Abrâigne und de Saint-Béran mit den Jahren immer verzweifelter wurden. Verzweifelter, weil ihnen die Zeit davonläuft - und das im wahrsten Sinne des Wortes. D'Abrâigne und Saint-Béran haben beide bereits ihr siebzigstes Jahr überschritten, Firron steht in seinem fünfzigsten. Eine Neuigkeit, die dich überraschen wird, da man es ihnen nicht ansieht. Ihr Geheimnis ist ein Elixier, das d'Abrâigne von seinen Reisen in den Orient mitbrachte. Seine Wirkung soll vor allem auf dem Blut eines Loup-Garou basieren, das wohl einen großen Teil der Ingredienzien ausmacht. Genaues weiß ich nicht. Doch der Vorrat an diesem Elixier schwindet, wenn er inzwischen nicht schon gänzlich aufgebraucht ist. Deshalb versuchen d'Abrâigne und seine Verbündeten fieberhaft, es mithilfe der Aufzeichnungen, die sie über die Jahre zusammengetragen haben, selbst zu destillieren. Bisher mit dem bekannten Erfolg. Doch leider entdeckte Firron, als er mir vor zwei Monaten eines Abends überraschend seine Aufwartung machte, dein Geheimnis. Sie ließen mir keine andere Wahl, als ihren Forderungen zu entsprechen und dich unter diesem Vorwand auf den Jagdsitz d'Abrâignes bei Saint-Méran zu schicken.

Ich bedaure sehr, ihnen nachgegeben zu haben, aber d'Abrâigne und Saint-Béran sind mächtiger, als du vielleicht vermutest. Es lässt sich schwer erklären, wie alles zusammenhängt, doch was du wissen musst, ist, dass hinter d'Abrâigne, Firron und Saint-Béran noch jemand steht. Seinen Namen kennen nur d'Abrâigne und Saint-Béran, aber ich weiß, dass er zu den engsten Beratern des Königs gehört. Möglicherweise sind es mehrere. Vielleicht gehört der König selbst zu ihnen – dass Beauterne sich seit Kurzem bei ihnen aufhält, würde dafür sprechen. Sie alle wissen um die Existenz der Loup-Garou. Und nun, da sie schließlich doch erfahren haben, dass du einer bist, wirst du niemals in Sicherheit sein, solange d'Abrâigne, seine Verbündeten und jene Männer im Hintergrund am Leben sind. Keiner deiner Art ist sicher.

Ich habe dich nicht offiziell zu meinem Erben gemacht, da ich fürchte, dass es dir zu diesem Zeitpunkt ohnehin nicht mehr von Nutzen wäre, da d'Abrâigne und die anderen vermutlich selbst die kleinste Geldbewegung oder auch einen Verkauf meiner Besitztümer durch ihre Spitzel überwachen lassen werden. Über kurz oder lang würde sie das auf deine Spur bringen. Doch es gibt etwas, von dem außer mir niemand weiß: Dein Vater übergab mir eine geraume Weile vor seinem Tod einige Besitzurkunden, die ich für ihn verwahren sollte, da er damals in irgendwelche Streitigkeiten unter seinesgleichen verwickelt war und er sie niemand anderem anvertrauen wollte. Sie liegen im

Bankhaus meines Freundes Johann Berenberg in Hamburg. Johann wird sie dir übergeben, wenn du ihm deinen richtigen Namen, zusammen mit dem Anfang des Abendgebetes, das du als Kind immer gesprochen hast, nennst. Ich hoffe, du kannst zumindest dieses Erbe für dich einfordern.

In dem Kästchen, in dem du auch diesen Brief gefunden hast, liegt ein kleiner Samtbeutel. Sein Inhalt dürfte dir ein relativ angenehmes Leben erlauben, selbst wenn es dir unmöglich sein sollte, Anspruch auf die Besitztümer deines Vaters zu erheben.

Ich wünsche dir alles nur erdenklich Gute, mein Junge, und bete zu Gott, dass du nicht nur in Hass an mich zurückdenkst.

In tiefstem Bedauern

Gilbert Noriér

Einen Moment lang starrte André den Brief an, ehe er ihn auf den Altar legte, sich noch einmal wachsam in der kleinen Kapelle umsah, den Samtbeutel öffnete und einen Teil des Inhalts auf seine Handfläche rollen ließ. Pierre blickte ihm über die Schulter und pfiff leise durch die Zähne.

»Heilige Maria …« Er hielt inne und sah André an. »Was hat Noriér geschrieben?«

»Dass er meinen Vater verraten hat und durch seine Schuld meine ganze Familie ausgelöscht wurde.« Langsam atmete André ein und aus. Das Brennen in seiner Brust wurde wieder quälender. »Dass mein richtiger Name Andrea Bartolomeo di Ruanetto di Lucane ist.« Behutsam schob er die funkelnden und blitzenden Steine auf seiner Handfläche hin und her. »Dass die hier mir ein angenehmes Leben erlauben sollten. – Und dass es ihm leidtut.«

Behutsam nahm Pierre einen der Steine zwischen Daumen und Zeigefinger und hielt ihn gegen das Licht. »Ein angenehmes Leben? Ich möchte wetten, das sind Diamanten.« Er ließ den Stein auf Andrés Handfläche zurückfallen und stupste einen anderen mit der Fingerspitze an, der blau glitzerte. »Das ist genug für drei *äußerst* angenehme Leben, würde ich sagen.«

»Er schreibt noch etwas.« Langsam ließ André die schimmernden Steine in den Samtbeutel zurückgleiten, band ihn sorgfältig zu und steckte ihn in seine Rocktasche, ehe er den Brief wieder zur Hand nahm.

»D'Abrâigne hat wirklich nicht gelogen: Es gibt tatsächlich noch andere wie mich. Die so geboren sind.«

Einen Augenblick antwortete ihm Schweigen, dann räusperte sich Pierre. »Heißt das … Nun … Willst du immer noch mit mir ins Gévaudan kommen oder … wirst du nach ihnen suchen?«

André warf ihm einen kurzen Blick zu. »Da dein Vater sagt, eine ›Bestie‹ sei ins Gévaudan zurückgekehrt, begleite ich dich.« Er schloss den Tabernakel. Den Schlüssel ließ er stecken. »Auch wenn ich nicht glaube, dass es Martine ist, finde ich vielleicht trotzdem irgendwelche Hinweise, wohin d'Abrâigne sie gebracht hat.«

Pierres knappes Nicken verriet zu Andrés Erstaunen Erleichterung. »Dann lass uns gehen. Antoine erwartet uns in einer Stunde an der Kreuzung nach Foix. Vielleicht wissen er und Vater inzwischen ein wenig mehr über diese neue ›Bestie‹.«

Während Pierre schon die Stufen hinunter und zur Tür der Kapelle ging, sah André noch einen Moment zögernd auf den Brief, ehe er ihn zusemmmenfaltete, zu dem Samtbeutel mit den Edelsteinen in seinen Rock schob und Pierre hinaus in die abendliche Dämmerung folgte.

Unter den Bäumen, die die kleine Kapelle umgaben, blieb er stehen und sog tief die eisige Luft ein. Seine Lungen zogen sich schmerzhaft zusammen, doch wie durch ein Wunder blieb ihm ein neuerlicher Hustenanfall erspart. Von einem Haufen alter Bruchsteine auf der anderen Seite des Gebäudes verborgen, konnte er eine Füchsin und ihre Welpen wittern. Unter dem Schnee huschte eine Maus davon. Er schloss die Augen. Ein Stück vor ihm knirschten Pierres Schritte auf dem weiß bedeckten, überwucherten Weg. Ein Pfiff rief Remi an die Seite seines Herrn. Heute Nacht würde wieder ein Vollmond am Himmel stehen. André spürte ihn in seinem Blut.

Ja, wenn das hier vorbei war, würde er nach den anderen Loups-Garous suchen – sofern er dann noch am Leben war. Zuerst aber musste er Martine finden und das Kind, dass er mit ihr gezeugt hatte. D'Abrâigne und wer auch immer hinter ihm stand, sollte es nicht für seine Pläne missbrauchen können.

Er legte den Kopf in den Nacken und sah den Schneeflocken zu, die seit über einer Stunde immer dichter vom Himmel fielen. Einige davon trafen seine Stirn und Lider, schmolzen und rannen in seinen Kragen. Ein leises Lächeln stahl sich auf seine Lippen. Heute Nacht würden Mondlicht und Wind sein Fell streicheln und er würde für einige Zeit nur im Jetzt leben, ohne daran denken zu müssen, was geschehen war – und was noch vor ihm lag.

Lynn Raven

Der Kuss der Kjer

608 Seiten, ISBN 978-3-570-30489-1

Als die Heilerin Lijanas von dem Kjer Krieger Mordan entführt wird, hat sie nur einen Gedanken: Flucht! Doch je näher sie den als »Blutwolf« verschrienen Mordan kennenlernt, desto stärker fühlt sie sich zu ihm hingezogen. Und er sich ebenso von ihr. Er setzt alles daran, sie sicher an den Hof seines Königs zu bringen, den sie heilen soll. Dort erwartet sie jedoch eine tödliche Überraschung ...

6436

cbt FANTASY

www.cbt-jugendbuch.de